飞花令 赏诗词

释香篇

姜鹏——著

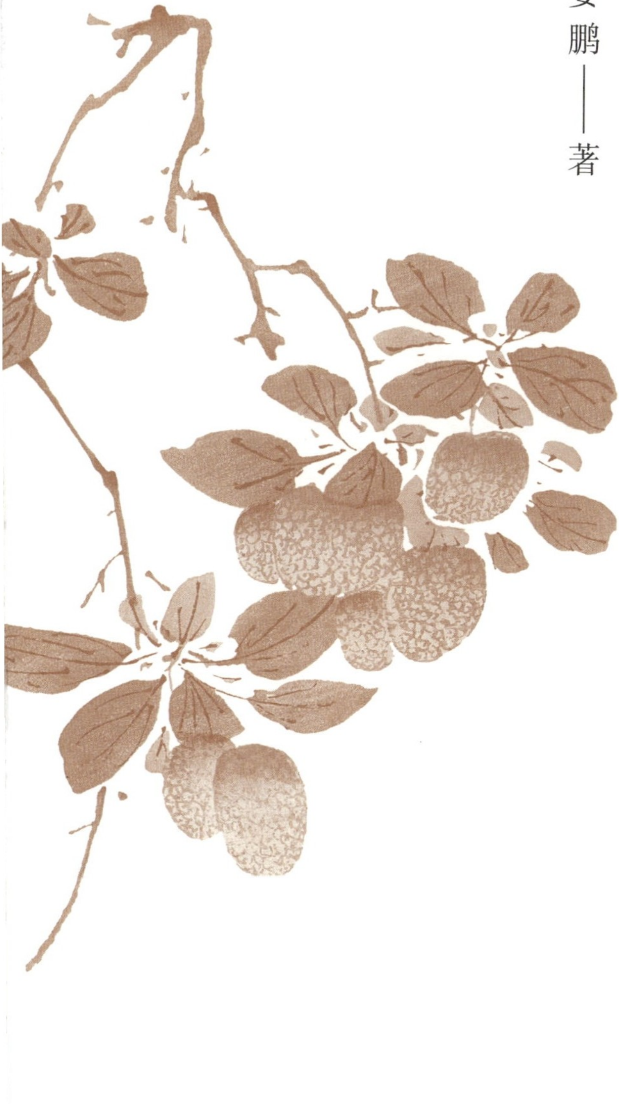

時代文藝出版社
SHIDAI WENYI CHUBANSHE

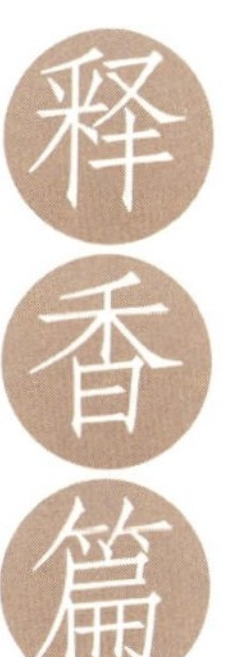

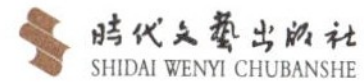

图书在版编目（CIP）数据

飞花令里赏诗词. 释香篇 / 姜鹏著. -- 长春：时代文艺出版社, 2024.1
ISBN 978-7-5387-7070-4

Ⅰ. ①飞… Ⅱ. ①于… Ⅲ. ①古典诗歌－诗歌欣赏－中国 Ⅳ. ①I207.2

中国版本图书馆CIP数据核字(2022)第185072号

飞花令里赏诗词·释香篇
FEIHUALING LI SHANG SHICI · SHIXIANG PIAN
姜鹏 著

出 品 人：吴 刚
选题策划：刘瑀婷
责任编辑：余嘉莹
装帧设计：任 奕
排版制作：隋淑凤

出版发行：时代文艺出版社
地 址：长春市福祉大路5788号 龙腾国际大厦A座15层 （130118）
电 话：0431-81629751（总编办） 0431-81629758（发行部）
官方微博：weibo.com/tlapress
开 本：880mm × 1230mm 1/32
字 数：240千字
印 张：8.25
印 刷：三河市万龙印装有限公司
版 次：2024年1月第1版
印 次：2024年1月第1次印刷
定 价：46.80元

闲来且读古人诗

王红利

中国是一个诗歌的国度，早在春秋时期即形成了中国最早的诗歌总集——《诗经》。《诗经》为中国文学总集之祖，是中国古代现实主义文学的源头，战国时期楚人屈原所作《离骚》，辞采瑰丽，结构宏大，是中国古代浪漫主义文学的奠基之作。二者风骚并举，共同成为我国古典诗歌的典范。至唐代，诗歌终于迎来了艺术巅峰。

在中国古典文学里，诗歌是最重要的文体之一。诗歌不仅地位独特，而且形成了良好的诗教传统。《毛诗序》称："故正得失，动天地，感鬼神，莫近于诗。先王以是经夫妇，成孝敬，厚人伦，美教化，移风俗。"诗歌是美学的集中反映，语言之美、音韵之美、意境之美、情感之美在诗歌中均有体现。因此，我们唯有学会鉴赏诗歌，才能领略诗歌之美。鉴赏诗歌大致可以从以下几个角度来把握。

言约意丰　含蓄蕴藉

诗歌由于受到平仄、对仗、节奏、韵脚等诸多限制，其词汇、语法、修辞、乃至逻辑与散文同中有异，而不同之处尤为显著。诗歌通常都有字数限制，即所谓“螺蛳壳里做道场”，即便是古风，也绝非以长取胜，务须凝练，达到语约而意丰的艺术效果。这种对语言高度凝练、刻意营造奇崛不平的极致追求，形成了所谓的“诗家之语”。诗歌的内容或有一定的跳跃性，当省则省之，有时甚至会看似无理，形成一种独属于诗歌的无理之妙。

除了追求言约意丰的艺术效果，诗歌的语言也讲求含蓄蕴藉。所谓含蓄，就是不把意思直截了当、明明白白地说出来，而是借助形象思维引发读者的联想与思考，进而体会到作者想要表达的情感，激起心灵的共鸣。简而言之，即诗贵含蓄，忌直白。所谓“不着一字，尽得风流”，此之谓也。试举一例，南宋诗人林升有一首《题临安邸》：“山外青山楼外楼，西湖歌舞几时休？暖风熏得游人醉，直把杭州作汴州。”这首诗乍一看好像在描写杭州西湖的旖旎风光，山水楼阁、歌舞宴饮，无不令人沉醉，到了第三句依然并不直言主题，而是虚晃一枪，以“游人”出之，实则剑指苟且偷安、寻欢作乐的南宋统治者。作者并未直斥南宋君臣，而是说这里不是“你们”的家，“你们”不过是到此一游的“游人”，汴梁（北宋都城）才是“你们”应该回去的地方。可惜，南宋统治者已经丧失了克复神州、一统河山的勇气和斗志，他们竟然将杭州当作汴京，终日只顾在这东南形胜之地过着醉生梦死、声色犬马的奢靡生活。区区二十八个字，竟然包含了如此丰富的意蕴，这正是含蓄蕴藉的语言魅力。

音律谐美　声韵铿锵

诗歌鉴赏是一个审美过程，我们应该充分把握诗歌的特质，如中国古代诗歌一向讲究声律之美，如《史记·孔子世家》：“古者诗三千余篇，及至孔子，去其重，取可施于礼义……三百五篇，孔子皆弦歌之。”也就是说《诗经》三百零五篇，皆合乐。再如乐府本是汉代音乐机构的名称。乐府的职能主要是掌管、制作、保存朝廷用于朝会、郊祀、宴飨时用的音乐，还要兼采民间歌谣和乐曲，加以修改、润色，“略论律吕，以合八音之调”，制订乐谱，配上乐曲，使之合乐，以便于歌唱。后人把乐府机关配乐演唱的诗歌，也称为乐府。乐府便由一个音乐机构的名称，变成一种可以入乐的诗体的名称。

到了南朝，诗坛上出现了“永明体”这种新体诗，在沈约等人的大力提倡下，诗歌创作越发注重平仄声韵，“永明体”成为唐代格律诗的先声。律诗至初唐时期始定型，五言律诗定型于沈宋之手，当然在他们之前杜审言的创作已经基本符合律诗的黏式律了。在杜审言、李峤、沈佺期、宋之问等人的努力之下，唐代近体诗的各种声律体式已经定型，并创作出一批较为成功的作品。平仄的交错就是为了使声调产生变化，不至于太过单调，从而达到平仄谐合的效果，读起来也就朗朗上口了。

至于宋词，更是如此，词最初是作为配合歌唱的音乐文学而出现的，词在唐五代时期通常被称作“曲子”或“曲子词”，正是其音乐性的体现。不论是诗还是词，都需要注重音律声韵，平仄、韵脚和节奏都可以令诗词作品声韵铿锵，音律谐美。这些虽然都是形式上的要求，却与内容珠联璧合，缺一不可。吴熊和先生指出：“作词则要先选择一个词调。从千百个词调中选择一个与内容相适合的词调，有时并不简单。因为大多数词调，其适用范围有一定限度，不像诗体的适应性那么广泛。除了调体的长短，还要考虑调情的哀乐，调声的美听与否。有些词调，如其调名所示，所咏内容还有所专属。择调不当，或声、文乖戾，或有误美听，或不合曲名与传统作法，都将妨碍内容与形式的完美结合。”（《唐宋词通论》）旨哉斯言。

王力先生曾说：“不了解诗歌的形式格律，将影响对诗歌内容的理解，也谈不上充分地欣赏。”（《古代汉语》）因此，我们应该从平仄、韵部等音乐角度切入，去理解分析一首诗词作品。我建议大家可以尝试进行诗词创作，这样可以更好地把握诗词的格律和艺术特质。

驱驾典故　浑然无痕

葛兆光先生认为："作为艺术符号的典故，乃是一个具有哲理或美感内涵的故事凝聚形态，它被人们反复使用、加工、转述，而在这种使用、加工、转述过程中，它又融摄与积淀了新的意蕴，因此它是一些很有艺术感染力的符号。它用在诗歌里，能使诗歌在简练的形式中包容丰富的、多层次的内涵，而且使诗歌显得精致、富赡而含蓄。"（《论典故——中国古典诗歌中一种特殊意象的分析》）同时，他也指出，典故在诗歌中的镶嵌，造成了诗句不顺畅、不自然，因而造成了诗歌的生硬晦涩、雕琢造作。

不论典故的使用究竟是使诗歌意蕴变得更加丰厚还是使诗歌变得更加晦涩，我们都不得不承认一点，那就是古人写诗用典是一个极为普遍的现象，我们要想读懂诗歌，就必须尽可能多地掌握典故，特别是常用典故。所谓典故就是诗文等作品中引用的古代故事和有来历出处的词语，一般可以分为事典和语典两大类。南宋魏庆之《诗人玉屑》认为："论者谓莫不用事，能令事如己出，天然浑厚，乃可言诗。"《西清诗话》曰："作诗用事，要如释语'水中着盐，饮水乃知盐味'。"清代顾嗣立《寒厅诗话》云："作诗用故实，以不露痕迹为高，昔人所谓使事如不使也。"由以上称引可见，用典最佳的状态就是不着痕迹、浑然天成。通过用典，最终所要追求的艺术效果就是呈现出一种言简意赅、妥帖恰切、典雅精致和含蓄蕴藉的审美效果。

知人论世　诗必有我

“知人论世”最早由战国时期的孟子所提出。他说：“颂其诗，读其书，不知其人，可乎？是以论其世也。是尚友也。”（《孟子·万章下》）所谓“知人”，就是要了解作家的生平经历和作品风格。每一位作家都有自己独特的艺术风格，这既是作家成熟的标志，也是一个诗人自觉的审美追求。在洞悉诗人的生平和风格后，即可由此及彼地推知作家的其他作品风格和内涵；所谓“论世”，就是要了解作家所处的时代风貌，进而把握同时代作家的共性，所谓“文变染乎世情，兴废系乎时序”是也。

“知人论世”经由后世的学者不断引申论述，已经成为中国文学批评的一个基本模式，历代学者都以考证作者生平和时代背景作为文学批评的前提。“知人论世”作为传统诗歌鉴赏的重要范式，我们必须遵循。举例而言，我们倘若不了解李白的家庭背景、个人志向乃至时代风貌，就无从理解他作品的浪漫飘逸、神采飞扬以及所谓的盛唐气象；我们倘若不了解杜甫出身于“奉儒守官”的官宦世家，素有“致君尧舜上，再使风俗淳”的宏伟抱负，既经历过“忆昔开元全盛日”的大唐全盛景象，又经历过“孟冬十郡良家子，血作陈陶泽中水”的安史之乱，就无从理解他沉郁顿挫、雄浑壮阔的诗风，就无从理解他的《悲陈陶》《春望》以及“三吏”“三别”等一系列感时伤世之作。

诗必有我，诗由“我”作，必然要抒发“我”之情感，所谓“以我观物，故物皆着我之色彩”。不论咏物还是写景，咏史还是送别，皆是如此。所以鉴赏诗词一定要做到“知人论世”，一定要细心揣摩作者之用心，因为诗必有我。

推荐书单

以《唐诗三百首》作为枕边书、案头书，多读多背，形成一定量的诗词积累是诗词鉴赏的前提，要想进阶，还可以通过阅读文学史上比较有名的诗话、词话类著作来提高诗词鉴赏能力。譬如南宋严羽的《沧浪诗话》，张戒的《岁寒堂诗话》，清代袁枚的《随园诗话》，陈廷焯的《白雨斋词话》，近代王国维的《人间词话》，况周颐的《蕙风词话》都值得认真阅读。除此之外，各种唐诗选注本对于普通读者品读诗词、鉴赏诗词也具有极佳的入门引领之功用，如上海辞书出版社的《唐诗鉴赏辞典》，一纸风行，许多诗词爱好者得其沾溉。中国社科院文学研究所编的《唐诗选》被誉为“新中国第一部唐诗权威选本”，名为“选”，实则有注，且注释精当。马茂元先生的《唐诗选》是新中国成立后第一部唐诗选集，亦深受好评。还有施蛰存先生的《唐诗百话》，刘学锴先生的《唐诗选注评鉴》也都独具只眼，各有千秋。

目录

【香】

【馥】

【香】

登彼太行，翠绕羊肠。
香霭流玉，悠悠花香。

二月十四日晓起看海棠·其八

［宋］杨万里

除却牡丹了①，海棠当亚元②。
艳超红白外③，香在有无间④。

【注释】

① 除却：表示所说的不算在内。
② 亚元：谓名列第二。唐刘禹锡《赏牡丹》曰：“庭前芍药妖无格，池上芙蕖净少情。唯有牡丹真国色，花开时节动京城。”故用亚元称海棠。
③ 红白：红的和白的。
④ 有无：有或无，似有还无。

【鉴赏】

杨万里是南宋的著名学者、政治家，与陆游、尤袤、范成大并称为“中兴四大诗人”。他号诚斋，有《诚斋集》一百三十三卷传世，是一位著述与诗歌都很丰硕的作家。他的学术著作在后世儒学的发展中起到了重要作用，他的诗歌作品也同样别具一格，以浅近、清新并富有情趣著称，具有鲜明的个人特色。这种个性鲜明的诗歌风格被称为“诚斋体”。《四库全书总目》论及他的时候说：“虽沿江西诗派之末流，不免有颓唐粗俚之处，而才思健拔，包孕富有，自为南宋第一作手，非后来四灵、江湖诸派可得并称。”

杨万里一生经历宋高宗、孝宗、光宗、宁宗四朝，数迁其官，几经起落。他于江东转运副使任上罢归之后，曾多次坚拒来自帝王的出山之邀，一生清介自持。他曾自称“我本山水客，澹无轩冕情”，这便是他一贯的人生态度。这样的从容人生让他的诗歌也呈现出同样的状态，“诚斋体”自然活泼的诗趣，奇特而生动的“活法”，便都是他不同于前人的“别出机杼”。我们所选的《二月十四日晓起看海棠》也正是带有了这份特色，令我们在古诗词中寻到了“香在有无间”的独特风韵。

《二月十四日晓起看海棠》共八首，出自杨万里晚年的《退休集》。此时诗人已经致仕归家，在悠闲的平居生活中，诚斋之风格愈见成熟。诗人在一个湿漉漉的清晨，去赴一场诗意之约。他用“破雾急来看”（其一）、“丁宁趁绝晨”（其三）来讲述这次邂逅的短暂与期待，又分别从海棠的露、神、色、香等方面来泼彩写意：露落在“真珠妆未稳”（其二）的海棠梢头；神是“乘他醉眠起”（其三）的与众不同；色可以是“一身香雾红”（其四）的朦胧，也可以是“艳超红白外”的明丽鲜艳；而香，则是“渊才无鼻孔”所感知不到的“香在有无间”。

海棠言其香，最为我辈所熟知的便是张爱玲所说的人生三大恨事：“一恨鲥鱼多刺，二恨海棠无香，三恨红楼未完。”张爱玲信笔所至，用的典故便是杨万里提及的这位刘渊才。刘渊才是个比较滑稽的人物，比如他认为仙鹤是胎生。他对海棠也提出了“天下海棠无香，昌州海棠独香”的个人见解，被时人“传以为笑”。

我们今天从植物学的分类角度再来看这段公案，就会发现无香之遗憾与“香在有无间”之雅境其实是并存的。现代植物分类中，我们常见的海棠四品中的垂丝海棠和西府海棠属于蔷薇科苹果属，而木瓜海棠和贴梗海棠则隶属于蔷薇科木瓜属。苹果属的海棠有着淡淡的香气，而木瓜属的海棠基本无香气。可见，当时“传以为笑”的那个笑话却诚然是一句实话。

考诗得其实，赏诗得其趣，这才是我们读诗三昧之“香在有无间”吧。

山园小梅·其一

［宋］林　逋

众芳摇落独暄妍①，占尽风情向小园。
疏影横斜水清浅②，暗香浮动月黄昏③。
霜禽欲下先偷眼④，粉蝶如知合断魂⑤。
幸有微吟可相狎⑥，不须檀板共金尊⑦。

【注释】

① 暄妍：暄为明媚之状，妍为美丽之态，此处指梅花。

② 疏影：疏落的影子。横斜：横斜交错。后世惯以“疏影横斜”喻指梅花。

③ 暗香：指幽香。暗者，隐藏不露。黄昏：为月之颜色状态，“黄”为月之色，“昏”为月之态，并非时间意义的傍晚。

④ 霜禽：为仙鹤之态。霜为禽色。偷眼：偷偷窥探，杜甫《数陪李梓州泛江，有女乐在诸舫，戏为艳曲二首赠李》：“竞将明媚色，偷眼艳阳天。”正用此窥探之意。

⑤ 合：应该。断魂：指因梅而倾倒。

⑥ 狎：玩赏，亲近。

⑦ 檀板：檀木制成的拍板，用坚木数片，以绳串联，用以击节。金尊：亦作“金樽”，为盛酒美器，此处以代宴饮之美酒。

【鉴赏】

林逋，字君复，是北宋时期一位著名的隐逸诗人。他的事迹因“梅妻鹤子”的典故而变得格外富有诗意。宋代沈括在《梦溪笔谈》中记载：“林逋隐居杭州孤山，常畜两鹤，纵之则飞入云霄，盘旋久之，复入笼中。逋常泛小艇，游西湖诸寺。有客至逋所居，则一童子出应门，延客坐，为开笼纵鹤。良久，逋必棹小船而归。盖尝以鹤飞为验也。”这是其伴鹤之闲适，而“梅妻”之说则源自于明人田汝成的《西湖游览志》:“至元间，儒学提举余谦既葺处士之墓，复植梅数百本于山，构梅亭于其下，郡人陈子安以处士无家，妻梅而子鹤，不可偏举，乃持一鹤放之孤山，构鹤亭以配之。”

林逋在孤山隐居，二十年不入城市，终日流连于湖山之间，引鹤为伴，咏梅为诗，着意将梅之意象引入中国古典诗歌当中。其存世的包括《山园小梅》在内的八首律诗，被时人称为“孤山八梅”，而“疏影横斜”“暗香浮动”等咏梅之句百代不衰，成为梅特有的中国意蕴。

诗的首联如同一个长镜头不断推进，众芳凋敝的冬日中忽然见到了鲜艳的颜色，一瞬间的明媚，用“风情”来形容，便使人觉得这梅有了自己的魂魄。而这魂魄又是幽淡而雅致的，所以诗人紧接着便记录了这种“神清骨冷”的风姿：疏影横斜，暗香浮动。

考颔联二句，实则化用了五代南唐江为的残句:“竹影横斜水清浅，桂香浮动月黄昏。”一为竹影，一为桂香，是断裂的两个景色。改为“疏影”，使得梅之虬枝疏落的空间美感历历在目；改为“暗香”则正合梅花香气之神，以幽然之韵遣淡然之香，又以月引领，更见清冷。这两句是诗之眼，是最能夺人摄魄之所在，也是千古不绝吟咏梅花香气的佳句。

转至颈联，以禽、蝶的视角来看园中小梅，霜禽是诗人心中的灵禽白鹤，粉蝶是众花香气的精魂。前者被梅花的姿容倾倒，不敢逼视，是暗夜里耀眼的所在；后者知而未见便会被暗香所摄，痴爱销魂。用他物的视角重观诗人的心灵寄托，梅的形象便越发风情万种了。

尾联进入诗人的视角，将小情与俗趣两相比较，才令人看到大雅之存在乎小园一隅，暗香之中。由此，诗人的志趣才见博远。这便是西湖林处士，不肯分留风月，用“暗香浮动月黄昏”夺尽天下梅香。

林逋的隐者之名是要高于他的诗名的，这一方面是由于“真宗闻其名，赐粟帛，诏长吏岁时劳问”，其亡故后更“赐谥和靖先生”；另一方面也是因为他的诗常常是成诗后便随手扔掉。有人问他为何如此，他说：“吾方晦迹林壑，且不欲以诗名一时，况后世乎！”可见他是将隐逸人生活得十分透彻。奈何他的诗为时人视如宝玉，如今所存诗大多是“好事者”偷偷抄录。纵观他留下来的诗歌，与他同时期的梅尧臣将之形容为“若高峰瀑泉”，“平淡邃美，咏之令人忘百事”，甚为恰切。他最具代表性的这篇《山园小梅》，也正带有着这种特质。

浣溪沙[①]·其四

[宋]晏　殊

一曲新词酒一杯[②]，去年天气旧亭台[③]。
夕阳西下几时回？
无可奈何花落去，似曾相识燕归来。
小园香径独徘徊[④]。

【注释】

① 此词误作南唐李璟词，又误作宋晏幾道、吴文英词。
② 一曲：一首。因为词是配合音乐唱的，故称“曲”。新词：刚填好的词，意指新歌。冯延巳《长命女》：“春日宴，绿酒一杯歌一遍。”
③“去年”句：言天气、亭台都和去年一样。唐郑谷《和知己秋日伤怀》：“流水歌声共不回，去年天气旧池台。”亦言此境。
④ 香径：花香拂过的小路，或云唐陆广微《吴地记》，“香山，吴王遣美人采香于山，因以为名，故有采香径”，为香径之典。此句又出现于作者诗《示张寺丞王校勘》中，唯改“香径”为“幽径”。

【鉴赏】

晏殊，字同叔，是宋代著名的“太平宰相”，同时在文坛上又被誉为“北宋倚声家初祖”，可以说在政坛和文坛都享有着极高的声望。晏殊虽出身清寒，却早年便有“神童”之誉。宋代科举中尚保有“童子科”，《宋史·选举志》记载：“凡童子十五岁以下，能通经作诗赋，州升诸朝，而天子亲试之，其命官、免举无常格。”十四岁的晏殊因之获得真宗的赞赏，跻身中央，虽几番起落，却终“未尝去王畿五百里”，久居朝廷中枢，故其词一直为人称道，其词“富贵闲雅”，显示出一派承平盛世之象。

他一生著述甚丰，《东都事略》称他有文集二百四十卷，《中兴书目》作九十四卷，《文献通考》载《临川集》三十卷，皆不传，传者惟《珠玉词》三卷。汲古阁将之并为一卷，为《宋六十名家词》之首集，计词一百三十一首。从所传作品来看，他的词无长调，皆为小令，风格上承五代，和婉明丽，清新含蓄，笃守《花间》成规，常是即席即景而作。清冯煦称："晏同叔去五代未远，馨烈所扇，得之最先，故左宫右徵，和婉而明丽，为北宋倚声家初祖。"是为的论。

晏殊的这首《浣溪沙》广为传唱，直至今日依旧被收入教材，为世人熟悉。全词以抒情为主，所抒之情是一种怅惘。这种怅惘可以说是"富贵闲愁"，但正是这种"闲愁"最能打动芸芸众生。新曲一首、杯中淡酒，这是何等闲适的画面，非常容易促成，却又很难有这样闲适的时间与心情。音乐节奏为心灵的舒展造起佳境，酒气氤氲为精神的遨游提供旷野，眼前景便已不是眼前景，当时情便已成了现时情，所以才会问："夕阳西下几时回？"这里的夕阳显然不是自然造景，而是心中的那无法追回的光阴。类似这种追问，孔子在千年前便已发出"逝者如斯夫"的叹息。吟咏时光永远是诗人无法抗拒的情感结界，人生之短，时光之长，常常会在人与自己的心灵对话的时候生发长出。

下阕，晏殊用了"无可奈何花落去，似曾相识燕归来"两句流畅得仿佛天成偶得的词句，让这个类型的情感从此有了画面，也成就了千载以下的抒情者们，从此心灵有了共振。叶嘉莹先生在《唐宋词名家论稿》中提及此句评论道："在对于'花落'之'无可奈何'的哀悼以外，也表现了'似曾相识燕归来'的一种圆融的观照，遂使得这二句词在'自其变者而观之'的哀感以外，也隐然有着'自其不变者而观之'的一种哲思的体悟。这实在是晏殊词最值得注意的一种特美。"这种特美实际上指的是柔情之外的理性之思，这种特质与宋诗的表达十分相似，也难怪这句词入诗也毫无违和之处。尾句以"小园香径"的独自徘徊作结，如一缕余香，袅袅不绝，使这千古之憾缥缈于香径之中，花团锦簇里别是一种闲愁。

和马郎中移白菊见示[①]

［唐］李商隐

陶诗只采黄金实[②]，郢曲新传白雪英[③]。
素色不同篱下发，繁花疑自月中生[④]。
浮杯小摘开云母[⑤]，带露全移缀水精[⑥]。
偏称含香五字客[⑦]，从兹得地始芳荣[⑧]。

【注释】

① 马郎中：平生事迹不详。为水部郎中，唐朝尚书省下设有水部，司长官称郎中。

② 陶诗：即指陶渊明咏菊花诗。黄金实：指菊花。《玉函方》载："王子乔变白增年方：甘菊，三月采名玉英，六月采名容成，九月采名金精，十二月采名长生。"

③ 郢曲：《文选·对楚王问》："客有歌于郢中者，其始曰下里巴人，国中属而和者数千人……其为阳春白雪，国中和者不过数十人。"郢曲则为《阳春白雪》曲，此借《白雪歌》引出白菊之英。鲍照《玩月城西门廨中》："蜀琴抽白雪，郢曲发阳春。"

④ 月中生：梁简文帝《采菊篇》："月精丽草散秋株。"

⑤ 小摘：意指随意采摘。谢灵运《永嘉记》中说："百卉正发时，聊以小摘供日。"云母：矿石名，俗称千层纸。晶体常成假六方片状，集合体为鳞片状。薄片有弹性，玻璃光泽，半透明。云母色有黑白，这里以白云母比喻白菊。

⑥"带露"句：意指移植的菊花上带的露珠，如同缀满了晶莹的水精。水精，《山海经》载："堂庭之山多水玉。"郭璞注："水玉，水精也。"

⑦ 含香：这里指代郎官。《汉官仪》："尚书郎奏事明光殿，省中皆胡粉涂壁，其边以丹漆地，故曰丹墀。尚书郎含鸡舌香，伏其下奏事。"五字客：郭颁《魏晋世语》："司马景王命中书郎（令）虞松作表，再呈，不可意，令松更定之，经时竭思，不能改。中书郎锺会取草视，为定五字，松悦服，以呈景王，王曰：'不当尔耶！谁所定也？'松曰：'锺会也。'王曰：'如此可大用。'"

⑧ 得地：犹得其所。言白菊移栽后得其生长之处。

【鉴赏】

李商隐，字义山，号玉谿生、樊南生，是我国诗歌史上最富艺术独创性的大诗人之一。他是晚唐时期的代表诗人，同时他的作品又有着超越晚唐、亘古通今的艺术魅力。他幼年失怙，家境贫寒，以为人抄写养家；十六岁起，以古文为士大夫所知，更为当时的文坛领袖白居易青眼相待，甚至有为子之约（《唐才子传》载："时白乐天老退，极喜商隐文章，曰：'我死后，得为尔儿足矣。'"）；十八岁入幕令狐楚，受一门恩德，后因娶妻王茂元之女，与令狐氏交恶。令狐一族本为牛党中人，而王茂元则与李德裕关系密切，致令他陷入党争之中，夹缝生存，甚为不易。

本诗作于会昌四年（844 年），是李商隐四十余年的人生中较为平稳的一个时期。其时他母亲病逝，为守母丧，他来到母亲曾经寓居的永乐。因此，他得以远离政治舞台的纷乱错杂，亲栽花木，过着"自喜蜗牛舍""慢行成酩酊"（李商隐《自喜》）的闲适生活。马郎中也许只是诗人在这一时期泛泛而交的朋友，所以诗中并未有更多的论人之句，只是因花作比，写出了一篇将白菊之素吟咏得淋漓尽致的和诗。

李商隐的诗作历来以其"富丽精工、典雅藻饰"为后人称道，这首咏白菊的诗也同样具有着这样的风韵。本诗是一篇唱和诗，赞其诗兼及其花。

首句以陶诗所吟咏的黄菊发端，引出新传之白英，黄菊是古意，白菊是新章，古意多为人咏诵，新章却如歌《阳春》，咏花之外，意指所和之诗的高雅脱俗。

颔联写白菊之色，足见义山于写物上的功力，将白菊之皎洁放入月光之下，以月色为底色，越发让人觉得白菊的脱俗。这一句暗承起句，从篱下菊到月中菊，从陶令的古意到义山的素色，各具特色，别生洞天。

继而颈联围绕和诗的“移”所写，这里的“小摘”与“全移”是一对彼此呼应的动作，都意味着移栽时的一个动态瞬间。“浮杯小摘开云母”实是谓白菊若绽放于流觞浮杯之中的云母，尤嫌不够，又勾画出在白菊之上停留的露水，如此，白菊的晶莹剔透便跃然纸面。

诗的最后一联写菊亦写人。“含香五字客”是郎官的指代，又是对白菊的恰切形容。典故蕴涵的“如此可大用”的赞誉浮跃于句外言内，是喜欢用典的义山诗歌所带来的妙趣。顺理成章的“从兹得地始芳荣”作结，令被和者与读者都会心一笑，这场令人舒服的应酬至此而结。

因香成典，这份浓浓的典籍香，与白菊一并长长于天地之间。

绝句二首·其一

［唐］杜　甫

迟日江山丽[①]，春风花草香。
泥融飞燕子[②]，沙暖睡鸳鸯。

【注释】

① 迟日：指春天的太阳。《诗经·豳风·七月》：“春日迟迟。”

② 泥融：泥土被春雨浸润。

【鉴赏】

杜甫，字子美，诗中尝自称少陵野老，世称杜少陵。他是唐初“文章四友”之一杜审言的孙子，杜审言在诗歌史中常被后人称许为近体诗奠基人，明代胡应麟《诗薮》：“初唐无七言律，五言亦未超然，二体之妙，杜审言实为首倡。”杜甫深受祖父的诗文熏陶，他自称“诗是吾家事，人传世上情”，这样的家族环境为一代诗圣的诞生奠定了厚实的基础。他生于开元盛世，见过公孙大娘的剑器浑脱舞，听过崔九堂前李龟年的歌声，赏过吴道子的画，共李白把臂同游……人生发展随着安史之乱的爆发而渐成颓势，他的诗歌中心系苍生、胸怀国事的内容形成了沉郁顿挫的独特风格。

杜诗历来被视为开宋诗理趣之先河。理趣一词，沈德潜《清诗别裁·凡例》作如是解：“诗不能离理，然贵有理趣，不贵下理语。”可见理趣诗并非以诗讲理，而是状物以明理，写器以载道，理趣诗在于一个“趣”字，贵在浑然天成，义理与景致相融合，给人以愉悦和美的享受。

这首诗是杜诗理趣诗的典型代表。诗歌首句开场宏大，用《诗经·豳风·七月》“春日迟迟”典，将春天艳丽的阳光铺就在江山之上。初春的阳光干净如洗，温暖地笼罩山川河岳，接下来所有的画面就都很顺其自然地发生在了初春明丽的日光中。我们来看第二句："春风花草香。"春风和畅，馨香相附，花香浓烈，草香淡然，浓淡之间将春光下的味道呈递到读者面前。

接下来，诗人勾勒了两幅景象：燕子衔泥、鸳鸯闲卧。两者都是在温暖的春日里才能出现的典型画面，从侧面又让人体会到了春光的暖意：冰雪消融后潮湿的泥土，被南方新归的燕子一点点地啄起筑巢；五彩斑斓的鸳鸯在被春日照射下温暖的沙中闲睡。两者一动一静，把春回大地，万物生机勃勃的样貌描述得如在目睫。

诗人将万物和谐，物物融洽的自然之理赋于这一派如画的诗意中，以状物来写理写趣，无一字讲道理，却使人以感观悟得其意，浑然天成。宋人罗大经《鹤林玉露》曾评论此诗："或谓此与儿童之属对何以异。余曰不然。上二句，见两间莫非生意；下二句，见万物莫不适性。于此而涵泳之，体认之，岂不足以感发吾心之真乐乎？"

诗人见到的是春日迟迟的江山秀丽，感受到的是花草馨香的春风气息。味道往往是使人记忆最深刻的一种体验，也最容易令人感同身受。花草香中，春日款款而来，读到这首诗的我们便也如沐春光般获得了随心适性的片刻欢愉。

代赠二首·其一

[唐] 李商隐

楼上黄昏欲望休，玉梯横绝月如钩[①]。
芭蕉不展丁香结[②]，同向春风各自愁。

【注释】

① 玉梯横绝：指楼梯横断，无由得上。玉梯，华美的梯子。一说指玉楼。横绝，指横断之意。月如钩，一作“月中钩”。

② 丁香结：指箴结不开的花蕾，是丁香未放之状。

【鉴赏】

此前，我们已经介绍了一首李商隐的咏菊诗，不过这类诗在他的诗歌中所占比重其实并不大。李商隐的诗歌中最为人称道的是爱情诗，这些诗歌却很难求其本事，又典故纷繁，令人读之如坠水月镜花之中，金元时期文学家元好问评价他的诗歌说：“诗家总爱西昆好，独恨无人作郑笺。”（《论诗三十首》）他的诗歌不断被后人拓宽着表达边界，使诗人之诗与读者之诗有了不同的内涵和外延，形成了非常有趣的阅读形态。

义山的爱情诗与后世一些“西昆”追随者不同，除却旖旎的外表，他的爱情诗的内核是浓缩而真挚的，只是我们在靠近这个内核的时候往往会受到太多的阻隔与干扰。

我们来看这首诗，诗歌仅用四句就为读者勾画出了四幅意境惆怅的图景。仿佛四个空镜头，用惆怅的形态，伴随诗歌的韵律敲打在人心头，令人身处其情之中，沾染上了求而不得的忧愁。

首句以李商隐最喜欢用的“黄昏”切入，使得整首诗被一种即将沉沦的昏黄笼罩。黄昏逐步进入黑暗的过程，正是离人之思从希望到绝望的象征。一个

"休"字，似乎让人看到随着残阳最后一点的沉没，那个独倚高楼之人眼中希冀的光芒也随之消散。接下来是清冷的月辉下的琉璃世界，而这个琉璃世界却并非圆满，玉梯虽高，残月难攀。这个世界便有了一种琉璃易碎的脆弱感，让人感受到求而不得的无限怅惘。

下面两句是最为人称道的对芭蕉、丁香意象的勾勒，自此后芭蕉和丁香被赋予了非常鲜明的特征：惆怅。近代学者俞陛云品味这两句诗曾说："后二句即借物写愁。丁香之结未舒，蕉叶之心不展，春风纵好，难破愁痕，物犹如此，人何以堪！可谓善怨矣。"春风本是薰暖万物之时讯，却也无法温暖愁结。而丁香与蕉叶同于春风之中，同有愁绪却也各不相同，人类的欢愉或许相通，愁苦却有各自的心肠。李商隐的爱情诗歌一贯充盈着阻隔、怅惘、孤独，这些心绪很难明确言说，却可以通过对黄昏幽暗、残月如钩、玉梯横绝、丁香芭蕉象境的勾勒，稍微以"欲望休""各自愁"点染，便撩起无边的思绪。每个人在读这首诗的时候都会随着这段空镜头解读出自己的故事。

丁香花香浓郁，在唐之前，一直以其作为香料的记载为主，又被称为"鸡舌香"，比如曹植的《妾薄命》有言："御巾裛粉君傍，中有霍纳都梁，鸡舌五味杂香。"唐代以后，杜甫的《江头五咏·丁香》说："丁香体柔弱，乱结枝犹垫。细叶带浮毛，疏花披素艳。深栽小斋后，庶使幽人占。晚堕兰麝中，休怀粉身念。"这首诗将丁香幽然孤独的意境描绘出来，而李商隐的"芭蕉不展丁香结"，不但沿用了这种幽然之境，同时赋予了丁香怅惘、幽怨、孤独的特质，让诗海中平添了一抹芬芳。后来戴望舒在《雨巷》中的那句"一个丁香一样的，结着愁怨的姑娘"将丁香的诗意更加具象化，正是义山诗之魅力与生命力的见证。

浣溪沙

[清]纳兰性德

谁念西风独自凉？萧萧黄叶闭疏窗[①]。
沉思往事立残阳。
被酒莫惊春睡重[②]，赌书消得泼茶香[③]。
当时只道是寻常。

【注释】

① 疏窗：刻有花纹的窗户。

② 被酒：中酒、醉酒。

③ 赌书、泼茶：用宋代女词人李清照、赵明诚夫妻生活的往事，来比喻自己和亡妻当年和谐恩爱的夫妻生活。李清照《金石录后序》："余性偶强记，每饭罢，坐'归来堂'烹茶。指堆积史书，言其事在某书某卷第几页第几行，以中否角胜负，为饮茶先后。中，即举杯大笑，至茶覆杯中，反不得饮而起。"

【鉴赏】

纳兰性德，字容若，号楞伽山人，原名纳兰成德，一度因避讳太子保成而改名纳兰性德，满洲正黄旗人，清朝初年词人。他自幼饱读诗书，文武兼修，年少有为，十八岁便考中举人，二十一岁殿试中二甲第七名，成为儒学大家徐乾学的高足。

纳兰性德身为武英殿大学士纳兰明珠的长子，不仅肩负着家族使命，还有帝王对他的殷殷期盼。这是一个处于满人逐步汉化的时代缝隙中的历史人物，一方面，他接受汉人的教育，对五千年来的华夏文明有着浓厚的兴趣；另一方面，他出身贵族世家，又需要在武功上有所建树，造就了他十分矛盾的人格特质。他生长在明珠府里，有父辈泽被；他受教于徐乾学，对儒学有着强烈的热爱。他主持编纂了一部儒学汇编——《通志堂经解》，是他一直以来的骄傲；他交游于顾贞观、严绳孙、朱彝尊、陈维崧、姜宸英这些一时俊逸之中，受到他们于世所称落落难合思想的影响；他是温柔的丈夫，与两广总督卢兴祖之女卢氏成婚，恩爱非常；同时他又是皇帝的御前侍卫，还曾奉旨出使梭龙，考察沙俄侵边情况。广厦明堂，绮罗丛中；边塞风雪，凄风苦雨。纳兰性德最终因病早逝，仅仅只有三十岁而已。

他尚未来得及老去便溘然而逝，留下来的词给人一种纤尘不染、纯任性灵之感。他的词以写情为主，近代学者王国维评他道："纳兰容若以自然之眼观物，以自然之舌言情。此由初入中原未染汉人风气，故能真切如此。北宋以来，一人而已。"他的词中最能代表这一风格的便是悼亡词。他的妻子卢氏是名门闺秀，才学兼备，是不可多得的佳侣。奈何三年后，卢氏亡故，纳兰守灵一岁，以楞伽山人自居，意冷心灰。

所选的这首词便是纳兰词中非常经典的一首悼亡词。该词以景语写情语，以典故写旧情，以日常之事动芸芸众人。上片以"谁念西风独自凉"为始，打开了一扇回忆的窗。秋风乍起，卢氏的温言款语再也无法呵护词人的心灵，身体的寒冷也便随之而来。一个"独自"将被死亡抛弃在人世的词人形象勾画了出来，接下来的黄叶、残阳都成为这道孤独身影的背景，气氛因之显得格外哀凉。

下片中词人写了回忆里的春，那个春日一切都刚刚好，可以肆无忌惮地"被酒"，因为一旁的妻子会体贴到不惊春睡。接下来用了李清照与丈夫赵明诚的旧事，那如流星滑落的亮色，只是曾经生活中最平常不过的快乐而已。可无论是怎样的欢愉，最后都会是剩下的那个人最痛苦。隔着千年的时光，李清照也好，纳兰容若也罢，都是那个孤独的人，怀揣着"只道是平常"的心慢慢地走下去，走到或可以遗忘的年纪，走到或永无止歇的孤寂里。

整首词中"赌书消得泼茶香"是一段古人生活的闲趣。夫妻之间以书为赌，以茶为注，雅趣至极，非最安稳处不能为，是最普通却又令人回味悠长的小情趣。纳兰词以"当时只道是寻常"为句，打动了无数后人的心，其词浅切，其意渺远，恍若天成。

【馥】

犹之惠风，荏苒在衣。
阅音修篁，美曰载归。

慈恩精舍南池作[①]

［唐］韦应物

清境岂云远，炎氛忽如遗[②]。
重门布绿阴[③]，菡萏满广池[④]。
石发散清浅[⑤]，林光动涟漪[⑥]。
缘崖摘紫房[⑦]，扣槛集灵龟。
浥浥余露气[⑧]，馥馥幽襟披[⑨]。
积喧忻物旷[⑩]，耽玩觉景驰[⑪]。
明晨复趋府[⑫]，幽赏当反思。

【注释】

① 慈恩：慈恩寺简称。大慈恩寺，位于唐长安城晋昌坊（今陕西西安市南），中国“佛教八宗”之一“唯识宗”（又称法相宗、俱舍宗、慈恩宗）祖庭，唐长安三大译场之一。精舍：为僧人道士居所。南池：曲江南池。

② 炎氛：热气，暑气。

③ 重门：指一层层许多门户。西晋左思《蜀都赋》：“华阙双邈，重门洞开。”

④ 菡萏：指荷花。莲花与佛教关系密切，佛经中常有与莲花相关典故，如步步生莲、拈花微笑等。

⑤ 石发（fà）：苔藻生于水边石上。《初学记》卷二七引晋周处《风土记》：“石发，水苔也，青绿色，皆生于石也。”清浅：言苔藻散发于水之清澈不深。

⑥ 林光：阳光透过树林，洒下光影。

⑦ 紫房：指紫色的果实。这里指葡萄。西晋左思《文选·吴都赋》：“素华斐，丹秀芳，临青壁，系紫房。”张铣注：“紫房，果之紫者，系于木上。”

⑧ 浥浥：香气浓郁之状。露气：水汽。《礼记·月令》：“孟春之月……东风解冻。”唐孔颖达疏：“谓之寒露，言露气寒将欲凝结。”

⑨ 馥馥：形容香气浓郁。幽襟：意指无法言说的心事。襟，胸怀。

⑩ 忻：假借为“欣”，言心喜之状。

⑪ 耽玩：亦作“耽翫”。指专心研习，深切玩赏。

⑫ 趋府：趋走府衙。

【鉴赏】

韦应物，字义博，京兆杜陵（今陕西省西安市）人，出身京兆韦氏逍遥公房。京兆韦氏是世家大族，汉朝时期就有俗谚称京兆韦氏和京兆杜氏为“城南韦杜，去天尺五”。进入隋唐，京兆韦氏更是得到空前发展，有唐一代，京兆韦氏先后诞生了十七位宰相。

韦应物的出身与唐代很多知名大诗人通过科考仕进不同，他一入仕，便已经是右千牛备身，是皇帝身边的近侍，出入宫闱，扈从游幸。安史之乱爆发，韦应物与很多在玄宗朝为官的诗人一样，流落失职，生活窘迫。从肃宗广德二年（764 年）起到德宗贞元七年（791 年），将近三十年间，韦应物大部分时间都辗转各地为官，他勤政爱民，厉行节俭，“身多疾病思田里，邑有流亡愧俸钱”（韦应物《寄李儋元锡》）是他为官自勉，苏州刺史届满之后，韦应物没有得到新的任命，他一贫如洗，居然无川资回京候选，寄居于苏州无定寺，不久客死他乡。

韦应物的诗风冲淡平和，王世贞在《艺苑卮言》中称赞“韦左司平淡和雅为元和之冠”。冲淡是一种冲而不薄、淡而有味的美学品格，平和是平正谐和的诗学境界。这样的诗风一方面来自于韦应物的人生经历。韦应物出身世家大族，生长在大唐天宝的繁华之中。随着安史之乱的动荡，他对于仕进的热情早已不复盛唐之时，在他的人生履历上也一直出现出仕—闲居的反复循环。人生经历使得他的诗歌既有澄澹的韵味，又独具精致典雅，难怪苏轼会慨叹他和柳宗元的诗：“发秾纤于简古，寄至味于淡泊，非余子所及也。”另一方面，佛禅思想对于韦应物本人的影响至深。他一生之中闲居之处多为禅院，如武功宝义寺、洛阳同德精舍、西安善福精舍、苏州永定寺等处，深得佛学精髓，心境也因其身境而立性高洁，平和自然，对安静美好的理想境界的追求与恪守，造就了韦应物如是诗风。

《慈恩精舍南池作》据考证作于大历十年（775 年）左右，此时诗人正身居长安。慈恩精舍是大唐长安城内最为宏伟的佛寺，它本身为李唐皇室所建，后又因玄奘法师在此主持寺务，领管佛经译场，创立了汉传佛教八大宗派之一的唯识宗而闻名于世。它的东南为曲江池，就是诗题中所说的“南池”。

诗歌虽然如一长卷，以移步换景的描绘为主，但是却张开五感，让人如临其境。首联，仿佛夏日里一丝来自古洞里的风，清爽中带着一丝温润。诗人以“清境”为诗歌定下了基调。清境不光是身体的感受，更是心灵的感受。“炎氛”至此止步，被弃之如遗。接下来的第二联，诗人以色彩为目识，将重重绿荫的浓郁与菡萏的粉嫩勾画出来，既沉静又雅淡。第三联言南池，却引光动影入诗，水光荡漾着的水苔与林光扰动的涟漪，都是微微地触碰着人的心弦，让人心生宁静。第四联改为行动线的描写，诗人随手摘下崖壁上的葡萄，叩击栏杆引来灵龟聚集，用两个小动作“摘”和“集”来传达一种闲适自在的情感，古淡雅致。最后，诗人将关注点放在了嗅觉上，因此才会有第五联中的“浥浥”与“馥馥”，“浥浥余露气”让人感受到香气中带有湿润，而这香气将“襟披”笼罩，幽幽然，令人心旷神怡。如上种种，被诗人概括为“物旷”，事实上，这里的物旷是心旷。所有的“积喧”因诗人张开的五感，感受到的心灵的宁静而变得烟消云散，所以诗人才会觉得这段时光的宝贵，要珍藏这段时光。即便是明天早晨又是繁忙工作的一天，也要将这一刻所有的收获珍藏，以供反复回味。

心旷神怡的境界往往是可遇而不可求的“这一刻”，我们铭记“这一刻”的时候会用声、色、行、意去回味。“馥馥幽襟披”，让人感受到了那夏日悠闲时光里沾染在衣襟上的香气，又闲适，又美好。

怨　诗

［汉］张　衡

猗猗秋兰①，植彼中阿②。
有馥其芳③，有黄其葩。
虽曰幽深，厥美弥嘉④。
之子之远⑤，我劳如何⑥。

【注释】

① 猗猗：美盛貌。《诗经·卫风·淇奥》："瞻彼淇奥，绿竹猗猗。"毛传："猗猗，美盛貌。"秋兰：秋日兰草。这里用来咏颂美人。

② 中阿（ē）：丘陵之中。亦指山湾里。

③ 有馥：即馥馥，香气浓烈。

④ 厥：其，他的。

⑤ 之子：这个人。

⑥ 劳：劳念，挂念。如何：奈何。

【鉴赏】

张衡，字平子，东汉南阳郡人。我们熟知他是因为他在我国天文学、机械技术、地震学上的卓越贡献，他发明的地动仪、天象仪，撰写的《灵宪》《浑仪图注》《算罔论》都是我国科技史上的高峰。而另外一方面，张衡在文学上的才华也同样耀眼，与司马相如、扬雄、班固并称"汉赋四大家"。他的《二京赋》《归田赋》在汉大赋中有着举足轻重的地位。他年少时便善作文章，祢衡曾称赞他为文"下笔绣辞，扬手文飞"。他一生的兴趣在于治学，虽然历任郎中、太史令、侍中、河间相、尚书等职，但是对于官场仕途不甚上心，曾几度请辞回家。但张衡却很钦佩南阳太守鲍德，曾应其邀约去做了主簿，掌管文书之类的工作，一直到八年后鲍德调任京师，张衡再度辞官归田。

所选的这首诗，据学者推测应当就是作于鲍德入京做大司农之际，所以诗歌最后有思远人之情。《怨诗》其前有序，曰："秋兰，咏嘉人也。嘉而不获，用故作是诗也。”诗歌以秋日之兰咏人，这种手法在四言诗歌中十分常见，但是以兰咏人，纵观存世文献，除却相传为孔子所作的《猗兰操》外，当属第一次出现。而孔子之作《猗兰操》，最早见于蔡邕《琴操》：“《猗兰操》者，孔子所作也……过隐谷之中，见芗兰独茂，谓然叹曰：‘夫兰当为王者香，今乃独茂，与众草为伍，譬犹贤者不逢时，与鄙夫为伦也。’乃止车，援琴鼓之……自伤不逢时，托辞于芗兰云。”到底确为孔子所作，还是托名尚不明确。故而，张衡以兰花喻君子，将兰的品质总结升华，使兰逐步进入到中华文化的君子之列，是为创见之举。

诗歌充满了咏叹之情，盛美的秋兰长于山幽曲处，香气在幽寂的环境里发出浓郁的芬芳，黄色的花朵仿佛君子一般，醒目却宁静，不能为世俗所遮掩。这就是长在诗人心中的那株世外幽兰吧。那份宁静和美好却远不可及，不可及而生怨，生怨而有此诗。就诗歌本事而言，此是诗人对于远方故交鲍德的怀念之情。这种怀念不单是对于这位旧友品貌德行的赞美，同时也是对那段安宁的生活环境、愉快的人生体验的怀念。

如果我们跳出本事，再来仔细品味这首诗，这样一株生于人心之上的幽兰又何尝不是我们每一个人都拥有的那一方净土？那份宁静自得存在于某一个瞬间，这种只能和自己分享的愉悦就仿佛长在幽谷中的兰，香气盈盈，耀眼夺目。

“有馥其芳，有黄其葩。”希望我们每个人心中都有那样一株兰，或者是曾经相伴的知己，或者是内心的一刻欢愉，在“寤寐思服”中感受到那苦涩的叹惋。

满江红·游清风峡[①]，和赵晋臣敷文韵[②]

［宋］辛弃疾

两峡崭岩[③]，问谁占、清风旧筑。更满眼、云来鸟去，涧红山绿。世上无人供笑傲，门前有客休迎肃[④]。怕凄凉、无物伴君时，多栽竹。

风采妙[⑤]，凝冰玉。诗句好，余膏馥[⑥]。叹只今人物，一夔应足[⑦]。人似秋鸿无定住，事如飞弹须圆熟[⑧]。笑君侯[⑨]、陪酒又陪歌，阳春曲。

【注释】

① 清风峡：在铅山（今属江西），峡东清风洞，是欧阳修录取的状元刘煇早年读书的地方。《广信府志》载："状元山，在铅山西五里，有清风洞，宋状元刘煇读书其中。东即龙窑山，西有清风峡，空嵌崭岩，寒气逼人。"赵晋臣曾在清风峡上状元山巅建有清风亭。

② 赵晋臣：词人友人。《铅山县志·选举志》：赵晋臣，名不迂，南宋绍兴二十四年（1154 年）进士，官中奉大夫，直敷文阁学士。

③ 崭岩：险峻的山岩。崭，高峻。

④ 迎肃：犹迎进。肃，躬身作揖状，故言之。

⑤ 风采：风度、神采。多指美好的举止态度。

⑥ 膏馥：本为脂膏的香味，借喻对诗文的美好的回味。

⑦ 一夔应足：又作"一夔而足"。典出《韩非子·外储说左下》："夔一而足矣。""足"为足够之意，指有夔一人，已足够制乐。后以"一夔"指能独当一面的专门人才。

⑧ 飞弹：弹为弹丸，指世事当如被打磨的弹丸圆润。圆熟：圆润纯熟，指为人处世灵活变通，精明练达。

⑨ 君侯：汉以后，用为对达官贵人的敬称，这里是对赵晋臣的尊称。

【鉴赏】

辛弃疾，原字坦夫，后改字幼安。他本是山东历城人，奈何他出生时北方已落入金兵之手。当时为保全家族，其父祖被迫仕金，但风骨未泯，辛弃疾一直都盼望着能够报仇雪耻，恢复中原。二十一岁的辛弃疾聚义两千余人参加了耿京的起义军。此时金兵正挥师南下，进攻两淮，辛弃疾奉命入朝廷奏事。他尚未离开临安时，义军中张国安叛变，杀害耿京于海州，致使义军溃散。辛弃疾听闻，率五十人冲入数万人的敌营，将叛徒擒拿回建康，交给朝廷惩处。重归南方后的辛弃疾一直致力于抗金北伐，如著名的《美芹十论》《九议》都是非常有建设性的表章，广为传诵。只是当时朝廷反应十分冷淡，无意北伐。后来辛弃疾又辗转多地为官，颇有实绩，直到淳熙八年（1181 年）被弹劾，退隐带湖庄园，开启了他稼轩居士的生活。绍熙元年（1190 年），新皇继位，一些旧臣得到起复，辛弃疾曾短暂地为福建提刑，后因“庆元党禁”再次被弹劾，归隐瓢泉。

瓢泉归隐期间，词人结识了本首词中提到的赵晋臣。赵晋臣本宋宗室，宁宗庆元四年（1198 年）至五年间出任江西转运使兼知南昌府，后罢职东归。他闲居的铅山距离瓢泉不远，与辛弃疾情意相投，结为好友。辛弃疾曾在《念奴娇》里称赞这位好友道：“看公风骨，似长松磊落，多生奇节。”两人经常相携出游，彼此唱和，所选这首词便写于同游之时。

上阕写清风峡之景，起句便问，“问谁占、清风旧筑”。这里的“清风旧筑”所指的是刘煇读书之所。刘煇是北宋人物，天资颖异，为欧阳修赏识。他为人孝义，祖母病逝，他辞官回乡守丧，居丧期间，刘煇买田以赡养族中之贫困者，又选山溪形胜之处结庐，聚徒讲学，远近闻名，从学者纷至沓来。县官改其里曰“义荣社”，榜其学曰“义荣斋”，号其地曰“清风峡”。居丧未满，刘煇病逝，年仅三十六岁，朝野惜之。可以说清风峡是孝义的象征，词人至此，所吟咏的远超孝义的狭义范畴，而是问及人间正道，所以才会有“问谁占、清风旧筑？”之问。这样的大道已经随着国家半壁沦陷、苟延残喘变得荒芜，只剩下云鸟在侧、山水如故，还有词人和携手同游的赵晋臣。所以，旧筑中的“你我”外，便无人可以供“笑傲”了，世上有客也不过凡夫俗子，不如与竹为伴，莫去相迎。上阕的词人不但完成了以词写景的任务，同时也将唱和之功能完成大半。

下阕则专注于同游唱和之人，以“风采妙，凝冰玉。诗句好，余膏馥”来写赵晋臣。对于他此次罢官归乡交往最多的好友，辛弃疾不吝辞藻。两人感情甚笃，并彼此青睐，辛弃疾的《念奴娇》就曾写过“尊酒一笑相逢，与公臭味，菊茂兰须悦”，可见两人的交往并非泛泛，而是一种品性上的相投。因此词人动用了“一夔应足”的典故，不单是对好友极高规格的褒扬，还是对他品格才能的肯定。可是词中又隐含一种郁郁之情，即便是“一夔应足”的人物，也是不得重用，才有了下面的一笔：你我本如飞鸿般，漂泊无定，离易聚难，世事如弹丸飞出，转瞬而过，便不必太过执着。这句词有些老气、有些灰颓，是丧气之言，却也是知己之言。因之最后词人打起精神，不若惜此之时，“笑君侯、陪酒又陪歌，阳春曲”，完成了词的唱和主题，同时也将自己的复杂心绪都和盘托出。

“诗句好，余膏馥”的香气，是诗书之香。《新唐书 · 杜甫传》云：“至甫，浑涵汪茫，千汇万状，兼古今而有之。他人不足，甫乃厌余，残膏剩馥，沾丐后人多矣。”言杜甫的诗歌贡献，即便所剩无多，也足以使后人受益匪浅。那袅袅余韵的诗书之香，正是缭绕于中国文化鼎炉不息的氤氲气息吧。

惜黄花·题张孟缇夫人淡菊轩诗舍图[①]

［清］顾太清

秋容围屋[②]，诗声谁读。伴黄花，绕疏篱、几竿修竹。插架秘图书[③]，博览堪游目。好生活、古香充腹[④]。

丰神静肃。墨华芬馥。羡伊人，羡伊人、享全清神，彤管振琳琅[⑤]，闺阁知名宿[⑥]。雅称个、纫兰餐菊[⑦]。

【注释】

① 张孟缇：张缇英，字孟缇，一说字纬青，浙江嘉兴人。其父亲张琦是清代著名的书画家，其伯父张惠言为常州词派的创始人。其夫吴廷钤为刑部员外郎。张氏姐妹五人皆以诗书名世，号为一门风雅。张缇英著有《淡菊轩集》，淡菊轩诗舍为其书屋。此词作于道光二十四年（1844年）。

② 秋容：秋日的景色、气象。

③ 插架：旧时悬在墙壁上的架子，类似后来的书架，常以斑竹制成，一名“高阁”。秘图书：此处指宫禁秘藏之图书。

④ 古香：指古书、藏画因年代久远等发出的书香之气。

⑤ 彤管：杆身漆朱的笔。《后汉书·皇后纪序》：“女史彤管，记功书过。”因古代女史记史用此笔，故而此处引申为女子文事。琳琅：本为美石，这里喻指优美的诗文、珍贵的书籍。

⑥ 名宿：素有名望之人。

⑦ 纫兰餐菊：佩戴兰草，餐食菊花。表示品行高洁。《楚辞·离骚》：“扈江离与辟芷兮，纫秋兰以为佩。”“朝饮木兰之坠露兮，夕餐秋菊之落英。”

【鉴赏】

顾太清，本姓西林觉罗氏，名西林春，字梅仙，又字子春。太清为其号，晚年号云槎外史，是清代第一女词人。王国维曾经称她为“李易安以后，一人而已”。在满族词人中，她与纳兰性德齐名，有“男有成容若，女有太清春”之称。

顾太清原为镶蓝旗之后，后家道中落，其父以游幕为生，但家学未断，因之太清亦工诗擅词。二十六岁，她嫁给了荣纯亲王永琪之孙贝勒奕绘为侧室。两人感情甚笃，奕绘字太素，西林春则以太清自号；太清之名为春，奕绘则有《写春精舍词》为应。两人笃爱金石，与李清照夫妇十分相似。太清三十六岁开始和奕绘学习填词，后晚年有词集《东海渔歌》，现存词三百一十六首。奈何奕绘四十早逝，顾太清以侧室之身被迫搬离荣王府，卖金钗而购宅，甚为不幸。奕绘过世后，太清失去了重要的伴侣与诗友。好在她有很多重要的女性诗友，并展开了大量的文学活动。

清代乾隆以后闺阁中吟诗结社风尚高涨，很多名门闺阁常存有诗作，沈善宝在《名媛诗话》中曾说：“吾乡多闺秀，往者指不胜屈。”可以说，吟诗结社活动一定程度上成为了当时满汉女性扩大交友圈的一种方式，这些女性即使素未谋面，有时也会通过书信的彼此交流来相识相知。词中所提的张孟缇便是这样的朋友，词人在词下小注中说“闻孟缇善书”，可能两人并没有更为密切的交往。

这首词以张缇英的《淡菊轩诗舍图》为描摹对象，若画师布局，开篇先以意境点染，未见其室，先闻其声，秋容于外，诗声于内。本是寂寂的画作，却变得有声有色，令人想见其内。然而词人却继续渲染，如同老北京的宅院，先见到影壁，再穿庭过屋，方能登堂入室。所以“黄花”“疏篱”“修竹”既是遮目之用，又将对方所居之雅致氛围渲染起来。而后目光所及是“插架秘图书”，回应开篇诗声，游目之间便博览群书，如此生活，安逸舒适。

下阕便写舍内人，风貌深情、宁静肃穆，是书香之气所熏染出来的气质，自带高华。如斯佳室，如斯佳人，是被驱逐在外的顾太清所渴望的，她的两句“羡佳人”是何其由衷，读者至此很难不为其生出些许惋惜。后半段高赞了自己的这位闺友，扣其“诗轩”“淡菊”之意，将一位温润如兰的女子永恒地留存在了这首词里。况周颐曾评价顾太清的词：“太清词，其佳处在气格，不在字句，当于全体大段求之，不能以一二阕为论定，一声一字为工拙。”观此词，是为的论。全词气足生动，虽无一两佳句，却全在真情实意，内蕴充实。

“墨华芬馥”是闺阁里的翰墨之香，难得的是这香气不是男子赋予的，而是女性自身的文化程度的提升、文化品味的增强而带来的，所以这香气在古典诗词中才显得尤为珍贵。

欧阳季默以油烟墨二丸见饷[①]，各长寸许，戏作小诗

［宋］苏　轼

书窗拾轻煤[②]，佛帐扫余馥[③]。
辛勤破千夜，收此一寸玉。
痴人畏老死[④]，腐朽同草木。
欲将东山松[⑤]，涅尽南山竹。
墨坚人苦脆，未用叹不足。
且当注虫鱼[⑥]，莫草三千牍[⑦]。

【注释】

① 欧阳季默：为欧阳修之四子欧阳辩，他俊警倜傥，有文采，善金石，性孤傲，官至承议郎。油烟墨：指用油烟等制成的墨。元陆友《墨史·大韶墨》："近世所用蒲大韶墨，盖油烟墨也。"丸：古代称墨的量词。元陆友《墨史》："叶少蕴云：两汉间称墨多言丸，魏晋后始称螺。"晁以道《墨经》说："凡丸剂不可不热，又病于热，急手为光剂，缓手为皴剂，一丸即成，不利于再。"

② 轻煤：轻细的烟灰。这里指古代制墨精料。《墨经·胶》记载："凡墨胶为大，有上等煤而胶不如法，墨亦不佳。如得胶法，虽次煤能成善墨。"又载："古用立窑，高丈余，其灶宽腹小口，不出突，于灶面覆以五斗瓮，又盖以五瓮，每层泥涂惟密，约瓮中煤厚，住火，以鸡羽扫之。"

③ "佛帐"句：佛灯及香积久成煤。佛，一作"拂"，但若作"拂"则与书窗不对。

④ "痴人"句：白居易《涧底松》："老死不逢工度之。"痴人，平庸之人。

⑤ 东山松：《墨经》："兖、沂、登、密之间山，总谓之东山。自昔东山之松，色泽肥腻，性质沉重，品推上上。"

⑥ 鱼虫：汉代大儒注释儒家经典亦重视名物的训诂考释，故常以"鱼虫"指训诂考据之学。

⑦ 三千牍：《史记·滑稽列传》："朔（东方朔）初入长安，至公车上书，凡用三千奏牍。"后用以指进呈给皇帝的长篇奏疏。这里有指公文之意。

【鉴赏】

苏轼，字子瞻，一字和仲，号铁冠道人、东坡居士，世称苏东坡、苏仙。北宋中期文坛领袖，在诗、词、散文、书、画等方面均取得很高成就。其诗题材广阔，清新豪健；其词开豪放一派，开拓了宋词境界；散文著述宏富，豪放自如，使之位列“唐宋八大家”之一。

苏轼幼年便对欧阳修十分崇敬，在后来他写给欧阳修的祭文中曾经写道：“童子何知，谓公我师。昼诵其文，夜梦见之。”科举考试中，苏轼终于得拜欧阳修门下，成为其得意门生。嘉祐二年（1057 年），苏轼参加礼部考试，欧阳修恰为主考，见到他的《刑赏忠厚论》，大为赞叹。不过北宋科考形式已与唐代不同，对试卷采取弥封、誊录以保证录取的公平性。故而欧阳修虽想将此试卷录为第一，又担心是自己门客曾巩的手笔，故而将其排名第二。放榜时欧阳修大为吃惊，后来他在给好友梅尧臣的信里夸奖这位青年才俊说：“吾当避此人，出一头地。”

颍州是欧阳修的第二故乡，史书有欧阳修“生于绵，长于随，仕于朝，家于颍”的记载。熙宁四年（1071 年），苏轼出为杭州判，特地停驻颍州去拜谒当时在颍州告老归田的欧阳修，一同畅游颍州西湖，作有《陪欧阳公燕西湖》等诗作。这是师生二人最后一次会面，次年，欧阳修便长逝于斯。欧阳修对苏轼的影响很大，无论是其疏隽的文学风格还是旷达的胸怀，都为苏轼的人生开辟出了一条开阔博大的途径。此次颍州从游，便是一例，苏轼在《钱塘勤上人诗集叙》中说：“故太子少师欧阳公好士，为天下第一。士有一言中于道，不远千里而求之，甚于士之求公。以故尽致天下豪俊，自庸众人以显于世者固多矣。然士之负公者亦时有，盖尝慨然太息，以人之难知为好士者之戒。意公之于士，自是少倦。而其退老于颍水之上，余往见之，则犹论士之贤者，唯恐其不闻于世也。”欧阳修去世之后，苏轼曾多次在词作当中怀悼恩师，最著名者《西江月·平山堂》云：“三过平山堂下，半生弹指声中。十年不见老仙翁。壁上龙蛇飞动。　欲吊文章太守，仍歌杨柳春风。休言万事转头空。未转头时皆梦。”情动于衷，令人唏嘘。

苏轼与欧阳修的后人也颇多交好，他在京任起居舍人时与欧阳修的三子欧阳棐、四子欧阳辨共事，《颍州祭欧阳文忠公文》中写道：“叔季在朝，如见公颜。”更以自己的儿子婚配欧阳棐之女，结为姻亲。

元祐六年（1091 年），苏轼以龙图阁学士知颍，欧阳辨兄弟因母亲去世归颍守制，几人时常相聚，或泛舟西湖，或月夜听琴，交友甚欢。欧阳二兄弟在诗歌方面并不喜好，但是在与苏轼交游中也往往破例为之，苏轼有《次韵赵景贶督两欧阳诗，破陈酒戒》诗，有句：“君言不能诗，此语人信不？”其欢乐如此。

本诗正作于此时。欧阳辨以墨相赠，苏轼以诗相回，是文人风雅，也是朋友高谊。在诗歌浓淡相宜的墨香氤氲中，诗人也将自己的心胸写在了其中。诗歌首二句写制墨之艺，其愈难为，愈珍贵。墨至宋代，以油烟墨为最，因其书写丰肌腻理，光泽如漆，颇得书家喜爱。沈括在《梦溪笔谈》中介绍了这种墨的发现过程：“鄜延境内有石油。……颇似淳漆，燃之如麻；但烟甚浓，所沾幄幕皆黑。予疑其烟可用，试扫其煤以为墨，黑光如漆，松墨不及也。遂大为之。”至徽宗时期，油烟墨中的苏和油烟竟已价比黄金。苏轼自身是书法大家，得此长寸许的墨丸，自是珍爱无比，故有“收此一寸玉”之叹。墨的制作大多以松木烧成灰，虽然油烟墨以石油为之，但苏轼依旧选取了旧有意象，以松、竹在中国古典诗歌中的象征意义来作为墨的灵魂内核。由松竹到人生，由墨之坚，到人之苦脆，是宋诗中常见的一种心物相接时展现哲理的写作方法。“注虫鱼”与“三千牍”的对仗便不只是诗人诗歌的写作方法，更是诗人经历过惨痛的“乌台诗案”的人生体悟，是灰心之语，更是抗争之语，这样的心腹之言借墨之机诉与故友，一吐胸中不畅。

油烟墨香，是华贵而文雅的礼物，也是朋友之谊中最为靠近灵魂的深情厚谊。欧阳之墨，苏子之诗，尽写胸中之气，令人击节赞叹。

渔歌子

［清］屈大均

素馨红[①]，素馨绿。素馨红绿看难足。
穿茉莉，贯芙蓉[②]，持作玲珑花屋。
旖旎香[③]，宜新浴，荔枝膏滑惭非玉。
捐麝片[④]，屏笺沉[⑤]，怕乱冰肌真馥[⑥]。

【注释】

① 素馨：植物名。本名耶悉茗，佛家著作亦以“曼华”称之。此物为常绿灌木，初秋开花，以其花色白而芳香清冽，故有素馨之称。
② 贯：贯穿之意，象穿物之形。
③ 旖旎：本意为旌旗随风飘扬的样子，此处当释为香随风舞。
④ 捐：弃也。麝片：麝香片。
⑤ 屏：摒弃，除去。笺沉：沉香片。
⑥ 冰肌：《庄子·逍遥游》：“藐姑射之山，有神人居焉，肌肤若冰雪，淖约若处子。”此处用以形容花之纯净洁白。

【鉴赏】

屈大均，初名邵龙，又名邵隆，号非池，字骚余，又字翁山、介子，号菜圃。他是明末清初著名的诗人、学者，与陈恭尹、梁佩兰并称“岭南三大家”。他生于广东番禺，对岭南诗风有着很大的影响。明清易代，陵谷之变，屈大均剃发为僧，不仕清廷，名其所居为“死庵”。后于多地积极参与反清复明活动，游走多地，后因吴三桂借反清之名行割据之实，心灰意冷，归于广东，移志于对广东文献、方物、掌故的收集编纂，编成《广东文集》《广东文选》以及被称为“广东地情书”的《广东新语》。《广东新语》记述了广东的天文、地理、矿藏、草木、动物、文化、民族、习俗等方面的资料，是后世了解当时广东的重要史料，其中不但有风土民情，还有大量关于农业的内容，关乎国计民生。可以说，屈大均还是一位在岭南社会中率先走向近代化的思想先驱。

这首《渔歌子》所描写的正是广东一种非常有代表性的植物：素馨花。素馨花，原名耶悉茗，相传是汉朝陆贾从西域带来的，种于中原。南越王赵佗本是秦朝将领，他率军南下攻打百越，此战结束后正逢秦末大乱，他便建立南越王朝，自立百越王。他因思念故乡，便把素馨花带入广州，所以此花又被称为“河南花”。

关于素馨还有一个美丽的传说，据《龟山志》载：“昔刘王有侍女名素馨，冢上生此花因以得名。”《广州志》载：“城西九里曰花田，弥望皆素馨花。《南征录》云，南海刘隐时有美人葬于此，至今花香异于他处。”传说五代时刘王侍女素馨未入宫前曾为种花女，她入宫后，因受宠爱，刘王令宫内广种素馨花。宫女皆以素馨花为配饰，每日早起浣洗时素馨花落入水中，流入湖泊，湖水就成了流花湖。而素馨死后，南汉灭亡，其乡民迎她骨骸回乡安葬，才有了冢上生香的故事。此后，乡民以载种素馨花为业，至清代，有“三十三村人不少，相逢多半是花农”之说，素馨的故乡庄头乡的乡民更是“一生衣食素馨花”。

屈大均在《广东新语》记述道：“珠江南岸，有村曰庄头，周里许，悉种素馨，亦曰花田。妇女率以昧爽往摘，以天未明，见花而不见叶。其稍白者，则是其日当开者也。既摘覆以湿布，毋使见日，其已开者则置之。花客涉江买以归，列于九门。一时穿灯者、作串与缨珞者数百人，城内外买者万家。富者以斗斛，贫者以升，其量花若量珠然。花宜夜，乘夜乃开，上人头髻乃开，见月而益花艳，得人气而益馥，竟夕氤氲。至晓萎，犹有余味，怀之辟暑，吸之清肺气。又宜作灯雕玉镂，冰玲珑四照，游冶者以导车马，故杨用修有云：‘粤中素馨灯天下之至艳者也。’”素馨花是一种装扮美人的花朵，它至白至馨，却又至艳至馥。

词开篇所描绘的“素馨红，素馨绿”是素馨花未放之状，红色的是含苞花朵，绿色的是窈窕绿叶，花儿馨香未发，便已看之不足。及至其花苞绽放，便更要以茉莉、芙蓉为伴，“持作玲珑花屋”。这里的芙蓉所指为木芙蓉，玲珑花屋似是屈大均在《广东新语》里所记载的素馨花灯。将素馨花、茉莉、木芙蓉串绕在灯壁上，雕玉镂冰，玲珑四照，煞是美丽。

上阕写花态，下阕写花香。花香旖旎，艳而氤氲，白而细腻的光泽似美人浴中，却纯而不俗。这种花香令词人要摒弃檀麝之香，留此沁人真馥，使人想嗅其味。粤人多爱素馨花，屈大均更是多次以素馨入诗、入词，咏其旧俗，颂其花态。他曾有《素馨》诗云："无钱花亦买，暮暮上头来。香得双鬟吐，光含片月开。珠珰争大串，茉莉让重台。细草穿灯好，枝枝照酒杯。"

素馨花曾于康乾之世鼎盛一时，清末逐渐衰落，而今于广东一地亦难复现，不得不说多少有些遗憾。

千秋岁·徐州重阳作

［宋］苏　轼

浅霜侵绿[①]，发少仍新沐。冠直缝[②]，巾横幅[③]。美人怜我老，玉手簪金菊[④]。秋露重，真珠落袖沾余馥。

坐上人如玉，花映花奴肉[⑤]。蜂蝶乱，飞相逐。明年人纵健，此会应难复。须细看，晚来明月和银烛。

【注释】

① 浅霜：霜未尽染，以此喻头发花白。

② 冠直缝：《礼记·檀弓上》："古者冠缩缝，今也，衡（横）缝。"孔颖达注："缩，直也。殷以上质，吉凶冠皆直缝。直缝者，辟积摄少，故一一前后直缝之。"

③ 巾横幅：以幅葛或缣等质地坚硬的布料制成巾，横戴在头上。

④ 簪金菊：指古代男子重阳头上插菊花的习俗。

⑤ 花奴：唐玄宗时汝南王李琎的小名。李琎幼善击羯鼓。唐南卓《羯鼓录》："上（玄宗）性俊迈，酷不好琴。曾听弹琴，正弄未及毕，叱琴者出，曰：'待诏出去！'谓内官曰：'速召花奴将羯鼓来，为我解秽！'"

【鉴赏】

苏轼年少成名，一举天下知。平顺的人生因父亲的去世而骤然改变，三年丁忧归来，朝廷已因王安石变法而陡生大变。苏轼相亲厚的师友均对这场变法抱有否定态度，他本人也直言上书，陈说弊端。这一举动随即遭到弹劾，感受到山雨欲来的苏轼为避锋芒，主动请出京城。此后他辗转多地为官，更遭遇乌台诗案，人生的跌宕浮沉也正式开启。

苏轼知徐州在熙宁十年（1077 年）至元丰二年（1079 年）间，在此阶段，他为民做了很多实事，建苏堤，筑黄楼，种植青松，访获石炭，虽然时间不长，却为民所爱，为民所仰，官声甚佳。苏轼也深爱徐州一地，称“余为彭城二年，乐其土风。将去不忍，而彭城之父老亦莫余厌也，将买田于泗水之上而老焉”。

此词作于重阳，系年在元丰元年（1078年），此时苏轼刚过不惑之年。白发渐生，不复少年，时值重阳，感慨便由此而生。重阳节是我国古代非常重要的节日之一，此节汉时兴起，三国魏曹丕《九日与钟繇书》中载：“岁往月来，忽复九月九日。九为阳数，而日月并应，俗嘉其名，以为宜于长久，故以享宴高会。”至唐宋时期，登高、簪菊、宴饮已成习俗，苏轼于重阳设宴，宴前填词，遂成此调。

词的上片言宴饮中自己的形象，这是一个宦海浮沉中逐渐老去的士人，他头巾发饰古朴自然，一派魏晋风流。宴上美人，素手簪菊，是极风雅之事，词人却将这种风流与风雅用“老”字分割开来。美人所怜的“老”是词人经过一系列的人生挫折而呈现出的生命状态，有自怜，有自叹，更有对人生苦短的感慨。那一滴香馨沾袖的秋露就仿佛这一点儿情愫，从心底翻起，落入热闹的俗世中。风流中的庄重，是词至苏子才有的变化。

下片写同座宾客，有如玉君子，有飒爽少年，红颜白面，相谈甚欢。而词人忽然一笔宕开，似一闲笔写道，“蜂蝶乱，飞相逐”，仿佛是在追逐重阳菊香，却又像变法中的朝堂，动荡纷乱。所以词人接下来仿佛写下预言一般：“明年人纵健，此会应难复。”果然，第二年发生乌台诗案，诗人将彻底被政治的巨浪掀入水底，“心似已灰之木，身如不系之舟。问汝平生功业，黄州惠州儋州”。

需要提及的是，这里的如玉君子当有被苏轼呼作“琢玉郎”的王巩。王巩，字定国，自号清虚先生。苏轼守徐州，巩往访之，苏轼在《王定国诗集叙》中回忆道：“又念昔日定国过余于彭城，留十日，往返作诗几数百篇，余苦其多，畏其敏，而服其工也。一日，定国与颜复长道游泗水，登桓山，吹笛饮酒，乘月而归。余亦置酒黄楼上以待之，曰：‘李太白死，世无此乐三百年矣。’”两人自幼交好，少年裘马，王巩被苏轼视为“平生相知”，在诗文书画上都有着共同的爱好。谁想徐州之行竟成为此后“乌台诗案”的罪证，御史舒亶奏“（轼）与王巩往还，漏泄禁中语，阴同货赂，密与宴游”，致使王巩远谪岭南。苏轼时常后悔不已，“罪大责轻，得此甚幸。未尝戚戚。但知识数十人，缘我得罪，而定国为某所累尤深，流落荒服，亲爱隔阔。每念及此，觉心肺间便有汤火芒刺”。而王巩对他却毫无怨言，两人仍有大量诗文往来，交谊如旧。

又一年重阳，苏轼于黄州登上栖霞楼，遥想徐州的那个秋天，再次唱起这首《千秋岁》，使得“满坐识与不识，皆怀君”。就仿佛那一年菊花花瓣上承受不住的馨露，滚落袖边。

【兰】

采采流水，蓬蓬远春。
窈窕深谷，时见美人。

夏日游山家同夏少府[1]

［唐］骆宾王

返照下层岑[2]，物外狎招寻[3]。
兰径薰幽珮[4]，槐庭落暗金[5]。
谷静风声彻，山空月色深。
一遣樊笼累[6]，唯余松桂心。

【注释】

① 山家：山野人家，《南史·贼臣传·侯景》："山家小儿果攘背，太极殿前作虎视。"

② 返照：亦作"返炤"。指落日余晖的反射。层岑：层山。岑，山小而高者谓之岑。

③ 物外：世外，此所谓超脱于世俗之外。狎：亲近，逗引。

④ 幽佩：用幽兰编缀而成的佩饰。典出《楚辞·离骚》："扈江离与薜芷兮，纫秋兰以为佩。"

⑤ 槐庭：种植槐树的庭院。

⑥ 樊笼：关鸟兽的笼子，比喻不自由的境地。陶渊明《归园田居·其一》有"久在樊笼里，复得返自然"之句，骆诗正用此意。

【鉴赏】

本诗作者骆宾王，字观光，是唐初诗人。他可能是今日国人最早认得的唐代诗人，一首《咏鹅》成为了多少人的唐诗启蒙。"鹅鹅鹅，曲项向天歌。白毛浮绿水，红掌拨清波。"这首被称为神童诗的诗歌拉开了骆宾王的一生。

父亲卒于任所、幼年失怙的骆宾王，在仕途上经历坎坷，沉沦下僚，虽则如此，他却一直坚守本心，保持着高洁的品行。唐高宗永徽年间他为道王府属，"尝使自言所能，宾王不答"。他认为："说己之长，言身之善。腼容冒进，贪禄要君。上以紊国家之大猷，下以渎狷介之高洁。此凶人以为耻，况吉士之为荣乎？"他一生将"高洁"看得很重要，即便是因上疏直言被囚狱中，依旧以吸风饮露的蝉自况："西陆蝉声唱，南冠客思深。不堪玄鬓影，来对白头吟。露重飞难进，风多响易沉。无人信高洁，谁为表予心。"武则天登基称帝，骆宾王为徐敬业写下讨武檄文，传诵天下，震惊朝野，《新唐书》记载："后读，但嘻笑，至'一抔之土未干，六尺之孤安在'，矍然曰：'谁为之？'或以宾王对，后曰：'宰相安得失此人！'"后徐敬业战败，骆宾王不知所踪。后人对他的踪迹颇多猜测，流传最广的是宋之问曾于灵隐寺获诗于他，彼时的骆宾王已经布衣僧袍，绝尘世外，也许这是这个高洁的诗人最好的归宿了吧。

骆宾王在唐代诗史中常常与王、杨、卢一同出现，被合称为"初唐四杰"。这四人都是少名早享，以一种昂扬的少年气开启了唐代诗歌的大门，令唐诗风骨自生，声律铿锵。诗圣杜甫在《戏为六绝句》中大赞为："王杨卢骆当时体，轻薄为文哂未休。尔曹身与名俱灭，不废江河万古流。"胡应麟曾在《诗薮》中说："卢、骆五言，骨干有余，风致殊乏。至于排律，时自铮铮。沈、宋前，排律殊寡，惟骆宾王篇什独盛。佳者，'二庭归望断''蓬转俱行役''彭山折坂外''蜀地开天府'，皆流丽雄浑，独步一时。"虽是对其排律的评价，但"流丽雄浑"四字对骆宾王整体诗歌的风格也是一个很好的概括。魏庆之《诗人玉屑》称其"格高指远，若在天上物外，神仙会集，云行鹤驾，想见飘然之状"，十分恰切。

《夏日游山家同夏少府》正是一首语言流丽、格高旨远的诗歌。诗歌随着主观视角的变化与时间的推移逐步展开。诗开始于日暮返照，夕阳西下，诗人与好友于公务余暇踏着渐渐跌落下山间的暮色缓缓而行。一般说来，我们接触过的很多山水游记，到夕阳处游玩便要告一段落，"已而夕阳在山，人影散乱"是常情。而至骆宾王处，却感到了"物外狎招寻"，超然物外的生活正极力地逗引着诗人，无他，这正是一个公务缠身的基层小吏的人生。夕阳西下后，一切属于"我"的生活才刚刚开始。诗歌的二、三联用于写景，景致由远及近，幽然宁静，先是"兰径""槐庭"，再是"静谷""空山"。同时又是月升日落的时间交错，"暗金"

与“月色”，将空间点染上了两种纯净高雅的色彩，令人心旷神怡。如此山家，才是一个忙碌于庸庸俗世的诗人灵魂的栖居之所。诗人五感打开，接纳着兰径香气、幽谷风声以及金银交替的时空色彩，最后方一吐：“一遣樊笼累，唯余松桂心。”高洁的风骨将诗歌的气象推向高远，而非纯写山水之貌。

诗人骆宾王身佩幽珮，行于兰径之中，我们嗅到的阵阵兰香便是他如屈原一般遗世独立的风骨：松桂之心，高洁而挺直。

将赴湖州留题亭菊[①]

［唐］杜　牧

陶菊手自种[②]，楚兰心有期[③]。
遥知渡江日，正是撷芳时[④]。

【注释】

① 湖州：隋仁寿二年（602年）置州，因地滨为太湖得名。
② 陶菊：晋陶渊明爱菊，萧统《陶潜传》："尝九月九日出宅边菊丛中坐，久之满手把菊。"后人以陶菊代菊花。
③ 楚兰：指屈原诗赋中的兰草。如《九歌·湘夫人》："沅有茝兮澧有兰，思公子兮未敢言。"
④ 撷芳：采菊。汉武帝《秋风辞》有："兰有秀兮菊有芳。"

【鉴赏】

本诗作者杜牧，是晚唐时期的著名诗人。杜牧长于京兆杜氏，自魏晋以来便是世家望族，其祖父杜佑为三朝宰相，家族显赫。他本人颇受家族影响，自幼便才华出众，二十六岁便进士及第，可以说仕途前景一片光明。奈何世事多变，中晚唐时期，朝局动荡，中央里党争不断、宦官弄权，甘露之变更是使多名朝廷重要官员毙命帝都，为官之路变得崎岖多难。另外安史之乱后，中央有意削弱地方势力，官吏的调动变得更为频繁，使基层官吏常有漂萍之叹。

纵观杜牧的一生，他辗转多地为官：江西、宣州、扬州、黄州、睦州、池州……宦海奔波，甚为漂泊，他自己也曾经感慨："三守僻左，七换星霜。"不过在他辗转为官的这些地方里，有一个地方却是他三次上书求来的，那便是湖州。

《樊川文集》中收有杜牧的《上宰相求湖州第一启》《第二启》《第三启》，连续三通书信，为求任地方官，却是为何？这要从杜牧之弟杜顗说起，他与杜牧一样，青年俊才，二十六岁一举进士及第，也曾作《上裴相公书》，为文"遒壮温润，词理杰逸”。不幸的是他后来目盲，无法视物，杜牧一直为他多方寻医讨药，却因自身一直辗转多地为官，无法长期把弟弟带在身边，只能以自己的俸禄养弟。唐中后期，在中央为官往往俸禄不如地方官优厚，尤其是在逐渐成为中央财政收入“仰给东南”的江浙一带。杜牧先上书求知杭州未允，后三次上书求知湖州，信中文辞恳切，情动于衷，终于如愿。不幸的是杜牧知湖州半年，杜颛便撒手人寰，杜牧极度悲恸，他在为弟弟写的铭文里哀叹道：“某今年五十，假使更生十年为六十人，不夭矣，与君别止三千六百日尔！”而实际上两年后，杜牧也病亡樊川别墅，兄弟二人泉下相会，不知悲喜。

杜牧虽以诗文名世，其本人其实一直秉承着家门儒风，对兄弟如是，对仕宦为官亦是，胡震亨在《唐音癸签》中曾这样说：“杜牧之门第既高，神颖复隽，感慨时事，条画率中机宜，居然具宰相作略。”不但如此，他为任地方官也颇有民望，黄州为官，便被誉为：“有才名，多奇节，吏民怀服之。”他自己在《黄州刺史谢上表》中说：“独能不徇时俗，自行教化，唯德是务，爱人如子，废鞭笞责削之，用忠恕抚字之道。”《新唐书》也称之为：“刚直有奇节。”

这首《将赴湖州留题亭菊》运用了很多常见的意象：陶菊、楚兰、渡江日。这首诗的前两句借咏菊来书写个人品质，庭菊是自己手栽之物，种下之日便已经将陶渊明的高洁傲岸、卓尔不群的品质赋予其中，“怀此贞秀姿，卓为霜下杰”（陶渊明《和郭主簿·其二》）。有陶菊，便有楚兰，屈原在《离骚》中也曾手植兰草，“余既滋兰之九畹兮，又树蕙之百亩，畦留夷与揭车兮，杂杜衡与芳芷。冀枝叶之峻茂兮，愿俟时乎吾将刈”。杜牧将这种期许隐藏于“楚兰”的意象之中，用典高明。

屈原、陶渊明是中国士大夫心目中美好的白月光，皎洁非凡，杜牧此次知任湖州，虽为求高俸以给养盲弟，但他怀揣菊、兰之志，心有家国天下，这才是杜牧的底色。他在另一首《将赴吴兴登乐游原》中写道：“欲把一麾江海去，乐游原上望昭陵。”亦是表达了这样的一种情感。杜牧此去，渡江而南，远离权力重心，人远心犹存，所以才会写下“遥知渡江日，正是撷芳时”句，与屈子《离骚》异曲同工。

杜牧之于湖州是其在现实与理想之间的折中选择。人往往是多面而复杂的，至于唐传奇关于杜牧知湖州“绿叶成阴子满枝”的那段风流佳话，则是其另外一面了。

采莲令

［宋］柳 永

月华收[①]、云淡霜天曙。西征客、此时情苦。翠娥执手，送临岐、轧轧开朱户[②]。千娇面、盈盈伫立，无言有泪，断肠争忍回顾。

一叶兰舟，便恁急桨凌波去。贪行色、岂知离绪。万般方寸[③]，但饮恨、脉脉同谁语[④]。更回首、重城不见[⑤]，寒江天外，隐隐两三烟树。

【注释】

① 月华收：月落之景，天将晓白。

② 轧轧：象声词，门轴转动的声音。

③ 方寸：本指心，这里指心绪。

④ 脉脉：与“默默”意同，有言不得吐之意。

⑤ 重城：指远眺城市，见城郭重叠状。

【鉴赏】

柳永，原名柳三变，字景庄，后改名永，字耆卿。柳永更名，历来有不同的说法，有人认为是他年迈多病，故改名、字，以期长寿。当然最为后人熟知的是宋吴曾《能改斋漫录》记载的：“仁宗留意儒雅，务本向道，深斥浮艳虚薄之文。初，进士柳三变好为淫冶讴歌之曲，传播四方。尝有《鹤冲天》词云：‘忍把浮名，换了浅斟低唱。’及临轩放榜，特落之。曰：‘且去浅斟低唱，何要浮名。’景佑元年方及第。后改名永，方得磨勘转官。”

柳永一生，常入风流之地，他的词中也尽显世俗之态，叶梦得曾在《避暑录话》中记载："柳永为举子时，多游狭邪，善为歌辞。教坊乐工每得新腔，必求永为辞，始行于世，于是声传一时。余仕丹徒，尝见一西夏归朝官云：'凡有井水处，即能歌柳词。'"甚至《方舆胜览》上记载道："(永)卒于襄阳，死之日，家无余财，群妓合金葬之于南门外。每春月上冢，谓之'吊柳会'。"事实上，柳永卒官安葬之事尚有争议，叶梦得的《避暑录话》中记载："永终屯田员外郎，死旅，殡润州僧寺。王和甫为守时，求其后不得，乃为出钱葬之。"

柳永笔下的女性生动真实，柳永笔下的情感哀婉动人，或许"千红同悲"，"聚金葬柳"才显得更为真实，让人觉得这样的身后事才更符合大众心目中的那个柳永。明人冯梦龙在编选《古今小说》时特地收录了由"吊柳会"敷演出的《众名妓春风吊柳七》，塑造了"我不求人富贵，人须求我文章。风流才子占词场，真是白衣卿相"的柳永形象。此后在通俗叙事文学中常常可以看到柳永的这种形象，时至今日，我们依旧可以在戏曲《鹤冲天》《白衣卿相》中看到柳永身上的这种特质。

本词亦是柳永的"当行本色"，是他擅长的慢调情词。词将抒情、写景、叙事融为一体，上片写离别情景。"月华收"，是天明之状，结合后面的"霜天"来看，乃是秋日，最是萧瑟别离时。一个"收"字收住的是月华下的缠绵悱恻，一字省去万言，才使"情苦"变得丰满。接下来朱红色的大门打开，仿佛是一个由近及远的慢摇镜头，门内是"千娇面、盈盈伫立"的女子，门外是渐行渐远的词人，远去也，一个不忍回首的背影写尽别离的痛不欲生。

下片写别后深情。一江急波推动着兰舟疾使，从不怜惜离人的遗恨，再回首红颜朱门早已不见，连重重城垣也消失不见，在寒江天外唯剩下秋树如烟，凄冷萧瑟。全篇专写别情，如推波澜，离愁别绪随着空间的变化一叠叠地攀上顶峰，最后以景结情，令人感到情之所指溢于言表，余韵无穷，这种无尽的怅惘之情也正是柳词的特色之一了。

南朝梁任昉《述异记》卷下曰："七里洲中有鲁班刻木兰为舟，至今在洲中。诗家所云木兰舟出于此。"柳永词中常有"兰舟催发"的场景。行人匆匆，别意难挽，那份离愁常常如木兰之舟，漂泊天地，无定归程。

题嵩山逸人元丹丘山居

［唐］李　白

白久在庐霍[①]，元公近游嵩山[②]，故交深情，出处无间，岩信频及，许为主人，欣然适会本意。当冀长往不返，欲便举家就之，兼书共游，因有此赠。

家本紫云山[③]，道风未沦落。
沉怀丹丘志[④]，冲赏归寂寞[⑤]。
揭来游闽荒[⑥]，扪涉穷禹凿[⑦]。
夤缘泛潮海[⑧]，偃蹇陟庐霍[⑨]。
凭雷蹑天窗[⑩]，弄景憩霞阁[⑪]。
且欣登眺美，颇惬隐沦诺[⑫]。
三山旷幽期[⑬]，四岳聊所托。
故人契嵩颍[⑭]，高义炳丹雘[⑮]。
灭迹遗纷嚣，终言本峰壑。
自矜林湍好[⑯]，不羡朝市乐[⑰]。
偶与真意并，顿觉世情薄。
尔能折芳桂，吾亦采兰若[⑱]。
拙妻好乘鸾[⑲]，娇女爱飞鹤。
提携访神仙，从此炼金药。

【注释】

① 庐霍：有学者认为庐霍当指庐山。《尔雅·释山》："大山宫，小山霍。"郭璞注曰："宫谓围绕之。"邢昺疏曰："小山在中，大山在外，围绕之。山形若此者名霍，非谓大山名宫，小山名霍也。"诗中又出现的庐霍当取谢灵运《初发石首城》"游当罗浮行，息必庐霍期"意，为求仙登遐之所。

② 元公：指元丹丘。唐代著名隐士，《叶县志·人物志》："元丹，字霞子，叶人，居石门山中。"

③ 紫云山：在四川省绵州市彰明县西南四十里。因李白有生于绵州之说，故后世学者认为所谓"家本紫云山"，当为是山。

④ 丹丘：此处非指元丹丘，也可作"丹邱"，为神仙居所之意。《楚辞·远游》："仍羽人于丹丘兮，留不死之旧乡。"王逸注："丹丘昼夜常明也。"

⑤ 冲赏：恬淡虚静之好尚。

⑥ 揭来：何不来。揭，通"盍"。闽荒：王琦《李太白诗集注》认为此处应为与闽地相接的东瓯之地，东瓯在唐代为温州、台州、处州三郡，亦曾为李白游历之所。

⑦ 扪涉：即谓攀山涉水。扪，攀、挽。禹凿：即禹穴。凿，穴，隧。

⑧ 夤（yín）缘：循依而行。

⑨ 偃蹇：高耸貌。《楚辞·离骚》："望瑶台之偃蹇兮，见有娀之佚女。"王逸注："偃蹇，高貌。"

⑩ 蹑：追踪。天窗：指山崖、洞窟顶部透光的缝隙，仰观如窗。

⑪ 霞阁：霞光照射下的亭阁。

⑫ 隐沦：隐居山林。

⑬ 旷幽期：遥远幽渺的期望。

⑭ 嵩颍：指嵩山和颍水。

⑮ 炳：显著、光明。丹雘（huò）：红色的涂漆。

⑯ 林湍：山林溪涧。

⑰ 朝市：泛指名利之所。晋陶渊明《感士不遇赋》："拥孤襟以毕岁，谢良价于朝市。"

⑱ 兰若：香草。《文选》卷二六颜延年《和谢监灵运》诗："芬馥歇兰若。"李周翰注："兰若，香草。"

⑲ 乘鸾：刘向《游仙传》载萧史弄玉游仙之事，后以"乘鸾"喻成仙。

【鉴赏】

李白，字太白，是盛唐时期的大诗人，也是国人耳熟能详的唐诗巅峰双子星之一。太白号为谪仙，其诗中常有一种飘逸之气，仙风道骨，浪漫超脱，这种气质确乎与他对中古道教文化的喜爱有着特别的关系，虽然他并非一个虔诚的道教信仰者，但是道教文化对李白诗歌的思想、意境乃至其典故运用，都有着非常大的影响。

本诗所赠的元丹丘是李白一生中最重要的朋友，也是玄宗时期著名的道士。我们耳熟能详的"岑夫子，丹丘生，将进酒，杯莫停"的丹丘生就是这位元丹丘。二人相识于早年，有学者认为他们在蜀中时便已经熟识，也有学者认为他们在开元十四年（726 年）秋相识于颍阳，两人因对道的向往而结识相交，后来李白得入翰林，也与元丹丘有着不小的干系。两人相识多年，元丹丘春游嵩山，山居于斯，邀李白同游，李白遂生“长往不返”之心，欲举家而去。

诗歌的首四句写自己向有求仙问道之志，李白以绵州为故土，故曰“家本紫云山”。唐代盛行道教，至玄宗时期尤甚，李白难以避免地受到时俗的感染，对道教心生向往。他所云“道风未沦落”之语正来源于此。“丹丘”其典出《楚辞·远游》：“仍羽人于丹丘兮，留不死之旧乡。”东汉王逸注道：“《山海经》言‘有羽人之国，不死之民’，或曰‘人得道，身生毛羽’也。”李白胸内常有向往羽人不死之国的浪漫梦想，淡泊虚静，归于寂寞之境。这是李白对自己于蜀中心境的描写，同时也是开启了下文所言其寻道之旅。

“揭来游闽荒，扪涉穷禹凿”至“三山旷幽期，四岳聊所托”乃是太白自述，写其穷尽名山四海，只是为了隐逸之诺，将自己与世俗分割，问道于山，纵情山水。“闽荒”，因太白一生未入闽，故而非指福建一带，当言其入越之游。太白出蜀，沿江东下入扬州，再由沿运河去越州，再到天台海行，其诗内言“穷禹凿”“泛潮海”正言此行。关于其“偃蹇陟庐霍”一事，众说纷纭：有些学者认为此言李白安史之乱后隐居庐山之事；还有些学者认为元丹丘隐于嵩山是安史之乱前的事情，而诗序中提及“元公近游嵩山”，乃是彼初入嵩山之时，则此处所言“庐霍”非是太白天宝年间居庐山一事。

庐霍隐居的生活是怎样的呢？太白自道：“凭雷蹑天窗，弄景憩霞阁。且欣登眺美，颇惬隐沦诺。”这两句想象瑰丽，因所居高山之上，便恍若可借长空一道雷电而登天窗，弄影于云阁之间，飘然若仙。这一部分有着鲜明的李白特色，极尽浪漫，用字大胆清新，意境奇妙。

诗人以“三山旷幽期，四岳聊所托”为过度，接下来的部分就是刻画自己的这位道友——“高义炳丹雘”，说他的高义已经使皇家知晓。丹雘，本是红色的涂漆，这里用以指皇家所居之处。但元丹丘却避开世俗纷扰，入山修道：“自矜林湍好，不羡朝市乐。”如此至真至纯的大美之景，令太白也见之忘俗，欣然欲往。此一部分写二人情谊相挈，不羡朝市，自守芳洁。是写他人，同时也是太白在自抒胸臆。

“拙妻好乘鸾，娇女爱飞鹤。提携访神仙，从此炼金药。”由于序中提及欲举家而往，故而提及妻女，虽只有两句，却令人看到了太白世界里家的样子：乘鸾飞鹤，浪漫而不真切。这里所言妻女，亦有两种说法：一言为发妻许氏，一言为太白后所纳宗氏。如果以此诗作于开元年间论，则当是发妻许氏与其女平阳。

太白之于道教更多是精神层面的寄托，他的兰若也好，他的芳桂也罢，更多是精神上的一片宁静隐逸之地，是上承了魏晋品格而来的，是对精神自由的无限追求。

塞下曲六首·其一

［唐］李　白

五月天山雪[①]，无花只有寒。
笛中闻折柳[②]，春色未曾看。
晓战随金鼓，宵眠抱玉鞍。
愿将腰下剑，直为斩楼兰[③]。

【注释】

① 天山：指祁连山。《元和郡县志》："天山，一名白山，一名折罗漫山，在州北一百二十里。春夏有雪，……匈奴谓之天山，过之皆下马。"

② 折柳：古乐曲名，谓折柳曲。《文苑英华》卷一二六引南朝梁元帝《玄览赋》："已寤歌于《折柳》，复行吟而《采莲》。"

③ 楼兰：汉代西域古国名。《汉书·西域传》："鄯善国，本名楼兰。"其地在今新疆若羌县。此处用汉傅介子故事，傅介子受命赴楼兰，刺杀其王，持首诣阙，因功封义阳侯。以此喻杀敌建功立业。

【鉴赏】

这首诗为我们展示了作为盛唐诗人的李白昂扬进取的精神与建功立业的情怀。李白主要生活在玄宗、肃宗时期，正是大唐帝国经历开元盛世到马嵬兵变的由盛转衰的时期。唐玄宗早年励精图治，选贤任能，建造了一个进入黄金时代的大唐帝国。此时的李白正当少年，他在这样的盛世里成长，有着一展宏图的鲲鹏之志。他积极向上，意气风发，不但具有浪漫的品质，更具有乐观主义精神。这是大唐盛世造就的独特气质，也是最为世人熟悉的李白风韵。

《塞下曲》是唐乐府新题，在盛唐的边塞诗中常见此曲，以吟咏士兵征戍、思乡之情为题材。我们耳熟能详的边塞诗人王昌龄等人都曾经有《塞下曲》篇存世。

诗歌前四句围绕“五月”起笔，构思巧妙。仲夏五月，垂柳依依，塞北却依旧寒气凛凛，将士们只能在《折柳曲》中暂获暖意。折柳有“折留”之意，是送行之人的挽留之情，在唐诗中甚为常见，而诗中语关春色，则又将此曲生新，暖色与寒苦的两相对比，更能展现出战争的艰苦。

写罢环境之苦，接下来诗人又将笔墨投射给了征战生活，通过“晓战”“宵眠”写出了将士的战斗状态。盛唐时期，戍边与征战是更容易实现个人价值的途径，在金鼓声催与抱鞍而眠中，每个将士都有着昂扬的斗志，渴望为家国建功，为个人立业，杀敌封侯，尽人生豪迈。他们尽忠报国，豪情充溢。此句一转，将苍凉的大漠征戍变为热血的报国豪情，继而千古名句“愿为腰下剑，直为斩楼兰”呼之欲出。斩楼兰是用傅介子的典故，汉代楼兰国常因贪恋大汉使节的金帛而暗自将其杀害。傅介子发现楼兰国王的贪婪，诱其入帐，反杀之并持首而还。这份侠气干云的豪情正是李白诗歌中最震荡人心的魅力，“直”与“愿”两字呼应，掷地有声，非常具有艺术感召力。

本诗作于天宝二年（743 年），正是李白初入长安，为翰林供奉之时。此时的李白尚未有边塞之行，他所能感知的边塞是朝堂上的为国立功的荣誉感和英雄主义，这首《塞下曲》也具有着雄奇壮美的艺术特征与激励人心的精神内核。他笔下的楼兰是英雄豪情，是报国壮志。等到他亲自踏入边塞，“不见征戍儿，岂知关山苦”，便又是另一番的边塞情状了。

寄韩潮州愈[①]

［唐］贾　岛

此心曾与木兰舟[②]，直到天南潮水头[③]。
隔岭篇章来华岳[④]，出关书信过泷流[⑤]。
峰悬驿路残云断，海浸城根老树秋[⑥]。
一夕瘴烟风卷尽，月明初上浪西楼[⑦]。

【注释】

① 潮州：在今广东潮州市，元和十四年（819年），韩愈被贬潮州刺史。

② 木兰舟：舟的美称。南朝梁任昉《述异记》卷下："木兰洲在浔阳江中，多木兰树。昔吴王阖闾植木兰于此，用构宫殿也。七里洲中，有鲁般刻木兰为舟，舟至今在洲中。诗家云木兰舟，出于此。"

③ 潮水：河流名，今名韩江，流经潮州。

④ 岭：五岭。即大庾岭、骑田岭、都庞岭、萌渚岭、越城岭。篇章：指韩愈《左迁至蓝关示侄孙湘》一诗。华岳：即西岳华山。北魏郦道元《水经注·河水四》："华岳本一山当河，河水过而曲行，河神巨灵，手荡脚蹋，开而为两，今掌足之迹仍存。"

⑤ 出关：此处关指蓝田关。泷流：即泷水，自湖南流入广东，唐时称虎溪。

⑥ 城根：一作"城闉"，指城脚。

⑦ 浪西楼：潮州在东海西岸，故楼阁有"浪西"之名。

【鉴赏】

本诗作者贾岛，字浪仙，一作阆仙。他早年为僧，法名无本。他与韩愈的交往要从他在洛阳为僧时说起。当时的洛阳令对僧侣有午后不得出寺的规定，贾岛听闻十分苦闷，在诗中写道："不如牛与羊，犹得日暮归。"诗句被韩愈获得，觉得他颇有文才，便与他探讨文章之法。得与"文起八代之衰"的韩愈同道，贾岛的诗文也大有进益，他还俗应举，时年三十四岁。

当然，更为民众所熟知的韩贾之交是"推敲"典故，后蜀何光远《鉴戒录·贾忤旨》记载："（贾岛）忽一日于驴上吟得：'鸟宿池中树，僧敲月下门。'初欲著'推'字，或欲著'敲'字，炼之未定，遂于驴上作'推'字手势，又作'敲'字手势。不觉行半坊。观者讶之，岛似不见。时韩吏部愈权京尹，意气清严，威振紫陌。经第三对呵唱，岛但手势未已。俄为官者推下驴，拥至尹前，岛方觉悟。顾问欲责之。岛具对：'偶得一联，吟安一字未定，神游诗府，致冲大官，非敢取尤，希垂至鉴。'韩立马良久思之，谓岛曰：'作敲字佳矣。'"贾岛屡试不第，韩愈亦对其多有资助，两人亦师亦友，情谊深厚。

本诗作于元和十四年（819年），历史上著名的"谏迎佛骨"事件就发生于此时，韩愈时任刑部侍郎，出于维护儒家思想正统地位的目的，反对佞佛，上表阻止，险些引致杀身之祸，经多方营救，最终被贬潮州。孤身贬谪途中，他慨然写下《左迁至蓝关示侄孙湘》的千古名篇。贾岛见到，以诗应答慰问，便有了此篇。

诗歌开篇言身未至心早随，木兰舟既有远行之舟意，又同时暗含"桂櫂兮兰枻，斫冰兮积雪"，乃是香草美人、冰雪操行的比喻。"直到天南潮水头"，令人马上想起韩愈的"一封朝奏九重天，夕贬潮州路八千"，一如清人赵臣瑗所评："起笔最奇。凡人寄诗，只言别后相忆耳，此独追至文公初贬时。"诗歌起笔笔力奇横。

接下来写书信流转，是实写。前一句"隔岭篇章来华岳"写韩愈诗至，后一句"出关书信过泷流"写自己诗去。来去之间传递的是两人深厚的情谊，虽山岭相隔，道路崎岖，亦海内知己，肝胆相照。

"峰悬"二句是想象，心随信行，意有所念。"峰悬驿路残云断"是因韩诗有"云横秦岭家何在，雪拥蓝关马不前"，"海浸城根老树秋"则是对韩诗之外南方荒僻的想象。

在这样的情况下，他为自己的师友送去了一轮初上楼头的皓月，这是诗人心中的希望，同时也希望点亮远谪人的路。金圣叹选批唐才子诗至此时写道：“风卷瘴烟，月明初上者，喻言必有天聪忽开，此心得白之日也。”全诗以此为收束，美好而充满祝愿，是一剂良方。

韩贾之交，亦师亦友，木兰舟所到处是冰雪操守，是香草美人的情怀，而追随这种情怀的贾岛，也许在那个“推敲”的街头就做出了最好的选择。

贺新郎·甲子端午[①]

［宋］刘克庄

过眼光阴驶。忆垂髫、留连节物[②]，逢场游戏。初试綀衣弄纨扇[③]，斗采菖蒲涧里[④]。今发白、颜苍如此。艾子萧郎方用事[⑤]，怪先生、苦死纫兰芷[⑥]。君不乐，欲何俟。

头标夺得群儿喜[⑦]。向溪边、旁观助噪[⑧]，叹吾衰矣。欲建鼓旗无气力[⑨]，唤起龙泉改委[⑩]。但酒户、加封而已[⑪]。晚觉醉乡差快活，那独醒[⑫]、公子真呆底[⑬]。聊洗净，笛筝耳。

【注释】

① 甲子端午：指景定五年（1264年），作者时年七十八岁，里居养老，距离宋亡只有五年。

② 节物：应时节的景物。

③ 綀（shū）衣：粗丝布制的衣服。

④ 斗采：斗草。常于端午时玩的一种游戏，竞采花草一较数量优劣，《岁华纪丽》："端午，结庐蓄药，斗百草。"

⑤ 艾子：指艾草，同时这里也暗指老年人。《礼记·曲礼》："五十曰艾，服官政。"萧郎：指萧艾，同时以喻不肖。屈原《离骚》："何昔日之芳草兮，今直为此萧艾也。"

⑥ 兰芷：指高尚的情操。屈原《离骚》："扈江离与辟芷兮，纫秋兰以为佩。"

⑦ 头标：第一名。《东京梦华录》卷七载，赛龙舟时，对面近殿水中插一标竿，旗招之，两行舟鸣鼓并进，捷者得标，则山呼拜舞。

⑧ 助噪：助威呐喊。

⑨ 建鼓旗：建鼓树旗的省略。龙舟竞赛以鼓旗为指挥，故曰。

⑩ 龙泉：词中自注："水心评余诗，有'建大将旗鼓，非子孰当'之语。"水心，叶适，永嘉人。永嘉有龙泉，故此处以龙泉指代。

⑪ 酒户：词中自注："去秋里霈（祭祀盛），余忝加三百户。"

⑫ 独醒：指屈原。屈原《渔父》："众人皆醉我独醒。"

⑬ 呆底：傻。底，口语，助词。

【鉴赏】

本词作者刘克庄，初名灼，字潜夫，号后村，莆田（今属福建）人。他生活在南宋末年，初仕靖安主簿、真州录事。后游幕于江浙闽广等地，他早年曾因“《落梅》诗案”闲废十年，后为真德秀推举再次入朝为官。几经宦海沉浮，官至工部尚书、建宁府知府。景定五年（1264 年），因目疾以焕章阁学士致仕。他一生忠心报国，却不免为奸人攻讦，仕途并不顺遂。由于辗转多地为官，他的诗词也多以社会民生为描写对象，内容丰富。他的词风豪迈，以散文化、议论化著称。内容也多从现实功利性与审美娱悦性出发，将传统诗论中的“中和”诗教说与“比兴寄托”说引入词学理论中。

这首词是刘克庄晚年的词，词写端午，却也并非只写端午，在浓烈的节日氛围中如有一鲠骨在喉，令人读后有一种老境颓然之感。词起手便写光阴倏忽而过，为词定下了基调。先写垂髫时的童趣：试綀衣、弄纨扇、斗草都是稚子最爱的节日趣事，而今老境已至，以“今发白、颜苍如此”为转折，写自己唯有如屈原一般佩兰芷于身。这句语义双关，明写端午的佩草习俗，暗中所写是一种难以言说的苦涩，这种苦涩以“怪”自嘲，以“苦死”两个字点明。端午日祭屈原，屈原代表的是中华文化的忧国精神，这种精神其实一直长在词人的心底。但君主朱紫难别，诗人心底的那团火不断被浇灭，他最后也只能讽刺地问一句：“君不乐，还在等待什么呢？”下阕写龙舟竞渡，是今时端午的热闹。“旁观助噪”“龙泉改委”都是无力的体现，所有的志气都早已磨灭，唯愿忝加酒户，醉乡快活，洗净前尘往事，聊以忘忧。

词中两次提及屈原，以“怪”“呆底”表达内心的挣扎，屈原即是曾经的词人。词人对他的否定、对醉生梦死的向往都是无奈的，词中充满了自嘲，兴寄尽显。

【花】

何如尊酒，日往烟萝。
花覆茅檐，疏雨相过。

葬花吟

[清]曹雪芹

花谢花飞花满天，红消香断有谁怜？
游丝软系飘春榭[①]，落絮轻沾扑绣帘。
闺中女儿惜春暮，愁绪满怀无释处[②]。
手把花锄出绣帘，忍踏落花来复去。
柳丝榆荚自芳菲[③]，不管桃飘与李飞。
桃李明年能再发，明年闺中知有谁？
三月香巢已垒成，梁间燕子太无情！
明年花发虽可啄，却不道人去梁空巢也倾。
一年三百六十日，风刀霜剑严相逼；
明媚鲜妍能几时，一朝漂泊难寻觅。
花开易见落难寻，阶前愁杀葬花人，
独倚花锄泪暗洒，洒上空枝见血痕。
杜鹃无语正黄昏，荷锄归去掩重门；
青灯照壁人初睡，冷雨敲窗被未温。
怪奴底事倍伤神[④]？半为怜春半恼春。
怜春忽至恼忽去，至又无言去未闻。

【注释】

① 游丝：蜘蛛丝。软系：软弱地系住。
② 无释处：没有排遣的地方。
③ 榆荚：榆树的种子。
④ 底事：什么事。

昨宵庭外悲歌发，知是花魂与鸟魂？
花魂鸟魂总难留，鸟自无言花自羞。
愿侬此日生双翼，随花飞到天尽头。
天尽头，何处有香丘[⑤]？
未若锦囊收艳骨，一抔净土掩风流[⑥]。
质本洁来还洁去，强于污淖陷渠沟。
尔今死去侬收葬，未卜侬身何日丧？
侬今葬花人笑痴，他年葬侬知是谁？
试看春残花渐落，便是红颜老死时；
一朝春尽红颜老，花落人亡两不知！

⑤ 香丘：花的坟墓。
⑥ 一抔：一捧。

【鉴赏】

这首诗出自清人曹雪芹的《红楼梦》第二十七回。《红楼梦》为我国四大名著之一，是一部颇具世界影响力的人情小说，被认为是中国古典小说的巅峰之作。它不但“旨在言情”，讲述了宝、黛、钗的爱情悲剧，更以宏大的叙事视角向后世读者展现了中国封建社会的世态人情。书中塑造的林黛玉形象姿容绝世、才华横溢、身世凄苦，寄人篱下的她是作者心目中的“世外仙姝”“阆苑仙葩”，也同样为读者共情怜爱。

《葬花吟》是林黛玉感叹身世的全部哀音的代表，也是读者走进她内心世界的一扇重要大门。在诗歌中她既清楚地意识到自己“风刀霜剑”的处境，也对自己未来如落花一般的命运而深深地担忧，同时她又表现出自己的不甘与抗争，整首诗将花拟人，汇情于景，如泣如诉，可以说也是对中国古代封建社会女子心声的一种描摹，是曹雪芹为“千红一哭，万艳同悲”发出的最强音。

诗歌可以分为四个部分来赏析。第一个部分从“花谢花飞花满天”至“忍踏落花来复去”写人观花。此时正值春暮，百花盛极而衰，随风飘零。开篇七个字用了三个花，足以见得葬花人满心满眼都是这些残红飘零。花是女子的象征，这样的凋零并不在少数，天不假年如叶小鸾、吴绛雪，都是薄命才女、如花美眷，而漫长的历史中如此的闺阁女子亦不知凡几，当曹雪芹将目光聚焦在这样的一个群体的时候，是否一如黛玉目光所及，尽是“花谢花飞花满天”？曹雪芹将落花描写得扑朔黯淡、随风无定，一如这个时代的女子一般命运无常，故而最为引动共情，一个“忍”字，将女儿心与落花意联系在了一起。

接下来第二部分从“柳丝榆荚自芳菲”至“一朝漂泊难寻觅”，写柳丝榆荚、梁间燕子、风刀霜剑对落花的摧残。写花亦是写己，写己亦是作者所悲的女子处境。“柳丝榆荚”的冷漠，“梁间燕子”的无情，“风刀霜剑”的直接摧折都是女子的命运。作者借黛玉之口反复地哭陈，即便薄命如落花也可以明年再发，而女儿青春乃至生机却一去不返，无人珍惜。

第三部分从“花开易见落难寻”至“鸟自无言花自羞”，写葬花人感而伤怀，从日到夜，悲恸之情溢于言表。一个“愁”字将难以挣脱的桎梏表达出来，而后都是围绕这个“愁”字来写。落花啼血，杜宇黄昏，青灯照壁，冷雨敲窗……其凄苦是怜花，是自伤，是无可排解的忧虑，花魂鸟魂总难留，女儿魂又何尝不是呢。

接下来进入第四部分“愿侬此日生双翼”至篇末，发出了诗歌的最强音，也是脆弱者最后的烈性。她所向往的是天尽头的自由国度，那里有什么，她没有明说，但那里是温暖的，是充满着爱的所在。可是接下来，现实提醒她，这样的国度在哪里呢？“未若”两字是现实的，也是她唯一能追求到的，是“质本洁来还洁去”“一抔净土掩风流”。将美好的、未被玷污的灵魂保存在那里，那便是弱质女子能够给落花提供的最好的呵护了，同时也是林黛玉自己能够给予自己的最好未来。何其无奈！

自古以花喻女子甚多，而真正以女子之声，咏叹落花者，《葬花吟》是其中翘楚。以悲歌唱尽女子薄命，是群体的悲声，也是时代的悲声，黛玉葬花也因此成为了中国古典意象中最为凄婉的所在。

子夜四时歌·秋歌十八首·其十五

［唐］佚　名

仰头看桐树，桐花特可怜①。
愿天无霜雪，梧子解千年②。

【注释】

① 可怜：可爱。
② 梧子："吾子"的谐音。

【鉴赏】

《子夜四时歌》是《乐府诗集》收录的《秋歌》中的第十五首，归于"清商曲辞"之下，乃是一首南朝时期的民歌。相传《子夜四时歌》为晋室南渡后的流亡侨人所作，子夜四时歌的体例诞生后，不断为后人书写，形成了一个比较大的规模，目前《子夜四时歌》存七十五首，其中春歌二十首，夏歌二十首，秋歌十八首，冬歌十七首。

诗歌大多是以女子口吻写成的情歌，情感真挚，风格多样，具有浓郁的民间色彩；音节摇曳，朗朗上口，具有浓郁的江南气息。四时是生命的周期，《子夜四时歌》借不同的人物，而呈现出时序里不同且纷繁的状态：春的美丽闲愁，夏的缱绻思念，秋的执着痴情，冬的毁灭重生。无一不与自然相对应，无处不与万物相对望，情景交融，含蓄隽永。

诗至南朝，其体渐成，《子夜四时歌》以五言四句的形式固定下来，为后来的五言绝句之先导，赵翼《陔余丛考》说："杨伯谦云，五言绝句，唐初变六朝《子夜》体也。"这样的体裁更有益于表达一些浓烈的感情，它无铺垫叙事，只有短短的二十个字，或直抒胸臆，或暗动风云，都要求作者用明快的笔力写出，肆口成章，余韵无穷。

《秋歌》以“仰头看桐树”起兴，在短短的四句诗歌中宣告了自己忠贞不渝的爱，全诗无一字典故。梧桐因其谐音“吾同”，自古便被寄予爱情。不惟这首诗，在众多的乐府诗歌中亦常有“桐花”“桐子”“梧桐”的身影。诗人目之所及，是秋之梧桐，桐花可怜，桐子可爱，皆是“与君”相携，方生爱意。后面的表白就更为直白：“愿天无霜雪，梧子解千年。”爱慕之心昭昭如日，表白之情溢于言表。这首诗歌虽然简短，但是巧妙地运用了谐音来表达情绪，令诗歌婉约有趣。

此诗亦被收录于《乐府诗集·清商曲辞》的《读曲歌》，缺其首句，又多四句起唱：“上树摘桐花，何悟枝枯燥。迢迢空中落，遂为梧子道。桐花特可怜，愿天无霜雪，梧子解千年。”起唱以摘桐花为端，勾画出一幅秋日梧子满道的画面，“梧子道”便是“吾子道”，是君必经之路，愿千年如是。这样的爱定格在秋的光阴里，显得格外热烈。

酬乐天请裴令公开春加宴

［唐］刘禹锡

高名大位能兼有①，恣意遨游是特恩。
二室烟霞成步障②，三川风物是家园③。
晨窥苑树韶光动，晚度河桥春思繁④。
弦管常调客常满，但逢花处即开樽⑤。

【注释】

① 高名：盛名，名声大。大位：显贵的官位。

② 二室：指中岳嵩山的太室、少室二山。步障：亦作“步鄣”。用以遮蔽风尘或视线的一种屏幕。

③ 三川：指洛阳。以河、洛、伊为三川。

④ 河桥：古代桥名。故址在今河南省孟县西南、孟津县东北黄河上。

⑤ 开樽：亦作“开尊”。举杯（饮酒）。

【鉴赏】

刘禹锡，字梦得，籍贯河南洛阳，生于河南郑州荥阳。他早年进士及第，在士林中也颇有声望，及其进入朝廷中枢，参与“永贞革新”，可谓是轰轰烈烈又凄风苦雨。“永贞革新”失败后，作为核心人物的刘禹锡连续贬官朗州、连州、夔州、和州等地二十二年之久，晚年因裴度力荐，才以太子宾客分司东都。此时的他已经垂垂暮年，幸而此时有一些老友也拖着疲惫的身躯来到洛阳，他们有白居易、裴度、牛僧孺等等。

东都洛阳，虽然在唐代一直以陪都的地位存在，但常为帝王临幸，武则天曾为了摆脱李家王朝的影响而长期停居于此，让这里成为了真正的权力重心。武则天退位后，东都职官被称为留司，所有职官对照长安，分司洛阳。此后，洛阳便成为了安排闲散人员，非常适合官员“中隐”之所，一时名流显宦毕集，成为中唐时期一处耀眼的文学中心。

刘禹锡与白居易相识于何时不可确考，二人虽在元和三年（808 年）有过酬赠，但真正的交往应该要到敬宗的宝历二年（826 年）。此时刘禹锡罢和州刺史任返洛阳，白居易亦从苏州返洛，两人于扬州相逢，白居易有《醉赠刘二十八使君》，刘禹锡则有那首著名的流传千古的《酬乐天扬州初逢席上见赠》，二人一个“为我引杯添酒饮，与君把箸击盘歌”，一个“今日听君歌一曲，暂凭杯酒长精神”，宴飨甚欢，遂结下了深厚的友情。及至大和元年（827 年）末，两人同司洛阳，开启了长达四年的大规模唱和。此间唱和诗达一百三十八首，编为《刘白唱和集》存世。

裴度，字中立，是唐代中后期一位重量级政治家。他身居高位，却能够坚持唯才是举的原则，我们所耳熟能详的李德裕、韩愈、李光颜、李愬等名臣良将皆受到他的举荐重用，柳宗元、刘禹锡等人也多受其庇护恩泽。在相当长的一段时间里，他为唐代文坛的繁荣提供了一个良好的平台，尤其是他退居洛下之后，常会邀请在东都闲居的文坛名宿同饮自己的“绿野堂”，赋诗唱和，流连笔墨，悠游文坛。

本诗正是写于这样的一个时期，无论是远谪而归的刘禹锡，还是激流勇退的白居易，抑或是暂居洛下的裴度，身上都已涤尽风发的意气，更多的是老年人的悠游自在和舒适安稳。白居易曾有《对酒劝令公开春游宴》：“时泰岁丰无事日，功成名遂自由身。前头更有忘忧日，向上应无快活人。自去年来多事故，从今日去少交亲。宜须数数谋欢会，好作开成第二春。”可与本诗相互映照。

诗歌作于开成元年（836 年）的岁末，此时正是寒冬时分，各位“中隐”于洛的“高名”“大位”们欢聚于此。而事实上，当时的朝局却正是风云变幻之际，大和九年（835 年）的甘露之变，朝臣百官喋血，因之白居易会有“自去年来多事故”之语，而同样经历宦海浮沉的刘禹锡也才会同时感慨“恣意遨游是特恩”。加开春游宴是在风暴的间隙中的欢愉，刘白二人以诗相邀，热情殷殷，诗歌开篇点中，直抒而出。次句写洛下风光之美，二室指嵩山的太室山和少室山，三川则是指黄河、伊河、洛河。刘禹锡籍贯洛阳，故而以家园自称。描写朝暮所见的风景亦是期盼春光之盛，虽在冬日，心却已荡起春怀，管弦声起，宾朋满堂，热闹繁华。事实上，越过此年后的五月，裴度便因复除河东节度使而离开洛下，虽然他几次上表固辞，亦未获应允。诗人所想“但逢花处即开樽”也终成一种美好的期盼。但这个春天总是欢乐的，即便很短暂。

花开似锦是繁华而热络的，但很多时候盛会如花期一般短暂，人的一生并不长，若能恣意做个短暂的“快活人”，也是极好的呀。

正月十五夜

［唐］苏味道

火树银花合①，星桥铁锁开②。
暗尘随马去③，明月逐人来。
游伎皆秾李④，行歌尽落梅⑤。
金吾不禁夜⑥，玉漏莫相催⑦。

【注释】

① 火树：比喻灿烂的灯火或焰火。

② 星桥：星津桥，天津三桥之一，此处或以星津桥指代天津三桥。东都洛阳，洛水从西面流经上阳宫南，流到皇城端门外，分为三道，上各架桥，南为星津桥，中为天津桥，北为黄道桥。据《旧唐书·玄宗纪》，开元二十年（732年）四月，“改造天津桥，毁星津桥”，从此二桥合一。铁锁开：比喻京城开禁。唐朝都城设有宵禁，特赦于正月十五取消，此时会打开连接洛水南岸的里坊区与洛北禁苑的天津桥、星津桥、黄道桥的铁锁，平民百姓可任意通行。

③ 暗尘：在夜色中飞扬的尘土。

④ 游伎：歌女、舞女。秾李：此处指观灯歌伎打扮得艳若桃李。《诗经·召南·何彼秾矣》：“何彼秾矣，华如桃李。”

⑤ 落梅：即《梅花落》。古笛曲名。

⑥ 金吾不禁：金吾为古代掌管京城的警卫，正月十五日开放夜禁，故称。

⑦ 玉漏：古代计时漏壶的美称。

【鉴赏】

苏味道，字守真，是唐初著名的宰相、诗人。他与李峤、崔融、杜审言合称初唐“文章四友”，他于诗一道与沈佺期、宋之问、李峤并称，对唐代律诗的形成有着巨大的推动作用。他自幼聪颖，少年成名，二十岁及第，武则天时期，他更是两度跻身相位，煊赫异常。他久居朝廷中枢，常在帝都，对洛阳的繁华更是极为熟悉，本诗所写就是武则天时期的东都洛阳正月十五的盛况。

上元佳节至唐宋成为异常热闹欢乐的节日，据《大唐新语·文章》记载：“神龙之际，京城正月望日（十五日），盛饰灯影之会，金吾弛禁，特许夜行，贵游亲属及下隶工贾，无不夜游。车马骈阗，人不得顾。王主之家，马上作乐，以相夸竞。文士皆赋诗一章，以纪其事。作者数百人，惟中书侍郎苏味道……三人为绝唱。”唐代上元灯节是当时盛大的节日之一，这样一个属于灯火与月光的夜晚，显得格外欢乐与喧嚣。

大唐的市井之间充满了达官贵人与平民男女，摩肩擦踵，一派热闹。诗人用自己的笔记录下了这些快乐的时光，他起笔便是“火树银花合”，仿佛为这场宴会拉起了令人期待的帷幕。人工造景的辉光璀璨与天上的明月两相争光，是天上节，是人间境。一切都等待着“星桥铁锁开”的那一刻，蜂拥而出的人们带着各自的欢乐与幸福，成为这个佳节里的重要部分，整个洛阳城为之熠熠生辉。

这个时候“暗尘随马去，明月逐人来”，两句诗写尽天上地下，从细屑的尘埃到光华琉璃的明月，都以人的行动为中心不断飞舞，勾勒出大唐洛阳上元夜的一派热闹。“明月逐人来”其构思巧妙，颇为后人称道，乃至宋人李持正以此句为曲调，倚声填词，使“明月逐人来”成为词牌，且词中有句“暗尘香拂面，皓月随人近远”正是化用了苏诗原句。

颈联将视角完全投射到盛会中的人群之上，唱着《落梅》的游伎，她们的美貌与歌声为这样一个喧嚣的夜增加了更多的盛景，这仿佛是上元夜的一个特写镜头，这个镜头推出去便是浩瀚无边繁华的海洋。

最后以“金吾不禁夜，玉漏莫相催”作为结笔，将上元夜令人流连忘返的情绪推向高潮，为人带来余音绕梁之感。《唐诗成法》更是盛赞：“元夜情景，包括已尽，笔致流动。天下游人，今古同情，结句遂成绝调。”

“火树银花”因本诗成为了一个成语，直至今日，电灯霓虹闪烁的夜色里，火树银花不夜天的快乐依旧跨越千年，感染着一个又一个月夜之下的中国人。

遣 怀

［唐］杜 甫

愁眼看霜露，寒城菊自花[①]。
天风随断柳[②]，客泪堕清笳[③]。
水净楼阴直[④]，山昏塞日斜[⑤]。
夜来归鸟尽，啼杀后栖鸦。

【注释】

① 寒城：指秦州。在今甘肃省天水市。乾元二年（759年），杜甫辞官漂泊秦州，有此诗。
② 天风：风行于空，此外指风。
③ 清笳：谓凄清的胡笳声。
④ 楼阴：楼阁在水中的倒影。
⑤ 塞：关塞，此处当指秦州。

【鉴赏】

杜甫是唐代最为重要的诗人之一，其作品既展现了盛唐气象之雄浑悲壮，又开启了中唐诗风之奇崛峭丽。这样的转折发生在杜甫的中年时期——安史之乱打破了大唐王朝的浮华美梦，一切的绚烂都戛然而止，取而代之的是“江头宫殿锁千门，细柳新蒲为谁绿”的都城，“野旷天清无战声，四万义军同日死”的家国以及“人生无家别，何以为蒸黎”的黎民。

天翻地覆的巨变，令杜甫举步维艰，乾元二年（759年），关中大旱，杜甫不得不携妻儿跋涉陇坂，开启了他的入川之路。杜甫最初的目标其实是秦州，也就是今天的甘肃省天水市，意欲在此处投靠因房琯罢相被牵连贬谪于此的旧友从侄。而在秦州四月，他依旧只能过着“不爨井晨冻，无衣床夜寒”（杜甫《空囊》）的生活，但也正因为这样的艰难岁月，炼就了诗圣的光芒，他“沉郁顿挫”的诗风逐渐生成，正如学者朱东润所说：“乾元二年是一座大关，在这年以前杜甫的诗还没有超过唐代其他的诗人；在这年以后，唐代的诗人便很少有超过杜甫

的了。”（《杜诗叙论》）

本诗被系年于乾元二年秋，仇兆鳌《杜诗详注》引赵汸曰：“时客秦州，欲于东柯谷西枝村寻置草堂而未遂。”诗歌名为《遣怀》，却处处布景，从“寒露”“菊花”“天风”“断柳”“清笳”“水”“楼阴”“塞日”“啼鸦”之中令人见到难以排遣之情。这种“怀”缠绕于景之中，情景交汇，沉着伤心，令读者在诗人的忧闷中寻找出口，却又被种种意象困于其间，一时无法脱身。

起句他言道“愁眼看霜露，寒城菊自花”，将无情之物赋予了“愁”的悲凉。联想起当时大唐，正是一地风霜，令人绝望。绽放的菊花是作者内心的一丝期盼和光明，在寒城之内顽强地开放着。这样的广袤的悲凉与顽强生命的对比，令人的心稍稍有些慰藉，天风却吹来断柳，隐隐还夹杂着清笳，怎能不勾起人的怀土之思。刚刚的那份慰藉又被耽搁，愁思回环往返。

接下去是一组空镜一样的描述，楼的倒影清晰明澈，山的颜色逐渐昏暗下去，继而看到了边塞的残阳已去。这两句为诗境增添了几许凄清荒寂，但却又仿佛稀释了一些，令读者有一丝丝喘息，可接下来又被一声鸦啼惊动了：众鸟归巢，而唯孤鸦无依。在乱世中的仓皇悲凉之感便被这一声啼叫吼了出来，也无外顾注说：“结联即‘上林无限树，不借一枝栖’之意，盖叹卜居无地也。”而这一声鸦啼一如老杜慨叹“茅屋为秋风所破”一般，绝非一人之居无定所，更是万民之居无可依，杜甫难遣之怀也正因为此。

寒城之花是菊，是万众悲苦中的一丝倔强，寒城之花的芳香也是老杜沉郁顿挫间为世人涂抹的一抹亮色，这便是诗圣的温柔吧。

西湖晚归回望孤山寺赠诸客[①]

［唐］白居易

柳湖松岛莲花寺[②]，晚动归桡出道场[③]。
卢橘子低山雨重[④]，栟榈叶战水风凉[⑤]。
烟波澹荡摇空碧[⑥]，楼殿参差倚夕阳。
到岸请君回首望，蓬莱宫在海中央[⑦]。

【注释】

① 孤山寺：旧时杭州西湖孤山上的寺院，唐元稹《永福寺石壁法华经记》："永福寺一名孤山寺，在杭州钱塘湖心孤山上，石壁《法华经》在寺之某所。"南朝陈文帝天嘉元年（560年）由天竺僧任持辟支佛颌骨舍利在此建塔开山。白居易任杭州刺史时在此处建竹阁。

② 柳湖：因西湖岸边俱是垂柳，故称。松岛：因孤山寺周多植松树，故称。莲花寺：以莲花代指佛寺，此处亦是指孤山寺。

③ 归桡：归舟。桡，船小楫也。道场：梵文 Bodhimanda 的意译，音译为菩提曼拏罗。后借指供佛祭祀或修行学道的处所。

④ 卢橘子：枇杷。宋朱翌《猗觉寮杂记》卷上："岭外以枇杷为卢橘子。"

⑤ 栟（bǐng）榈：亦作"棕榈"。植物棕榈的别称。

⑥ 澹荡：荡漾，飘动。

⑦ 蓬莱宫：传说海上有仙山名蓬莱，而孤山寺中有蓬莱阁，语带双关。

【鉴赏】

白居易，字乐天，号香山居士，又号醉吟先生，是唐代伟大的现实主义诗人，唐代三大诗人之一。他的诗歌题材广泛，形式多样，语言平易通俗，擅作闲适诗和讽喻诗两大颇具代表性的诗歌类型，对后世有着很大的影响。我们所选诗歌内容偏于闲适一脉，从诗人的生活中暂掠片影，以成一派诗情画意，令人沉浸在他闲适的笔触之中流连忘返。

“未能抛得杭州去，一半勾留是此湖。”（白居易《春题湖上》）白居易之于杭州，是一方父母官，更是灵魂的写就者。尤其是西湖，因白居易的诗情而卓然于中国其他湖泊。西湖从独得白居易偏爱开始，就仿佛一卷山水丹青徐徐展开，起笔便是大师气象，之后千百年，无论是“若把西湖比西子”的东坡居士，还是梅妻鹤子的和靖先生，都继续将西湖推向浪漫的诗国，以西湖之诗写就诗之西湖。以至于今天，我们提起西湖，已经不再是一个简单的地理名词，更多的是文化符号。

白居易于长庆二年（822 年）秋出任杭州刺史。在杭州期间，他做的贡献之一便是疏浚西湖，以西湖之水解决了钱塘（今杭州）、盐官（今海宁）之间数十万亩农田的灌溉问题。而西湖的山水之美也一直撩拨着他的心弦，令他歌而咏之。这首《西湖晚归回望孤山寺赠诸客》便是白居易与西湖的一个小片段。

开篇写“柳湖松岛莲花寺，晚动归桡出道场”，将湖、岛、寺布置于同一画面，在掩映的湖光山色之间，晚舟来迎，众客同归。句中以莲花、道场为意象，处处皆是佛国风光。在宏阔的场景写完后，诗人的诗情又点染了枇杷和棕榈，橙红和碧绿，颜色对比鲜明，而微微带着一丝夏季傍晚的凉意。“低”和“战”两个动词，仿佛戳向读者敏感的神经末梢，从字面上便感受到了山雨之后，凉风徐徐的清凉之感，十分恰到好处。登舟烟波之上，画面开始移动了起来，寺庙里的亭台楼宇都错落于斜阳之内。所以诗人才有“到岸请君回首望”，所望的是宛然水中仙宫的孤山寺，也是那段闲适忘忧的时光。

诗歌只是一场盛会的结尾，我们甚至并不清楚诗人与众客在孤山寺中的所观所为，但在开阔的意境，清新明丽的色彩里，我们却获得了诗人于这场盛会中获得的所有欢愉与恬淡，真是有趣。

临安春雨初霁[1]

［宋］陆　游

世味年来薄似纱，谁令骑马客京华。
小楼一夜听春雨，深巷明朝卖杏花。
矮纸斜行闲作草[2]，晴窗细乳戏分茶[3]。
素衣莫起风尘叹[4]，犹及清明可到家。

【注释】

① 临安：今浙江省杭州市，南宋都城。霁：雨后初晴。
② 矮纸：短纸、小纸。草：草书。
③ 晴窗：明亮的窗户。细乳：沏茶时水面呈白色的小泡沫。分茶：宋元时煎茶之法。将茶碾成末后，注汤用箸搅茶乳，使汤水波纹幻变成种种形状，盏面的汤纹会呈现出山水、云雾、花鸟等图案。
④ 素衣：陆机有诗《为顾彦先赠妇》云："京洛多风尘，素衣化为缁。"

【鉴赏】

陆游，字务观，号放翁。他是南宋时期著名的爱国诗人，在他的诗歌里，有很大的体量是那些饱含着爱国热情的篇章。他自幼历经国破之难、靖康之耻，从二十岁的"上马击狂胡，下马草军书"到八十五岁临终前的"死去元知万事空，但悲不见九州同"，他的一腔忧国忧民之心从未老去，但他的爱国情怀绝不等同于对赵家天下的愚忠，而是对天下苍生在离乱中的悲悯。可以说陆游的诗歌中有爱国热忱，有报国无门的无奈，有"位卑未敢忘忧国，事定犹须待阖棺"的赤子之心，也有"早岁那知世事艰，中原北望气如山"的愤懑难解。对于南宋朝廷的昏暗无能，陆游还是有一定清晰的认识的。

这首诗作于淳熙十三年（1186 年），这一年陆游六十二岁。他已经退隐山阴五年，朝廷启用他为严州知州，他入京辞行孝宗，在《宋史・陆游传》中记载，孝宗于延和殿上对陆游说："严陵山青水美，公事之余，卿可前往游览赋咏。"严陵是东汉隐士严光退隐山水之处，帝王以此为嘱托，可见南宋朝廷已是雄心殆尽，一味求安而已。陆游已是看得明白了，所以他起笔便是"世味年来薄似纱"，即便是赴诏京都，也不免以"谁令"来询问，表达自己内心的一种不愿。是不愿报国吗？不是，而是一种失望，官场倾轧，国家残缺，他失望的心情绝不是起复的官职能够平复的。

这样的王朝也许也只有闲适的生活才能麻痹，隐居阴山的陆游如是，客居京华的陆游亦如是。所以他才在细腻的生命中寻找一丝丝的闲适，比如小楼夜听的春雨，比如深巷里卖杏花的软语。"小楼一夜听春雨，深巷明朝卖杏花"是本诗的名句，妙在闲适的市井中加入了一场被听了一夜的雨。陈与义有句"客子光阴诗卷里，杏花消息雨声中"（《怀天经智老因访之》），似乎杏花是卖花人为江南都城带来的春的消息，可陈句中没有一夜听雨，反而是陆游，在闲适之外，是浓浓的忧愁，有一夜那么长。

进而的书草分茶这些宋人的雅趣，在春雨初霁中，本是最安宁的所在。可他笔锋一转："素衣莫起风尘叹，犹及清明可到家。"素衣化用了陆机的《为顾彦先赠妇》诗："京洛多风尘，素衣化为缁。"这才将自己的真心袒露给了读诗的人，杏花消息、闲草分茶这些闲适是不合时宜的安稳，不如归去，勿使沾染，结合第一句的"世味年来薄似纱"，才能看穿诗人心思。

六年后的陆游又一次被诽谤，这一次的理由是他"喜论恢复"，"不合时宜"，所以这京都含着春雨的杏花香，粉饰着恶臭，没甚趣味。

【馨】

碧桃满树，风日水滨。
柳阴路曲，流莺比邻。

庭 梅 咏

［唐］张九龄

芳意何能早[①]，孤荣亦自危[②]。
更怜花蒂弱[③]，不受岁寒移。
朝雪那相妒，阴风已屡吹[④]。
馨香虽尚尔[⑤]，飘荡复谁知。

【注释】

① 芳意：指春意。
② 自危：自感处境危殆。《史记·季布栾布列传》："反形未见，以苛小案诛灭之，臣恐功臣人人自危也。"
③ 花蒂：花与枝茎相连的部分。
④ 阴风：朔风；阴冷之风。
⑤ 尚尔：仍然。

【鉴赏】

张九龄，字子寿，一名博物，韶州曲江人，世称张曲江。他自幼聪颖，善写文章，十三岁的时候就以书干谒广州刺史王方庆。后官声卓越，颇为玄宗器重，称之为"正大厦者柱石之力，昌帝业者辅相之臣"。他是盛唐最重要的朝臣之一，他的"罢"与李林甫的"任"是盛唐转衰的重要标志。他是一个非常成熟且敏锐的政治家，在他为相期间，公忠体国，刚直敢言，守正嫉邪，他曾经断言安禄山"狼子野心，面有逆相"，并请命诛杀。但由于唐玄宗的志得意满，耽于太平假象，用奸废贤，最终张九龄被排斥出中央。

我们所选的这首诗正是张九龄被排挤出朝廷中枢时期所写，政治家的敏锐已经让他看尽世态炎凉，也能够判断出自己未来人生的走向，所以他笔下的梅也是颇具"张九龄化"的物象。"庭梅"之谓，乃是内廷之梅，出入内廷的诗人停住脚步，将目光垂怜地放于其上，仿佛梅魂是己魂，同经霜雪，摇摇欲坠。

"芳意何能早，孤荣亦自危。"孤芳于风雪之中，独秀于外的危险境遇正是出身寒门无所倚仗的诗人自况。在唐代，世家望族有着卓越的地位和权势，而张九龄出身岭南，并非望族，他时常会有“一跌不自保，万全焉可寻”的危机感。此咏所用一“危”字尽言其情，道出心事。

“更怜花蒂弱，不受岁寒移”进一步言说梅花之孤，却以“移”字吐露了寒梅之芳不改，诗人之志不移的高尚情怀，在梅花的品质上更勾画了孤洁的样子。

“朝雪那相妒，阴风已屡吹”已经明言了这场无谓的官场内斗，所消耗的是大唐的气运罢了。当凛冬来临的时候，馨花远去，不知这宫廷又是怎样的寒凉。

所以他在最后一句写道：“馨香虽尚尔，飘荡复谁知？”这一问就有如屈子《离骚》，香草美人间，为世人留下一份沉甸甸的遗憾。

馨香不改，是梅的节操，也是一位名臣的孤高傲骨。馨香飘零，便再也不见。晚年的玄宗每用人，必曰：“风度能若九龄乎？”恐怕是对那份“曲江风度”的思念吧，斯人远矣。

赠秀才入军诗[①]·其十五

［三国］嵇　康

闲夜肃清[②]，朗月照轩[③]。
微风动袿[④]，组帐高褰[⑤]。
旨酒盈樽[⑥]，莫与交欢[⑦]。
鸣琴在御[⑧]，谁与鼓弹。
仰慕同趣，其馨若兰。
佳人不在[⑨]，能不永叹。

【注释】

① 秀才：此处是指汉之秀才，与孝廉并为举士的科名。《后汉书·左雄周举等传论》："汉初诏举贤良、方正，州郡察孝廉、秀才，斯亦贡士之方也。"
② 肃清：明朗高爽的天气。
③ 轩：有窗的廊子或小屋。
④ 袿（guī）：衣服大襟。
⑤ 组帐：华美的帷帐。褰：撩起，揭起。
⑥ 旨酒：美酒。
⑦ 交欢：一齐欢乐。
⑧ 御：陈放于前。
⑨ 佳人：指君子贤人。这里指其兄嵇喜。

【鉴赏】

本诗的作者嵇康，字叔夜，是三国时期的音乐家、文学家。他自幼早孤，由母亲与兄长抚养长大。嵇康是"竹林七贤"的代表人物，他以自然为道，飘洒若神，在中国古代文雅史上几乎没有人比之更为洒脱。他知大道，更能洞彻世俗礼法，政治昏暗，所以他一直以隐逸避世的方式，发出自己对抗这个世界的声音。《世说新语》曾记载："锺士季精有才理，先不识嵇康。锺要于时贤俊之士，俱往寻康。康方大树下锻，向子期为佐鼓排。康扬槌不辍，旁若无人，移时不交一言。锺起去，康曰：'何所闻而来？何所见而去？'锺曰：'闻所闻而来，见所见而去。'"嵇康的名士之名在品评之风盛行的魏晋时期，是一张金灿灿的招牌，很多人都想要与之结交，从而获得声望，锺会亦是如此。然而锺会作为司马家的鹰犬注定不会被嵇康接纳，所以才有了这段锻铁对话。当然，也正因嵇康这样耿介的性格，也就此得罪锺会，终因小人之言，《广陵散》曲散人终。

与之不同的是嵇康的兄长嵇喜，他担负着家族的责任，他举秀才出身，有当世之才，担任卫将军（司马攸）司马，并在西晋建立后历江夏太守、徐扬二州刺史、太仆卿、宗正卿，平定建业之乱。嵇喜的人生是一条入世之路，他一直被嵇康的朋友们嫌弃粗鄙，著名的阮籍的青白眼，吕安的“凤”与“凡鸟”的嘲讽都是与嵇喜有关。即便如此，嵇氏兄弟的棠棣之情依旧十分深厚。

本诗所写即是嵇康送兄长从军的担忧与牵挂，全诗共十八首，或道别离，或忆往事，或想象日后生活，或对兄长去助司马氏表示出隐隐的不认同。本首诗是这组组诗的第十五首，诗歌书写了自己想象离别兄长后的日子。那种孤独的情感体验在四字之中带着清峻的诗风缓缓而来，令人读后，惆怅良久。

诗歌的前四句在描绘一幅清冷的画面：月过高轩，肃清的夜变得寂寥而漫长。微风吹动大襟，吹动轩窗内用丝带挂起来的幔帐。整个的夜显得静悄悄的，我们在看到这样的场景的时候也仿佛和诗人一样感受到了那缕不疾不徐的清风，吹动人空寂的心。接下来是更实在的别离：旨酒、鸣琴都不复往昔那般承载着欢愉，即便是斟满美酒，琴音再起，知音不在，寡酒难饮，寂寥的心境令一切从前的喧闹变得冷清。或许嵇喜是在身心上陪伴嵇康最久的人，即便他们政治立场不同，但作为兄弟之间的情谊、意趣都异常深厚。“仰慕”句用《易·系辞》：“二人同心，其利断金，同心之言，其臭如兰。”衷心思慕、同心共达是诗人与兄长共同的美好情谊，这样的情谊犹如兰般馨香幽远，在这个静谧的夜里，令人可念而不可即。最后“佳人不在，能不永叹”的叹息让人久久难忘。

兄弟之谊是一份宝贵而绵远的记忆，有时候那份馨香是属于同生共长的彼此，永恒难忘。嵇康将这样的情谊置于清幽的氛围之内，使之更为美好。

燕台四首·秋

［唐］李商隐

月浪衡天天宇湿[①]，凉蟾落尽疏星入[②]。
云屏不动掩孤嚬[③]，西楼一夜风筝急[④]。
欲织相思花寄远，终日相思却相怨。
但闻北斗声回环[⑤]，不见长河水清浅[⑥]。
金鱼锁断红桂春[⑦]，古时尘满鸳鸯茵[⑧]。
堪悲小苑作长道，玉树未怜亡国人[⑨]。
瑶琴愔愔藏楚弄[⑩]，越罗冷薄金泥重[⑪]。
帘钩鹦鹉夜惊霜，唤起南云绕云梦[⑫]。
双珰丁丁联尺素[⑬]，内记湘川相识处。
歌唇一世衔雨看[⑭]，可惜馨香手中故[⑮]。

【注释】

① 月浪：如水的月光。
② 凉蟾：凉月，这里指秋月。
③ 云屏：指屏风，或有云形彩绘，或以云母作装饰。嚬：同“颦”，皱眉之态。
④ 风筝：悬挂在檐下的金属片，风起而声。又称“铁马”。
⑤ 北斗声回环：指北斗旋转，时光流逝。
⑥ 长河：指天河、银河。《文选·谢庄〈月赋〉》：“列宿掩缛，长河韬映。”吕向注：“列星天河，皆韬掩光彩也。”
⑦ 金鱼：鱼形铜锁。李商隐《和友人戏赠》之一：“殷勤莫使清香透，牢合金鱼锁桂丛。”冯浩笺注：“金鱼，鱼钥也。”
⑧ 鸳鸯茵：绣有鸳鸯的褥子。
⑨ 玉树：为南朝陈后主陈叔宝所作《玉树后庭花》，其中有：“妖姬脸似花含露，玉树流光照后庭。”亡国人：指后主宠妃张丽华，善为《玉树后庭花》之舞。亦有说法认为亡国人为陈后主陈叔宝。
⑩ 愔愔：和悦安舒貌。楚弄：即楚调。
⑪ 越罗：越地所产的丝织品，轻柔精致。金泥：用以饰物的金屑。
⑪ 南云：南飞之云。晋陆机《思亲赋》：“指南云以寄款，望归风而效诚。”常常用以表达寄托思念之情。云梦：云梦泽。古薮泽名，有时代指楚地。
⑬ 双珰：耳饰。
⑭ 歌唇：指代唱歌之人，则为诗歌的女主人公。
⑮ 故：流逝，消亡。

【鉴赏】

李商隐的诗歌一直以来都被认为是朦胧的，是无法用理性去拆解的作品。这种直指人类情感的文字往往让人“得鱼忘筌”，以感性为阅读基础，这类的诗歌分析起来就更为与私人化。

义山诗难解，历来都以《无题》为最，而“燕台”诗亦是破费解家心思的一组。组诗共四首，以春夏秋冬为内在标题，仿照“长吉体”为之，其所写之情，所尽之意扑朔迷离，诸如艳情说、言志说、托喻说等等一干说法。可以确言的是“燕台”一出便深受好评，在李商隐后来的《柳枝诗序》特地记载了《燕台四首》喜得知音一事：“柳枝，洛中里娘也。父饶好贾，风波死湖上。其母不念他儿子，独念柳枝。生十七年，涂妆绾髻，未尝竟，已复起去。吹叶嚼蕊，调丝擫管，作天海风涛之曲，幽忆怨断之音。居其旁，与其家接故往来者，闻十年尚相与，疑其醉眠梦物断不娉。余从昆让山，比柳枝居为近。他日春曾阴，让山下马柳枝南柳下，咏余《燕台诗》。柳枝惊问：‘谁人有此？谁人为是？’让山谓曰：‘此吾里中少年叔耳。’柳枝手断长带，结让山为赠叔乞诗。”断带乞诗，何等知音情深，《燕台》所歌在这位多情人眼中或是一段漫长而无奈的情事，一段深情，四季相思。春思初见，夏忆聚散，秋念伊人，冬叹人寒。四季不断变换，人却迢递万水千山。我们或也可以从这个角度来解此诗，在义山的朦胧情愫中感受“爱别离”的苦楚。

诗歌开篇写“月浪衡天天宇湿，凉蟾落尽疏星入”，令人顿起寒凉之感，写秋必有月，月之清冷团圞都是秋的标志，而义山的月却极具滂沱之势，令人感到秋的冰冷排闼天地而来。而到最后，连这样的热闹也没有了，只剩下疏落的星辰几点，让这份秋的冰冷又凉了几分。天上景去，人间景来，诗人用云母屏风掩住了藏在悲凉里的人，用铁马的喧闹衬托出静夜里的孤单。

天上人间有秋如此，其原因便是接下来由诗人推出的本首诗的感情基调："欲织相思花寄远，终日相思却相怨。"为何会从相思到相怨？诗人用了"北斗""长河""锁""桂""鸳鸯茵""小苑""长道"的意象说开去，看似扑朔迷离，实则在拆解怨之所由。"北斗"句讲相思因时空漫长而生怨。北斗是时间流逝的速度，长河是银河牛女的距离，时间与空间的迢迢令相思肠断，遥不可及。"金鱼"句将相思写在了一个"困"字之中。以金鱼为锁形，取其夜有长开眼，终日不寐之意，牢不可破。金鱼锁中囚了红桂的欣欣向荣，鸳鸯茵久而尽染古老的仆仆尘埃。无论是被囚禁的繁华还是被搁置的喧嚣，都因被"困"而相思不得。"堪悲小苑作长道，玉树未怜亡国人"，是盛衰之变而带来的思而不得。美丽的小苑曾经繁花似锦，而今却夷为长道，颇有《好了歌》"衰草枯杨曾为歌舞场"的哀叹。陈后主曾有《玉树后庭花》，被视为亡国之音。此处所用亦是讲兴衰之意，与上句相合。这边是义山无可言说又滔滔不绝的铺陈出的感情。

我们虽然无法确言其事，却多少能听懂他之后奏响的楚调。一曲愔愔，直觉罗冷泥重。义山这里的形容简直是贴着人的肌肤在说话：越罗之轻薄，金泥的沉重，两相反衬，就让读者体会到在情字中人的脆弱与敏感。于是一声鹦鹉的啼叫唤起夜里飞霜带来的孤寒，孤寒又绕着缠绵的云，摇曳着高唐梦中的欢愉。那梦最真实的触感便是尺素与一双耳饰，记录着那一段难以忘怀的湘川情事。抚琴人清音一曲樱桃破，泪已潸然而下，余音袅袅后，她知道那沾染所思馨香的手中物，满载着相思相怨的情愫，终已成故。

义山诗难解，若以女儿心思去读它，读到如是心境，又怎能不动容呢？也无怪杨柳姑娘读罢便对能把相思相怨写到如此极致的诗人也产生了情愫。馨香手中故，一切，便随风而逝吧。

行香子

[宋]佚 名

浙右华亭[①]，物价廉平。一道会[②]、买个三升。打开瓶后，滑辣光馨。教君霎时饮，霎时醉，霎时醒。

听得渊明，说与刘伶[③]。这一瓶、约迭三斤。君还不信，把秤来秤。有一斤酒，一斤水，一斤瓶。

【注释】

① 浙右：浙江西部，大致为浙江衢州地区。华亭：唐天宝十载（751年）置县，南宋庆元元年（1195年）属嘉兴府，主体在今上海市松江区。

② 一道会：一贯钱。一道，一贯。会，即会子，南宋时的纸币。

③ 渊明、刘伶：陶渊明有嗜酒之好，刘伶有酒德之颂，二人俱超脱礼法，避世大贤，世常以酒称之。

【鉴赏】

这首《行香子》收录于宋人的笔记《随隐漫录》之中，是一首颇具生活气息的戏谑词。《随隐漫录》撰者陈世崇，字伯仁，号随隐，素有文名。《四库全书总目提要》载："旧本题宋临川陈随隐撰。盖后人以书中自称随隐，而称陈郁为先君，知为临川陈姓，故题此名，实则随隐非名也。"刘埙《水云村泯稿》曾载宋度宗的御批："令旨付藏一，所有陈世崇诗文稿都好，可再拣几篇来。在来日定要，千万千万。"陈世崇生活于宋末元初间，他的这本《随隐漫录》著于宋亡之后，其内容记载以诗话、杂记为主，对南宋旧土故实有着颇为详备的记载。

词至南宋，所囊括题材越发丰富。戏谑词算得上是宋词中俗词的一脉，这类词多生长于民间，杨万里《箕颍词记》曾说："谑词见于小说平话者居多，当时与雅词相对称。宋世诸帝如徽宗、高宗均喜其体。《宣和遗事》《岁时广记》载之。”

我们所选这首《行香子》就是这种有着民间气息的戏谑之作。全词明白如话，尽言松江酒淡。

上阕先言此酒价格廉平。“一道会”的价钱能够买来三升，看似价格公道。再言及酒色酒味，“滑辣光馨”，表面上看起来柔滑光亮，味道中带着些辛辣的香气。但饮后却“霎时饮，霎时醉，霎时醒”，瞬间醉复醒，果然寡淡无趣。

下阕则直接引入陶渊明、刘伶来诉苦。陶渊明一生嗜酒，曾在《五柳先生传》自叙称:“性嗜酒，家贫不能常得。亲旧知其如此，或置酒而招之。造饮辄尽，期在必醉；既醉而退，曾不吝情去留。”刘伶是魏晋“竹林七贤”之一，纵酒放达，又曾作《酒德颂》。然而，如此寡淡的酒却还缺斤短两，“有一斤酒，一斤水，一斤瓶”，至此，将商人的奸猾描写得鞭辟入里。

整首词市井气扑面而来，相较于雅词，显得更为日常化、口语化。这类词不但颇具趣味性，同时也能让后人感受到来自宋代的烟火气。

省试湘灵鼓瑟[①]

［唐］钱　起

善鼓云和瑟[②]，常闻帝子灵[③]。
冯夷空自舞[④]，楚客不堪听[⑤]。
苦调凄金石[⑥]，清音入杳冥[⑦]。
苍梧来怨慕[⑧]，白芷动芳馨[⑨]。
流水传潇浦[⑩]，悲风过洞庭。
曲终人不见，江上数峰青。

【注释】

① 省试：唐宋时期由礼部主持的考试。因礼部隶属尚书省，故称省试，后又以会试称。宋赵升《朝野类要·举业》："除四川外，诸州及漕司解士，就礼部贡院锁试，名曰省试。"

② 云和瑟：云和，山名。古代取此地所产木材制作琴瑟。《周礼·春官大司乐》："云和之琴瑟。"

③ 帝子：指娥皇、女英。相传二人为尧的女儿。《楚辞·九歌·湘夫人》："帝子降兮北渚，目眇眇兮愁予。"王逸注："帝子，谓尧女也。"

④ 冯夷：传说中的黄河之神，即河伯。泛指水神。成玄英疏《庄子·大宗师》："姓冯名夷，弘农华阴潼乡堤首里人也。服八石，得山仙。大川，黄河也。天帝锡冯夷为河伯，故游处盟津大川之中也。"

⑤ 楚客：指屈原。屈原忠而被谤，放逐流落，他乡为客，故称。

⑥ 苦调：忧伤悲凉的声调。 金石：金属和美石，用其坚硬之属。

⑦ 杳冥：指天空，高远之处。

⑧ 苍梧：山名，传说舜帝南巡，崩于苍梧，这里代指舜帝之灵。怨慕：《孟子·万章上》："万章问曰：'舜往于田，号泣于旻天，何为其号泣也？' 孟子曰：'怨慕也。'" 赵岐注："言舜自怨遭父母见恶之厄而思慕也。" 朱熹集注："怨慕，怨己之不得其亲而思慕也。" 后泛指因不得相见而思慕。

⑨ 白芷：香草名。夏季开伞形白花。这里是一种高洁形象的代表。

⑩ 潇浦：一作"湘浦"，一作"潇湘"。

【鉴赏】

钱起，字仲文，吴兴人，唐代诗人，世称钱考功，是“大历十才子”之一。钱起为中唐时期诗人，他的诗歌以格律规整，字句精工为鲜明特点。这首诗也是钱起诗歌的典型代表作品。这是一首试帖诗，作于天宝十载（751 年），是诗人进京参加尚书省礼部主持的考试时所呈交的诗歌。本身这是一首应试诗，而诗人却大胆地运用新颖的构思、独特的手法，写出了千古传诵的名句。

《旧唐书·钱徽传》曾经有这样的一个记载：“钱徽，字蔚章，吴郡人。父起，天宝十载登进士第。起能五言诗。初从乡荐，寄家江湖，尝于客舍月夜独吟，遽闻人吟于庭曰：‘曲终人不见，江上数峰青。’起愕然，摄衣视之，无所见矣，以为鬼怪，而志其一十字。起就试之年，李暐所试《湘灵鼓瑟诗》题中有‘青’字，起即以鬼谣十字为落句，暐深嘉之，称为绝唱。”这个很有趣的记载写出了一种“信手偶得之”的文章天成感，而确实这首诗以最后两句为惊艳之笔，传唱千古。

诗题中的“湘灵鼓瑟”，取自《楚辞·远游》“使湘灵鼓瑟兮”之事，专写瑟曲之妙，铺排成诗，令人如闻琴音。首句“善鼓云和瑟，常闻帝子灵”开篇点题，帝子灵即湘灵，乃是舜之二妃因舜死苍梧，化而为灵，常于月夜鼓瑟，哀音动人。接下来，通篇便开始描摹这远古之音。

曲至河伯，河伯舞蹈，曲至楚地，迁客伤心。河伯的舞之蹈之来自于水灵动的本能，而迁客的“不堪听”才真正听出了瑟曲之心。接下来他写了曲调的特征：苦、清。苦可至金石凄凉，清可传杳渺碧霄。这样的曲，可唤起苍梧舜帝的魂魄，可感化因屈子凭吊而闻名的白芷香草；这样的曲，可随流水婉转于湘江，可随悲风漂泊于洞庭，可将凄楚苦清之音感动天地，而最终这曲，“曲终人不见”，只有巍巍青山还回味着曲后余韵。从始至终，鼓瑟的神女都藏在神秘的面纱之后，直到最后也没有露出她的真容。有如神助的笔触，回味无穷，意蕴悠长。

历来对最后两句赞不绝口的读诗人甚多，而我们若将视线转向他笔下的曲，就不免会被“苍梧来怨慕，白芷动芳馨”这样的感情所吸引，摇曳的白芷，仿佛历经了千年的等待，被钱起笔下的湘灵鼓瑟唤醒，再闻楚调，想起了在屈子腰间的日子。

诉衷情

[宋]晏　殊

芙蓉金菊斗馨香[①]，天气欲重阳[②]。远村秋色如画，红树间疏黄[③]。

流水淡，碧天长，路茫茫。凭高目断[④]，鸿雁来时，无限思量。

【注释】

① 芙蓉：即木芙蓉。此花秋季盛开，花大有柄，色有红白，晚上变深红。馨香：芳香馥郁貌。

② 天气：气候。

③ 红树：指秋季经霜而叶红之树。

④ 凭高目断：依仗高处极目远望，直到看不见。目断，指望至视界所尽处，犹言凝神眺望。

【鉴赏】

前此，我们介绍过晏殊的名篇《浣溪沙》（一曲新词酒一杯），本词亦延续了晏殊小令写景词的风格特色，而其中又有了别样的风味。根据陈祥耀先生的考据，晏殊的这首诗应写于仁宗宝元元年（1038 年），此时的晏殊外知陈州，已经从参知政事被贬六年了。从宋祁给他的信可推知，他在陈州的生活有些颓唐。宋祁说他："视政余景，必置酒极欢。图书在前，箫鼓参左。"进取之心已经随着时光世事被磨得圆润平顺，不复他想，只在文字酒乐间流连徜徉。

词写秋景，于景中有淡淡的情愫。与此前的《浣溪沙》比较，这首《诉衷情》依旧保持了含蓄的情感内核，但在意境描写上则更为疏朗辽阔，颇有些唐人诗歌的味道。

起句"芙蓉金菊斗馨香，天气欲重阳"点出时令节气，芙蓉并非水芙蓉，而是有木芙蓉之称的木莲。木芙蓉秋季开花，初为白色或浅红，后变为深红色，甚是夺目。王维的《辛夷坞》诗曾云:“木末芙蓉花,山中发红萼。”色彩上,妩媚的芙蓉与金黄的菊花却也明媚,而作者使之斗的却是馨香。事实上,木芙蓉几乎没有什么香气,金菊也只是有淡淡的香气罢了,如此的“斗”,雅致而疏淡。接下来镜头不断拉远,“远村秋色如画,红树间疏黄”。历来,观秋多观叶,词人在红树中安排了疏黄,犹如一种错落的美。就这样晏殊的秋点染了芙蓉、金菊、红树、黄叶,便将秋的画意展现出来,热闹中带着一点儿疏离。

接下来的下阕,他并不打算继续将这幅画涂抹得过分绚烂,而以“流水淡,碧天长。路茫茫”为画布,稀释浓烈的色彩,这画面就格外清光澄净了。而“路茫茫”三个字将诗境拉入诗情,继而言道:“凭高目断,鸿雁来时,无限思量。”嵇康《赠秀才入军》诗中说:“手挥五弦,目送归鸿。俯仰自得,游心太玄。”其意在自在之理,悠然自得之境。词人在路茫茫与俯仰自得中无限思量,所思所得,余韵无穷。

晏殊词历来以温润端丽为主要风格,在这首词中表现得更为突出。其中芙蓉与金菊那淡淡的馨香的争斗,多少给人一种冲和闲雅的感觉,是不可多得的秋意。

春晚书山家屋壁·其一

［唐］贯　休

柴门寂寂黍饭馨[1]，山家烟火春雨晴。
庭花濛濛水泠泠[2]，小儿啼索树上莺。

【注释】

① 黍饭：黄米饭，唐人常以之待客。
② 濛濛：水气浓盛貌。泠泠：形容声音清越、悠扬。

【鉴赏】

贯休，俗姓姜，字德隐，是唐末诗僧、画家。他七岁的时候出家，一生游历了很多地方。他诗名高节，宇内咸知。曾经有句云，“一瓶一钵垂垂老，万水千山得得来”，时称“得得和尚”。实际上不惟这句诗，在诗歌用字上常喜叠字，这是贯休诗歌的一大特色。诗至唐末，纤弱哀怨之美日涨，悲凉萧瑟、幽艳细腻之风几乎充盈了整个诗坛。这当然与当时的社会局势有着密不可分的关系：藩镇割据，农民起义，唐王朝如同一个满是疮痍的巨人，面临着随时会轰然倒去的危险，因之，诗歌已经不复中唐的刚健朴实，更难追盛唐风骨，残酷的现实生活使得诗人们更加消极悲观，忧时嗟生。

这首《春晚书山家屋壁》却展现了与晚唐风貌截然不同的一派生机盎然，足为珍贵。“柴门寂寂黍饭馨，山家烟火春雨晴”，诗歌开头写了春雨之后农家的景色，宁静的柴门内是黍饭的馨香，这是山家烟火的味道。整句带给人一种安宁祥和感，令人在乱世中见到了一片绿洲。春天本是农民耕种最繁忙的季节，而春雨过境令繁忙暂歇，家的温馨就从饭香中走了出来。

接下来诗人说：“庭花濛濛水泠泠，小儿啼索树上莺。”这是两个不同的场景，一静一动，静的是在水汽氤氲中的花朵，泠泠的水声为它增添了灵动，而这里的“濛濛”也好，“泠泠”也罢，正是颇具“得得和尚”的正韵。而动的是小儿索莺，春雨过后，莺鸟归巢，小儿啼哭索要，颇为无赖，意趣盎然。一声啼哭，打破了所有的宁静，却也使得雨后的村庄有了生气，热闹了起来。

贯休为僧人，所见万物皆慈悲，他笔下的这个鲜活的山村，宁静而秀丽，仿佛一处世外桃源，诗人将这样的生活图景勾画下来，宛如一支民谣，唱响在晚唐的时空里。那温暖的黍饭，散发出一种岁月静好的馨香。这也许是在晚唐诗人心中的一种期许，也许是王朝更迭中的片刻安宁。

【桂】

绿林野屋，落日气清。
脱巾独步，时闻鸟声。

灵隐寺

［唐］宋之问

鹫岭郁岧峣[①]，龙宫锁寂寥[②]。
楼观沧海日，门对浙江潮[③]。
桂子月中落，天香云外飘。
扪萝登塔远[④]，刳木取泉遥[⑤]。
霜薄花更发，冰轻叶未凋。
夙龄尚遐异[⑥]，搜对涤烦嚣[⑦]。
待入天台路，看余度石桥[⑧]。

【注释】

① 鹫岭：本是印度灵鹫山，这里借指灵隐寺前的飞来峰。岧峣（tiáo yáo）：山高而陡峻的样子。

② 龙宫：此用佛经故事，《海龙王经·请佛品说》记载，海龙王至灵鹫山，闻佛说法，心生欢喜，想请佛至大海龙宫供养。佛许之。龙王即入大海化作大殿，佛与诸比丘菩萨至，受诸龙供养，为说大法。后世便以龙宫指代讲经说法处，这里以对鹫岭，故龙宫代灵隐寺。

③ 浙江潮：杭州的钱塘江又称浙江，故而浙江潮就是指钱塘江潮。

④ 扪萝：攀缘葛藤。

⑤ 刳木：剖凿木头。

⑥ 夙龄：少年，早年。遐异：怪异，古怪。

⑦ 烦嚣：喧扰，嘈杂。

⑧ 石桥：特指浙江省天台山的名胜石梁。因梁连接二山，形似桥，故称。

【鉴赏】

宋之问，又名少连，字延清，唐代诗人。他年少成名，刚满二十岁进士及第，登临龙门。他是武则天的得意宠臣，他的文华巧思颇为武则天喜爱，一时间风光无两。者时诗圣杜甫以“兽锦夺袍新”来称颂李白，所用典故便正是宋之问的夺魁龙门之事。《唐诗纪事》载：“武后游龙门，命群官赋诗，先成者赐以锦袍。左史东方虬诗成，拜赐。坐未安，之问诗后成，文理兼美，左右莫不称善，乃就夺锦袍衣之。”

从诗歌发展的角度来讲，宋之问对于推动格律诗的发展有着非常重要的贡献。但他虽工于为诗，却疏于为政；诗名天下，却声名狼藉，亦有因诗杀亲的劣行。玄宗李隆基继位，他最终被赐死于徙所。

本诗据言便是写于他被贬黜放还的途中，还与初唐另外一位大诗人骆宾王有关。《唐诗纪事》记载：“之问贬黜放还，至江南，游灵隐寺。夜月极明，长廊行吟曰：‘鹫岭郁岧峣，龙宫锁寂寥。’久不能续。有老僧点长明灯，问曰：‘少年夜久不寐，何耶？’之问曰：‘偶欲题此寺，而兴思不属。’即曰：‘何不云，楼观沧海日，门对浙江潮。’之问愕然，讶其遒丽。迟明更访之，则不复见。寺僧有知者曰：‘此骆宾王也。’”骆宾王经为徐敬业讨武后一役，渺无踪迹，后人多有传言，或曰身死沙场，或曰出家为僧，而与宋之问灵隐谈诗是最为人称道的。纵观本诗，确实“楼观”句稍与他句气象不同，更为刚健秀美。

全诗吟咏灵隐寺，从不同的角度去写这座古寺。前两句以正视，先见鹫岭后见佛寺。当年印僧慧理来杭，见此山颇惊，以为是从灵鹫山飞来小岭，诗人用此典故开篇，接下来又用佛经故事，以龙宫喻灵隐，以佛典写佛地，将一个超脱五行外，自锁寂寥中的古寺呈现在面前。接下来“楼观沧海日，门对浙江潮”便仿佛登至山巅，推开轩窗的一霎，扑面而来的大心胸、大境界，令人超脱凡俗。第五、六句的“桂子月中落，天香云外飘”一如北周庾信《奉和同泰寺浮图诗》中“天香下桂殿，仙梵入伊笙”所绘，令人看到了月宫桂子摇曳而下，寺中香烟升腾于云两相交织的场景。宋之问的桂子，是月宫倾泻而下的赐予。它的香气氤氲在一片宁谧的佛国世界里，那里清净无尘，可能是这位在泥淖中混沌了多年的诗人最想回去的地方吧。

随着天香飘散，诗人开始山寺寻幽。“扪萝登塔远，刳木取泉遥。霜薄花更发，冰轻叶未凋。”具是小景致，却格外能激起人的访胜之感。这里清幽古朴，澄净皎洁，塔上藤萝，杯内清泉，花间薄霜，叶上轻冰，无一不展现出一种空灵的境界。所以诗人才会慨叹道：“夙龄尚遐异，搜对涤烦嚣。”自幼的那颗爱奇景的心又萌动了起来，一扫胸中烦闷喧嚣的尘埃。当此之时，初心闪现，或许此时的宋之问是真的对那个侍奉宫廷的自己厌倦了吧。他因慕美，产生既得陇而复望蜀之贪心，“待入天台路，看余度石桥”以天台为收束，是游兴未尽的止息，同时也是归隐之心的开端，“归去来兮”，若真归去，该有多好。

永遇乐·戏赋辛字送茂嘉十二弟赴调[①]

［宋］辛弃疾

烈日秋霜，忠肝义胆，千载家谱。得姓何年，细参辛字，一笑君听取。艰辛做就，悲辛滋味[②]，总是辛酸辛苦。更十分，向人辛辣，椒桂捣残堪吐[③]。

世间应有，芳甘浓美，不到吾家门户。比着儿曹[④]，累累却有，金印光垂组[⑤]。付君此事，从今直上，休忆对床风雨[⑥]。但赢得，靴纹绉面[⑦]，记余戏语。

【注释】

① 茂嘉：既辛绩，为辛弃疾的族弟，排行十二。赴调：指前往吏部听候迁调。

② 悲辛：悲伤辛酸。

③ 椒桂：指椒实与桂皮。皆调味的香料，其味辛烈。

④ 儿曹：儿辈，小孩儿。

⑤ 金印：指高级官员金质的印玺。苏辙《观捕鱼》诗：“人生此事最便身，金印垂腰定何益。”垂组：晋书《舆服志》载：“（皇太子）给五时朝服、远游冠，介帻、翠緌。佩瑜玉，垂组。”组，古代佩印用的绶。

⑥ 对床风雨：同对床夜雨。常以之言亲友相聚谈心的乐趣。苏辙《逍遥堂会宿二首》并引：“辙幼从子瞻读书，未尝一日相舍。既壮，将游宦四方，读韦苏州（应物）诗，至‘那知风雨夜，复此对床眠’，恻然感之。乃相约早退，为闲居之乐。”苏轼《满江红·怀子由作》：“孤负当年林下意，对床夜雨听萧瑟。”辛词当用此意。

⑦ 靴纹绉面：欧阳修《归田录》卷二：“田元均为人宽厚长者，其在三司，深厌干请者，虽不能从，然不欲峻拒之，每温颜强笑以遣之。尝谓人曰：‘作三司使数年，强笑多矣，直笑得面似靴皮。’士大夫闻者传以为笑，然皆服其德量也。”后用“靴纹绉面”形容温颜强笑。

【鉴赏】

庆元五年（1199年）至庆元六年左右，辛茂嘉在福建一带仕任期满，赴调回京。途中前往辛弃疾所居铅山稼轩，与族兄会晤，随后赶往临安听候调遣。两人相会匆匆，别时，辛弃疾便以此词相送。这首词仿佛是一篇语重心长的书信，以“辛”姓作文章，妙趣横生却也语重心长，在轻松的文字间见其对“辛”氏姓氏的敬慕、对同族兄弟的黾勉，是一篇承载着家风重量的家书。

“烈日秋霜，忠肝义胆，千载家谱。”甫一开篇，便自报家门，言辛家世代，其先辈如烈日秋霜，可敬可畏，高炳千秋。由此忠肝义胆所书写下来的千载家谱，可见辛姓一脉之热血。在古代中国，家谱关系到血脉传承，同时也关系到政治、经济、文化等各个方面。而随着宋朝取消了官方修订族谱的传统后，私人修谱不断盛行，尤其是南渡之后，人们对于维系分崩离析的血脉传承高度重视，辛弃疾本人也对家谱的修订颇为上心，他曾手撰《济南辛氏族谱》，并邀朱熹作序。茂嘉此来当正是辛弃疾有心“窃制宗图”之时，或许二人的攀谈间亦对宗族脉络有所涉及。故而辛弃疾会有“得姓何年”之问。辛姓何年呢？据《元和姓纂》《广韵》等所载，夏启封支子于莘，莘、辛声相近，后为辛氏。如此古老的家族，曾经出现过商代名臣辛甲、汉代名将辛庆忌等等，都是忠贞秉节之人，看着这些“烈日秋霜”的人物，再看着“辛”之一字，辛弃疾亦要叹一句“艰辛做就”。为“辛”姓不易，艰辛、辛酸、辛苦，更有令不喜之人靠近便呕吐的辛辣之气。如此滋味，词人用不断的重复铺排迭出，颇有“欲为我辛家儿郎，当受得此辛苦”之意味。这不惟是一个家族的悲辛，亦是词人自己人生的体悟。想想辛弃疾本人从平戎策到垂钓翁，其刚直不阿，风骨正气，也使其仕途坎坷，无限苦辛。

所以他接下来说“世间应有，芳甘浓美，不到吾家门户”，那些甘甜与我“辛”姓无缘，写在骨子里的“烈日秋霜”是一个家族最宝贵的基因。和那些世代显要、门第生辉的人不同，我辛氏子弟依旧如此辛苦，那些唾手可得的富贵不好吗？辛弃疾用自嘲的语气写道："付君此事，从今直上，休忆对床风雨。""对床风雨"曾是二苏之间的真挚情谊，兄弟情深，所言真挚。而今辛弃疾却以"休忆"言之，并非不想让自己的族弟坚守家族本心，却又怕他重蹈艰辛之路。"靴纹绉面"之典更是有些辛辣刺激之味了，那是辛氏中人所求所赢吗？当然不是。所述家风是戏语吗？当然也不是。艰辛的路还是要走下去，那一脉风骨总要保持下去，这才无愧了血脉中的"辛"字。

"椒桂"之桂是桂皮之意，这一味与温馨的桂香不同，辛辣刺激里带着一丝俏皮的甜，颇为值得仔细品味。

鸟鸣涧

［唐］王　维

人闲桂花落①，夜静春山空②。
月出惊山鸟，时鸣春涧中。

【注释】

① 桂花：树名。即木犀，也指其所开的花。桂花非惟秋日盛开，有春花、秋花、四季花等不同种类，此处所写的当是春日开花的一种。

② 春山：春日的山。亦指春日山中。

【鉴赏】

王维，字摩诘，是唐代著名的画家、诗人。他出身河东王氏，其家族是唐代的望族，王维二十岁便及进士第，为太乐丞。一时少年，京城裘马，本是春风正盛之时，却因伶人擅舞黄狮僭越，而被牵连贬谪。这一打击之后，他隐居八年。八年的时间消磨着少年的脾气，滋长了他内心的禅意。他留居辋川，经营别业，从此辋川别业成为了与桃花源一样的古人心灵栖息之所。

开元二十二年（734 年）王维被擢升右拾遗，其后他到过塞外边陲，经行江南春山，出世与僧为伍，入朝殿上为官。他的诗既有山水宁静，又有大漠风光，有开元盛世，也有禅境高远。他以诗写山水，亦以画写山水，他的“破墨”山水开山水画南宗，自然平淡，清新淡雅。诗画相得，意趣盎然。“诗中有画，画中有诗”的艺术特点，再佐以“诗中有禅”的意蕴，使王维的山水诗为盛唐诗歌开辟了别样的天地，同时也在中国古代传统文化中留驻了一份自在隽永的山水田园之境。

不过王维以诗名，却也因诗困。安史之乱，他因未能及时扈从而被困长安，因诗名卓著，身居高位而被严格看守关押。他虽被授伪职，却“服药取痢，伪称瘖疾”，口不能言，不与贼事。两京收复后，其弟王缙愿削官赎兄，使王维免于处罚。上元二年（761 年），以王维尚书右丞辞世，故世以王右丞呼之。而后世更愿意以“诗佛”名之，或许作为诗中一佛子更是王维的愿望吧。

《鸟鸣涧》这首诗是国人耳熟能详的一首王维诗。它本是王维为自己的朋友皇甫岳所居云溪别墅所作，而其中所蕴含的诗意人生与禅意冥想要远超越一般的写景诗歌，别具意蕴。诗如一幅写意画：在寂静的夜里，春山空寂，一朵桂花离开枝头，徐徐飘落在闲人的面前。山无患而空，心无挂碍而闲。桂花成为了空与闲的勾勒，越发衬出人之自在与山之安宁。此时温柔的月光都成为了打破这份宁静的源头，山鸟在月光下三两飞去，偶尔伴着潺潺的溪涧发出些许鸣叫。这种动态的小骚乱使得过于宁静的春山有了一丝幽然的味道。所谓“蝉噪林逾静，鸟鸣山更幽”，摩诘深谙此道。

整体上诗歌所言乃是一个“空”字，人因空而闲，山因空而静，王摩诘的禅意也正在于此，空空无挂碍，无执着则花自落，人自闲，月自惊鸟，鸟自惊涧，一切都是造化自然。这种自在已非写景，而在写心，若心有此境，虽都市喧嚣，亦得“桂花落”。那一朵桂花好似自在的灵魂，飘飘荡荡，经行千百年，跌落在我们的心头，自适其适。

题扬州禅智寺[①]

［唐］杜　牧

雨过一蝉噪，飘萧松桂秋[②]。
青苔满阶砌[③]，白鸟故迟留[④]。
暮霭生深树[⑤]，斜阳下小楼。
谁知竹西路[⑥]，歌吹是扬州[⑦]。

【注释】

① 禅智寺：也叫上方寺、竹西寺，在扬州使节衙门东三里。《太平寰宇记》："蜀冈，《图经》云：'今枕禅智寺，即隋之故宫。'"

② 飘萧：零落飘坠貌。

③ 阶砌：台阶。

④ 白鸟：指通体为白色羽毛的鸟，如鹤、鹭一类的鸟。

⑤ 暮霭：黄昏的云气。

⑥ 竹西路：指禅智寺前官河北岸的道路。后人在此筑亭，名曰竹西亭，或称歌吹亭。

⑦"歌吹"句：化用《芜城赋》，以写扬州繁华。鲍照《芜城赋》："车挂轊，人驾肩。廛闬扑地，歌吹沸天。"歌吹，指歌声与吹奏之乐。芜城，即古之广陵城。

【鉴赏】

这篇作品作于开成二年（873 年），杜牧之弟杜顗病目经年，寄居于扬州城东的禅智寺中。此时杜牧为监察御史，分司东都，在洛阳觅得眼医石公集，此人祖、父皆为"眼科"高手，故延请他同往扬州为其弟诊疗目盲之症。不想此去百日未能返官，因唐有"职事官假满百日，即合停解"，杜牧因之离职。杜牧便不归东都，携其弟同往宣州，为宣歙观察使崔郸幕僚，任宣州团练判官。

本诗作于杜牧方至禅智寺之时。杜牧对于扬州并不陌生，两年前入幕牛僧孺，于此地少年风流，声色歌舞。彼时牛僧孺对其亦爱惜有加，以致因为担心他出入风月场所而派人暗中保护。直至杜牧离扬州，方以言语暗示“以侍御史气概远驭，固当自极夷途。然常虑风情不节，或至尊体乖和”。可以说彼时的扬州对于杜牧而言是一个潇洒自在的所在，一切都充满了喧嚣的美好。可此次下扬州却并非如此，弟弟的目疾，朝野的动荡，都洗去了春风十里扬州路的繁华盛景，使得他游走于幽静的古刹，心境萧索。

禅智寺，又名竹西寺、上方寺，在扬州城东十五里，寺前有桥，跨旧官河。后人因杜牧诗歌中有“谁知竹西路，歌吹到扬州”句而造“歌吹亭”，又名竹西亭。宋姜夔著名的《扬州慢》所言“竹西佳处”正意指此处。

杜牧写此诗时已入初秋，故其首联写道：“雨过一蝉噪，飘萧松桂秋。”蝉噪本过于扰人，而“一”蝉噪则格外令人感觉到寺内的宁静。随风飘摇着的松枝桂叶显得格外萧疏。其实桂花本身并没有太多的萧萧之感，大多给秋点缀一丝欢愉，而作者以松木来构成画面，就格外令人感受到寺庙的肃穆空寂。接下来“青苔满阶砌，白鸟故迟留”，以青苔满阶、白鸟逗留来显示庙内的安静无人；“暮霭生深树，斜阳下小楼”以光影的变化来描摹寺庙的幽然。暮霭从深深的树木中生出来，足见寺院树木茂密、森然冷僻；而斜阳从小楼上一格一格地滑落，又让人感觉到冷意袭来。在这样一个宁静的寺内，空寂无人的空间里，一切都带着一丝丝寒意，让人与秋一起生出些忧愁来。就在这样的幽静里，诗人笔锋一转，去了那不远处繁华似锦的扬州，那方所在，有着悠扬的歌吹盈耳，颇有些“热闹是他们的，我什么也没有”的叹惋。而这便是岁月经过的痕迹吧。

小杜将心底的叹惋藏进岑寂之中，在佛院的幽然里看向曾经的热闹，也许就如同松桂夹杂的味道吧，沉稳的松木香里带着些俏皮的桂香，这才是那个少年才俊长大后的样子啊。

梦　天

［唐］李　贺

老兔寒蟾泣天色[①]，云楼半开壁斜白。
玉轮轧露湿团光[②]，鸾珮相逢桂香陌[③]。
黄尘清水三山下[④]，更变千年如走马。
遥望齐州九点烟[⑤]，一泓海水杯中泻。

【注释】

① 老兔：指传说中的月中白兔。寒蟾：指传说月中金蟾。二者都指代月。

② 轧露：轧过朝露。

③ 鸾珮：雕有鸾鸟的玉佩。 这里指代月宫嫦娥。

④ 黄尘清水：有沧海桑田之意。王琦《汇解》："蓬莱、方丈、瀛洲三神山俱在海中。今视其下，有时变为黄尘，有时变为清水，千年之间，时复更换，而自天上视之，则犹走马之速也。"

⑤ 齐州：中州，即中国。九点烟：谓自高处俯视九州，如烟九点。

【鉴赏】

本诗作者李贺，字长吉，是唐宗室郑王李亮之后。李贺幼有诗名，《唐摭言》曾载他："贺年七岁，以长短之制名动京华。"韩愈读过李贺的诗后对他青眼有加，甚至认为作文者或是古人，未想却是一位孩童，大为震惊。及其成年，参与府试，亦大获成功。本来他可于年底入长安应进士科，奈何他少年成名，为人所妒，被找出李贺父名瑨肃，"瑨"与"进"犯"嫌名"，不得举进士。韩愈闻说，曾为他上《讳辩》却终未能为李贺"平反"。后来，李贺也只能以祖荫得了一个奉礼郎的官职，为从九品。朝廷昏暗，又加上妻子病卒，元和八年（813年）他以病辞去奉礼郎之职，归卧昌谷。元和十一年，李贺卒于家中，时年二十七岁。

李贺一生怀才不遇，对诗歌有着执着的热爱。为诗常苦吟疾书，呕心沥血。其诗风多怨恨悲愁、虚荒诞幻。同时体弱多病的他常常凝视死亡或身后。据李商隐为之所撰《李贺小传》记载："李贺将死时，忽昼见一绯衣人，驾赤虬，持一板，书若太古篆或霹雳石文者，云：'当召长吉。'长吉了不能读，欻下榻叩头，言：'阿㜷老且病，贺不愿去。'绯衣人笑曰：'帝成白玉楼，立召君为记。天上差乐，不苦也！'长吉独泣，边人尽见之。"这里对于天国的想象与《梦天》有类。

《梦天》所言一梦，梦的开端不说月色如洗，而言老兔寒蟾泣泪。兔是老而将死的，蟾是寒而无依的，泪如涌泉所哭便一目了然了，或许是诗人心底对死亡的恐惧和怀才不遇的伶仃。老寒之泪打开了天门云楼，云楼是何等样貌，不能尽睹，半开的门、倾斜的墙影渗出白色的光。推开这扇门，以月为轮的香车袅袅而来。"玉轮轧露湿团光"，这是我们常见的那轮有些朦胧颜色的月，却是李贺想象里轧过露水的一团月光，这想象何其奇绝！车上是环珮铮铮的月中仙娥，诗人也没有写她的样貌，而是以鸾珮之色、桂陌之香渲染了整个环境。有仙人同伴，李贺站在天中，再看苍茫世间，时间与空间都变得渺小了起来。沧海桑田，黄尘清水，是时间的一瞬；天下皆小，点烟杯海，一切的变幻与个人的得失生死关系已经不太大了。李贺的游仙诗在这里便又上升了一个高度。

钱锺书《谈艺录》说"黄尘清水三山下，更变千年如走马"句尤为高超："皆深有感于日月逾迈，沧桑改换，而人事之代谢不与焉。他人或以吊古兴怀，遂尔及时行乐，长吉独纯从天运著眼，亦其出世法、远人情之一端也。"

十五夜望月寄杜郎中[1]

［唐］王　建

中庭地白树栖鸦[2]，冷露无声湿桂花[3]。
今夜月明人尽望，不知秋思落谁家[4]。

【注释】

① 杜郎中：即杜元颖。唐朝时期宰相，右仆射杜淹六世孙，大理正杜佐之子。曾与王建相交于未起之时。
② 中庭：庭院；庭院之中。
③ 冷露：清凉的露水。
④ 秋思（sī）：秋天的情思，这里指怀人的思绪。

【鉴赏】

王建，字仲初，许州颍川（今河南省许昌市）人。他出身寒门，一生沉沦下僚，其诗歌大多以贴近底层生活的乐府为主，他也因此被人与张籍并称，唤之“张王乐府”。王建为诗擅长白描、比兴的手法，往往在结尾突出主题，戛然而止。其笔法简洁峻拔，意在言外。此篇所选亦是如此，在用笔上委婉动人，味之不尽。

这首诗本身是一首怀远诗，其题下原有小注云：“时会琴客。”月光如注，琴客在侧，此时的仲初为诗怀远，思深情长。可以说月是中国人灵魂深处最感怀的所在，有人因之思乡，写下“露从今夜白，月是故乡明”的慨叹；有人因之伤国，写出“小楼昨夜又东风，故国不堪回首月明中”的愁思；有人因之慨叹世事变迁，写出“二十四桥仍在，波心荡，冷月无声”的沧桑；有人因之而勾勒儿女情长，写出“杨柳岸晓风残月”的情伤……

王建的月却并未从月写起，而是写中庭的一地清辉，顺着月光的方向，便能够看到栖息于树枝上的乌鸦。鸦本乌色，躲藏于黑夜之中，月光使之呈现，可以说无论是白色的中庭还是乌黑的鸦鸟，都令人感到格外清冷。这种氛围搭建好，诗人接下来写“冷露”“湿桂花”就让人感觉到桂的香气也散去了几分甜腻，而被冷露压住，反而有一丝凉凉的清香。露水无声，乌鹊不动，一切都静谧而幽然。在这样的时刻，忽然间人的行动加入了这场清冷中——“今夜月明人尽望”，由己及人，一个闲庭中信步怀远的王建与千百万各有所思的望月人，同时看向那片夜空中的团圞，有寄托，有牵挂，也有说不出的伤感。人加入到月夜中，情感便也如期而至，可这份“秋思”却不似人生出来的，而是如中庭划过的月光，枝头垂下的寒露一般从天而降，不知降临到谁人的心里，让人心骤然一动，秋思便浸染了整颗心。当然，亦有解诗之人将秋思解为蔡氏《青溪五弄》之一的《秋思》曲，以应题目小注，《唐诗从绳》即言：“琴客在此地作《秋思》曲，月下听琴者，不知在谁家也。”将秋思落实，虽解之有道，却多少令人有些遗憾，秋思之多，究竟在谁家庭院的那种思量似更“言有尽而意无穷”些。

八月的桂花往往最为香醇，而王建笔下被寒露浸湿的清冷也许真的要到了心底能生出秋思这份凄凉而空寂的情感的时候才能闻到吧。

二 煞[①]

［元］王实甫

隔墙花又低，迎风户半拴，偷香手段今番按[②]。怕墙高怎把龙门跳[③]，嫌花密难将仙桂攀[④]。

放心去，休辞惮[⑤]。你若不去呵。望穿他盈盈秋水[⑥]。蹙损了淡淡春山[⑦]。

【注释】

① 出自《西厢记·第三本·第二折》。二煞为《正宫·端正好》套曲中的一个曲牌，《一煞》《二煞》等曲牌常联用，起到逐渐收束的功能。

② 偷香：典出《世说新语·惑溺》，其故事与《西厢记》相似。按：实行。

③ 龙门：声望高之人的府第。

④ 仙桂：神话传说中的月中桂树，此处喻幽会之女子。

⑤ 辞惮：因胆怯而推辞。

⑥ 秋水：比喻眼波清澈。这里用以形容女子双眼含泪，殷殷期盼。

⑦ 蹙损：眉头紧皱蹙缩，易损容颜。春山：春日山色呈黛青，一如女子姣好的眉毛，故称。

【鉴赏】

这一曲选自王实甫的《西厢记·闹简》一折。

《西厢记》全称《崔莺莺待月西厢记》，全剧共五本二十一折，是元代爱情剧中的杰作，此作一出，“令前无作者，后掩来哲，遂擅千古绝调”。全剧围绕着张生与崔莺莺的爱情故事展开，在剧情结构上分为两条线，一条线是两人爱情受到的外部阻挠，包括孙飞虎的抢亲、老夫人的赖婚、郑恒的骗婚等重重困难；另外一条线则是张生与崔莺莺二人之间细腻的感情线。二人通过彼此的试探、思慕，最终有情人终成眷属。

《西厢记》脱胎于元稹的《莺莺传》，将一个“痴心女子负心汉”的悲剧故事讲成了才子佳人小红娘的大圆满喜剧，其中小红娘的形象尤为重要，这个形象是张生和莺莺之间感情的缓冲带，也对两个人的感情推进起到了至关重要的作用。正如金圣叹在评点《西厢记》中说："譬如文字，双文是题目，张生是文字，红娘是文字之起承转合。有此许多起承转合，便令题目透出文字，文字透入题目也。"

《闹简》一折正是红娘的重头戏。前此，张生退孙飞虎之兵，老夫人却未能应诺许婚，使得张生忧郁成疾。莺莺派红娘前去探病，张生托她带回书简一封想要与莺莺一叙相思之情，因此一简，上演了一出"闹简"。崔莺莺一方面作为相国之女，深受封建礼教束缚，另一方面却难抑真情。她明面斥责红娘不该将男子书信私相授受，暗地里却写下"待月西厢下，迎风户半开"的回书使红娘带回。红娘作为目睹了老夫人赖婚全过程的正直女子，她的内心是支持张生、莺莺佳偶早成的，可作为被放在崔莺莺身边监视的女婢，她又不能获得崔莺莺的信赖。她是张生、莺莺婚事的极力促成者，又是被两个欲说还休的年轻人蒙在鼓里的传信人，多重身份为整个事件增添了极大的戏剧性，红娘的大胆泼辣、机智勇敢的性格也在两简的一送一回中得以淋漓尽致地展现。

此处所选的《二煞》是红娘在张生处得知了崔莺莺真意后的唱词。红娘传来莺莺"只此再不必申诉足下肺腑"的意思，张生心情大落，又见简书内容，重归大喜，经张生解读后，方知自己所带书信是邀约月下相见之意，红娘才意识到自己受了蒙骗。虽为两人感情能进一步而高兴，却也语带怨讽。张生叹道墙高无法跳过，她名为开解，实则怨怼的一番唱词让一个活生生的俏红娘形象活了起来。

"隔墙花又低，迎风户半拴，偷香手段今番按。"偷香是西晋韩寿旧事，张生逾墙，莺莺待月与此相类，故而红娘以此调笑之。跳墙其实打破的是男女大防，是两个年轻人爱情之间的那道隔阂，跳墙也是中国古典爱情中的一个长存的母题之一，无论是《诗经·郑风》《登徒子好色赋》，还是刚刚所提及的韩寿偷香，逾墙的行为多少是有些破格的，是冲动的，同时也是热烈的，和爱情的样子很像。红娘鼓励张生逾墙，张扬的便是整本《西厢记》所要歌颂的奋不顾身的爱情。

“你若不去呵，望穿他盈盈秋水，蹙损了淡淡春山。”秋水春山，何其美好，其语带疼惜，又稍稍有一丝被蒙骗的抱怨，糅合在一起，鼓舞了张生，展现了小红娘的娇俏聪慧，所谓实甫之词，如花间美人，铺叙委婉，艳而不涩，正是如此。

【芳】

乱山乔木，碧苔芳晖。
诵之思之，其声愈希。

点绛唇

［宋］苏　轼

红杏飘香，柳含烟翠拖轻缕[①]。水边朱户[②]，尽卷黄昏雨。

烛影摇风[③]，一枕伤春绪[④]。归不去，凤楼何处[⑤]，芳草迷归路。

【注释】

① 烟翠：因水雾朦胧而呈现出的翠柳周遭如烟缭绕。

② 朱户：朱红色大门。

③ 摇风：因风吹而摆动。

④ 伤春：因春的到来而引起的忧伤。

⑤ 凤楼：指女子居处。

【鉴赏】

此词亦作贺铸、李清照词。据邹同庆、王宗棠《苏轼词编年校注》考订：“此词当为苏轼作，因曾慥本《东坡词拾遗》已收录，又载南宋人编《外栾》卷八五。”据饶学刚先生在《苏轼词新释辑评》中系年，该词约作于宋神宗熙宁七年（1074年）三月。是时，东坡正自京口还钱塘，在京口得乡书，即赋此词以抒怀。

词为怀人，上片写彼处，色彩明媚。红杏的春意、烟柳的朦胧都带着欣欣向荣的暖色，令这个春有一丝丝温馨。更加上杏花的香气与缭绕的水雾，使得这份思念有些许缱绻、些许梦幻。水汽氤氲到紧闭的朱户前，那红色的门在缓缓的春水侧，推开便是温柔乡里。在《全宋词》收录的时候，“尽卷”一作“门掩”，无论是哪一个，都将黄昏雨与朱户内的温暖隔绝开，保持了那份春的温暖，对门内伊人的想往。时近黄昏，暮雨潇潇，诗人与温暖，咫尺天涯。

词转下片，则一时进入昏暗之色。“烛影摇风”，何等孤单。夜幕来临，春的温暖慢慢冷却，乍暖还寒时候，所有因春带来的欢喜又要还给黑夜。春愁肆虐在漆黑的夜里，有对生命的思考，有对家的思念，同时也有不经意生出的相思之情，缠缠绕绕于枕席之上，令人一夜不得好眠。“细看来，不是杨花，点点是离人泪”，东坡也曾这样写道。离别总是长久的，相聚反而变得难得。所以词人长叹一声“归不去”，这声叹息太令人难过了，失却的归路是期盼的落空，是漂泊的无奈，也是相思的漫长。芳草掩盖的归路，令伊人所居的凤楼越发迷幻，词人几乎找不到回去的方式。感情很微妙，变幻莫测，一如在记忆深处的凤楼，如何回到那份最美好的时刻？距离的长、时间的久都犹如生出的春草，掩盖了经行的路。

所以这首词既是思乡曲，又是相思调，那个洒脱的苏轼也会在一个春日里，思绪缠绵，留下这段似苏非苏的深情。芳草萋萋，却还不是归去的时候，也无计可归。

采桑子·其四

［宋］欧阳修

群芳过后西湖好[①]，狼藉残红，飞絮濛濛，垂柳阑干尽日风。
笙歌散尽游人去[②]，始觉春空。垂下帘栊，双燕归来细雨中。

【注释】

① 群芳：各种花草。西湖：这里所指为颍州西湖。
② 笙歌：本指合笙之歌，后泛指奏乐唱歌。

【赏析】

欧阳修，字永叔，晚年号六一居士。此六一为藏书一万卷、金石遗文一千卷、琴一张、棋一局、酒一壶、老翁一人。其晚年闲而自适，退而隐逸，在颍州度过了人生中的最后一段时光。前此我们言及欧阳辨与东坡时便曾提及欧阳修与颍州情缘，颍州西湖更是欧阳修倾情之所。他作《采桑子》十首，聊佐清欢，以歌咏颍州西湖的千姿百态，秀丽风光。欧阳修为词与其诗文风格大为不同，流利柔媚兼及疏隽深婉，颇具花间之风，对后世词作有开拓之功，《采桑子》之什便是这种词风的代表。

词中西湖恰逢春暮，词中却没有痛惜春残、哀悼落红的伤感，而是以一个“好”字奠定了全词的基调，安放着一个老人的宽容豁达。人生往往如此，随着学识和阅历增厚，人便学会了与这个世界和解。伫立西湖岸边，看到“群芳过后”的欧阳修，便是如此的心境了。姹紫嫣红也好，繁花似锦也罢，一切都过去了，就算都过去了，只剩下西湖也很不错。狼藉的落英满地，杨花飞舞，垂柳斜拂阑干，春风不断，尽日如此。索然而寂静，令读者不禁要探问：这便是“好”吗？

接下来的下片，词人的回答相当委婉。他写罢自然热闹的零落，起笔继续写人境热闹的远去：笙歌散尽，游人渐稀。用一个“空”字将物态人情全都写尽：繁花落尽，繁华消弭，空荡荡，空落落，寂寥萧疏。“始觉”二字，颇有后人“是非成败转头空”之感。此时的词人才打开了自己的内心，怅然若失虽然有，却终不及宁静安定，所以他合上帘栊，放下寂寥。此刻细雨中尚有飞燕如约而归，一内一外，人自闲，燕自适，一切显得自在自然。这便是西湖的“好”了。最后两句别开生趣，令人舒适。

上阕的“好”与下阕的“空”是作者的心境，带着浓浓的人生领悟。欧阳修的一生历经庆历新政、王安石变法，起起伏伏的政治经历使得他的内心早已波澜不惊。归隐颍州，他眼中的西湖是一幅淡雅山水，他内心的西湖是一派恬静澄澈，他处处吟唱着西湖好，处处隐匿于山水间。

在《采桑子》终章的时候他曾说：“平生为爱西湖好，来拥朱轮。富贵浮云，俯仰流年二十春。归来恰似辽东鹤，城郭人民。触目皆新，谁识当年旧主人。”颍州是他仕途中的一个偶然，也是他愿意卜居家焉，终老于斯的所在。这份最终融于山水的情谊，悠然闲适，才写就了首首的“西湖好”，安放了一颗空而不空的诗心。

苕溪酬梁耿别后见寄[①]

［唐］刘长卿

清川永路何极，落日孤舟解携[②]。
鸟向平芜远近[③]，人随流水东西。
白云千里万里，明月前溪后溪。
惆怅长沙谪去[④]，江潭芳草萋萋[⑤]。

【注释】

① 苕溪：水名。一名苕水。由浙江天目山的南北两麓发源，至小梅、大浅两湖口入太湖。梁耿：中唐书法家，刘长卿的朋友。
② 解携：分手，离别。
③ 平芜：杂草繁茂的平旷田野。
④ 长沙：即长沙傅。指西汉贾谊。文帝时贾谊被谪为长沙王太傅。
⑤ 江潭：江畔，江边。

【赏析】

刘长卿，字文房，是中唐时期重要的代表诗人之一。他仕途不显，一生坎坷跌宕，甫中进士便与大唐安史之乱相遇，任官后又因刚而犯上，两次贬谪，终得随州刺史。因随州被卷入梁崇义、李希烈叛乱，被叛军攻陷，刘长卿不得不遁走山林，漂泊湖海，抑郁终老。刘长卿为人狂傲，自视甚高，以诗歌言之，曾自诩“今人称前有沈、宋、王、杜，后有钱、郎、刘、李。李嘉祐、郎士元何得与余并驱”。其“诗调雅畅，甚能炼饰”，伤而不怨，发挥风雅，细淡而不显焕，五言诗创作尤为突出，被权德舆称为“五言长城”。

此处所选诗歌虽不是五言，却也颇能体现出刘长卿诗歌的风格。该诗或被归为六言，或被标注为《广谪仙怨》的词牌，《填词名解·卷一》毛先舒云：“《谪仙怨》，明皇幸蜀，路感马嵬事，索长笛制新声，乐工一时竞习。其调六言八句，后刘长卿、窦弘余多制词填之。疑明皇初制此曲时，第有调无词也。说详康骈《剧谈录》。案此调即唐人六言律，盖权舆于《回波乐》词而衍之，郭茂倩《乐府》称《回波乐》为商调曲，疑此调亦商调。”

刘长卿写作此作品大约是在任鄂岳观察史期间，他遭到权臣吴仲儒的诬奏，被贬为潘州南巴尉，不久被派往睦州做司马，途经苕溪，在朋友招饮的宴会上，他提笔写就这首诗歌。一者为了酬答同样远谪的朋友梁耿的寄赠，二者也吐露了自己的一腔惆怅。

诗歌以回忆起笔，清川、永路，寂静而漫长，一种低气压充斥着诗歌的开端，“何极”二字更是写出了此别之后再无欢颜的绝望感。孤舟被涂满了离人的情绪，惆怅莫名。天空中离散的飞鸟一如被流水推送着远行的友人，在广阔的天地之间，仿佛只留下诗人一人，孤独而清冷。此颔联写的是当时诗人与梁耿的分别之状，记载的是惆怅孤独的昔日之情。而接下来则是诗人今时见友人所赠诗文后的情感波动。

“白云千里万里，明月前溪后溪”两句很好地展现出这种被叠加起来的思念。白云、明月，本是久别之人的牵绊，而云逐万里，月在天涯，就使得这种牵绊有了回应。“惆怅长沙谪去”一句点题，也令读诗的人明确了这份离愁别绪的分量，不惟友情，更关国事。贾谊因妒被谪，千载同怜。刘长卿与梁耿一样遭际，与古人同心共情，这种凄楚早已蕴含在诗歌之中，唯此处点破，进而又笔触一摇，写向江潭春草，那份怀才不遇，去国怀乡之情便尽在言而不言之中，令人思绪无穷。

芳草在中国古典诗歌中是一个复杂的意象，它可以是无限的生机，也可以是绵远的绝望，一如开篇诗人所问，“清川永路何极”？这绵绵无尽的春草，也许就是孤寂的具象化吧，为这份“同是天涯沦落人”的友情描画着孤独与思念，渐远渐无穷。

古诗十九首·其六

［东汉］佚　名

涉江采芙蓉[①]，兰泽多芳草[②]。
采之欲遗谁，所思在远道。
还顾望旧乡[③]，长路漫浩浩[④]。
同心而离居，忧伤以终老。

【注释】

① 芙蓉：荷花的别名。
② 兰泽：生有兰草的水聚之处。
③ 旧乡：故乡。
④ 漫浩浩：形容路途漫长，方阔无际。

【鉴赏】

《古诗十九首》最早见于萧统《文选》，是文人五言诗的合集，编者将十九首无法确言作者的诗歌汇编，冠以此名，列为“杂诗”类之首。据考证，《古诗十九首》产生于东汉时期，近代有学者不断考证作者其人，有曹植、王粲、枚乘等等多种说法，至今仍无法确言。《古诗十九首》虽体量不大，却在中国古代文学中占有重要位置。刘勰在《文心雕龙》中即言道：“观其结体散文，直而不野，婉转附物，怊怅切情，实五言之冠冕也。”明人王世贞更呼之为“五言之祖”。它的出现标志着文人五言诗的成熟，同时它也是民间诗歌向文人创作过渡的代表作品，意致深婉，形象玲珑，质朴自然，情景交融，其题材和表现手法一直为后世文人追摹，成为五言抒情诗歌的典范。

此处所选诗书写的内容是关于一场思念。因为诗歌人物叙述指向的不明确，有人认为是游子思乡，有人认为是思妇念远，也有人认为这首诗歌仿佛男女交替的咏叹调，唱出一段彼此的思念之情。无论从哪一个角度理解，都无碍其中所描写的那一份人人同有的念远之情。

诗歌首句采芳赠远，无论是出水芙蓉还是兰泽芳草，都带着美好的馨香，令人感受到赠远之人内心的炙热；继而香泽满怀才意识到所赠之人已在远方，故有一问："采之欲遗谁？"失落是习惯了斯人相伴带来的，同时也是思念的副产品。层层叠叠的感性一旦和理智碰撞，想起所思者已经远隔万水千山，难免会令人唏嘘。

"还顾望旧乡，长路漫浩浩"使诗歌生出了两个主人公，还顾的是他乡的男子，还是女子想象中的男子处境，无法确言，也为诗歌带来了不同的读法，不同时空的读者有着他自己的体悟，无法强求。不过无论是游子思乡顾望伊人，还是思妇念远而揣摩对方的顾盼，抑或是被认为男女主人公的视角在这一刻切换，这一句都尽写远人思乡的心态，那种迢迢无期的眷恋在时空里浓密地生长，望不到尽头。而接下来"同心而离居，忧伤以终老"则越发悲戚。"同心"是两个人的感情基础，不是"闻君有两意"的分开，是因为不得而知的缘由被迫远别。那种室家团圆、只道平常的日子只能在迢迢的回望中渐行渐远。诗歌的悲凉意味就此变得更为浓重了。

香花芳草、芙蓉兰泽，这首诗似乎得了同为怀人的《离骚》之韵，使得这来自汉末的五言中氤氲着来自楚辞的芬芳，古朴而浪漫。

白头吟[①]

［唐］刘希夷

洛阳城东桃李花，飞来飞去落谁家。
洛阳女儿惜颜色，行逢落花长叹息。
今年花落颜色改，明年花开复谁在。
已见松柏摧为薪[②]，更闻桑田变成海。
古人无复洛城东，今人还对落花风。
年年岁岁花相似，岁岁年年人不同。
寄言全盛红颜子，应怜半死白头翁。
此翁白头真可怜，伊昔红颜美少年。
公子王孙芳树下，清歌妙舞落花前。
光禄池台文锦绣[③]，将军楼阁画神仙[④]。
一朝卧病无人识，三春行乐在谁边[⑤]。
婉转蛾眉能几时[⑥]，须臾鹤发乱如丝。
但看古来歌舞地，惟有黄昏鸟雀悲。

【注释】

① 题一作“代悲白头翁”，《唐音》《唐诗归》《唐诗品汇》《全唐诗》，均作“代悲白头翁”。《全唐诗》“刘希夷”条目下该诗题下又作“一作白头吟”。《文苑英华》《乐府诗集》《韵语阳秋》作“白头吟”。尤袤《全唐诗话》作“白头翁咏”。

② 薪：柴薪，这里指松柏被砍为木柴。

③ 光禄：光禄勋。用东汉马援之子马防的典故。马防曾在汉章帝时拜光禄勋，生活很奢侈，以光禄之池台形容其华丽。文：取“文”之本意，《说文解字》：“文，错画也。象交文。今字作纹。”这里指装饰。

④ 将军：这里指东汉贵戚梁冀，他曾为大将军。在位期间，大兴土木，营造宅邸。

⑤ 三春：农历正月称孟春，二月称仲春，三月称季春，是春的三个月份。

⑥ 婉转蛾眉：本为勾勒眉目的妆面，用此代指青春年华。

【赏析】

本诗作者刘希夷，字庭芝（一作延之）。他是初唐时期的一位著名诗人。他年少有为，二十五岁便文名天下，《唐才子传》中记载：“美姿容，好谈笑，善弹琵琶，饮酒至数斗不醉，落魄不拘常检。”他为诗多以闺闱之作、词情哀怨的古体居多，《白头吟》是他的代表作之一。诗中有一句“今年花落颜色改，明年花开复谁在”颇为不祥，他亦自觉，说：“此语谶也。石崇谓‘白首同所归’，复何以异。”本打算删掉，又写下“年年岁岁花相似，岁岁年年人不同”的句子，更为不妥，遂以“生死有命”，并存二句。不想却是“年年岁岁”句为他惹来杀身之祸。《唐才子传》记载：“舅宋之问苦爱后一联，知其未传于人，恳求之，许而竟不与。之问怒其诳己，使奴以土囊压杀于别舍，时未及三十。”

《白头吟》是一首书写岁月流逝的诗歌。诗人在时光的两端看着青丝白首，咏叹着个体生命的刹那繁华。

诗歌以繁华的洛阳城里的桃李芳菲起笔，仿佛一个空镜，随着瓣瓣纷飞的落英，跌落在洛阳女儿的面前。春暮落花如人暮白发，镌刻着时光的流逝。芳华未老的洛阳女儿看到落红便想起了自己鲜活青春的结局，不免要心有戚戚。松柏成薪，沧海桑田，人亦如此。洛阳东，人不复，看过秦袍汉带，魏晋沧桑，同样的风过落花，不同的古士今人。诗人将一段段生命不断叠加，堆砌出时间的高度，站在历史的峰顶俯瞰，就不免要叹出那句千古名句：“年年岁岁花相似，岁岁年年人不同。”

接下来进入到一个个体的生命之中——白头翁。红颜子，白头翁，如此绝妙的对仗，让人感受到了生命的活力与衰微。曾经一个个的美少年，最终敌不过岁月的风吹雨打，蹉跎成为白头老朽。曾经他们也该是翩翩公子王孙，是繁华盛景中一道亮眼的光芒。时间流逝，岁月无常，老病相加，人人都无法长驻三春之内，衰老与孤苦袭来，令人无助。最终，他又将个体的绝望拉大到时间的长河之内：“但看古来歌舞地，惟有黄昏鸟雀悲。”这样的意境后来经常出现在佳作名篇之中，成为后世文人吟咏的永恒主题，“舞榭歌台，风流总被雨打风吹去”，时光就是这样的残忍。

整首诗歌从一瓣柔弱的落花写起，到最娇嫩的洛阳女儿，再到宏大的时间高峰上去俯瞰尘世间的个体生命，最终让所有一切都留在了黄昏鸟雀一两声的叹惋之间，可谓“一意纡回，波折入妙”（毛先舒《诗辩坻》）。这首诗歌清丽婉转，对人生充满了思考，也对后世有着非常大的影响，近至张若虚的《春江花月夜》，远及曹雪芹的《葬花吟》似乎都脱胎于此。

开满花的树下，芬芳流动，公子王孙，衣袂翩跹，又有谁能想象出自己鹤发白头的那天呢？而我们终究要走过去。

春　雪

［唐］韩　愈

新年都未有芳华①，二月初惊见草芽②。
白雪却嫌春色晚③，故穿庭树作飞花④。

【注释】

① 新年：农历正月初一。芳华：亦作“芳花”，芳香之花。
② 初：才，刚刚。惊：惊讶。
③ 嫌：嫌怨。
④ 故：故意。

【赏析】

韩愈，字退之，是唐代著名的文学家，古文运动的倡导者。杜牧把韩文与杜诗并列，称为“杜诗韩笔”；苏轼称他“文起八代之衰”。他的文章开辟了古文发展的道路，同时他的诗歌也在唐诗中独具一格，颇有开拓之功。韩诗被称“力大”“思雄”，刘熙载《艺概》曾说：“昌黎诗陈言务去，故有倚天拔地之意。”

所选《春雪》虽是一首七言小诗，却亦能见韩诗奇雄之特点。这首诗作于元和十年（815 年）正月，韩愈被授中书舍人，正是一派欣欣向荣之气。诗歌写春雪，处处可见欣喜之色。

首句“新年都未见芳华”，未见雪先写草。新年点明时间，让人感受到春日来临，同时也给人一种其乐融融的感觉。所以“都”就显得诗人对芳华期盼的急促。继而的“二月初惊见草芽”，新年已过，草芽初见，春至二月，万物始萌，诗人又用一个“惊”字，展现出惊喜的热烈感情，对生机的盼望就更为热切了。

就是在这样的心境下，转入三、四句，“白雪却嫌春色晚，故穿庭树作飞花”。雪至，本会拖延春的步伐，令人又回到寂静之冬，可在诗人的翻奇出新里却成为了催促春色的使者，这个灵动而聪慧的雪之精灵与诗人同心一道，嫌弃春色不来，便化作春花，穿过枝丫，附着庭树，报春而来。这样的新奇比“忽如一夜春风来，千树万树梨花开”更有人气。雪的拟人化使得本该清冷寂寥的景色变得活泼热闹，仿佛让人看到那皑皑白色与嫩绿春色的两相关照，使天地间充斥着暖调。

诗歌虽是小品，却处处可见韩愈的生新奇雄，将二月的春雪写得生机盎然，活泼热情，这也是韩愈自身生命时光的写照。韩愈本人情绪外放，既有华山投书时的怯懦胆小，也有谏迎佛骨的刚直不屈，他存于历史里的面目一如这穿庭树的春雪一般，活泼生动，生机勃勃。

曲江对雨[1]

［唐］杜　甫

城上春云覆苑墙，江亭晚色静年芳[2]。
林花著雨燕支湿[3]，水荇牵风翠带长[4]。
龙武新军深驻辇[5]，芙蓉别殿谩焚香[6]。
何时诏此金钱会[7]，暂醉佳人锦瑟旁。

【注释】

① 曲江：在今陕西省西安市东南。秦时为宜春苑，汉时为乐游原，因河水水流曲折，故称“曲”。后隋文帝嫌“曲”名不正，便更名为“芙蓉园”。唐时再复其名。开元中更添繁华，为游赏胜地。

② 晚色：傍晚的天色。年芳：指美好的春色。

③ 燕支：一作“燕脂”。晋崔豹《古今注》载：“燕支，叶似蓟，花似蒲公，出西方，土人以染，名燕支。”这里指春花。

④ 水荇（xìng）：即荇菜。其茎如钗股，上青下白，浮出水面，相连而生，故后文以“翠带”形容。

⑤ 龙武新军：即龙武军，为唐代禁军。

⑥ 芙蓉别殿：这里指兴庆宫，曾为唐玄宗藩王府邸，玄宗即位后扩大其制，筑夹墙入芙蓉园。芙蓉园与曲江相接，皇驾常游幸其中。芙蓉、曲江各有殿，故曰别殿。

⑦ 金钱会：唐代宫中游戏。《旧唐书》载：“开元元年九月，宴王公百寮于承天门，令左右于楼下撒金钱，许中书以上五品官及诸司三品以上官争拾之。”

【鉴赏】

曲江，盛唐时期最为繁荣的文化胜地，它古老而又与唐一样充满着旺盛的生命力。它曾是秦时的隑洲、汉宣帝的乐游庙、汉武帝的宜春苑，也是大唐“五色结章于下地，八音成文于上空”（欧阳詹《曲江池记》）的盛世风流。唐时，每至春榜，放榜后将大宴于曲江亭，曲江因之成为了科举制度下登科及第的象征，也成为唐代广大学子心中的胜地。当此之时，文酒唱和、雁塔题诗、杏园宴饮为曲江涂抹着诗歌的颜色。

据统计,《全唐诗》中涉及曲江的诗歌便有三百九十首之多。曲江也在这些诗歌中逐渐由自然之景成为了诗境之象,曲江意象成为了盛唐繁华的象征。而这种意象到了历经安史之乱的杜甫心中却成为了最锥心刺骨的痛,盛世繁华至衰败落魄仿佛就是瞬息之变,杜甫也由风华正茂到老境颓唐。

《曲江对雨》便写于杜甫最后一次留居长安之时。乾元元年(758年)春,杜甫漫步曲江,面对春雨暮色,抚今追昔,写下此诗,以抒胸中悲愤。

前两联写景。首句为大景,目随云上,城上春云,覆盖宫苑。云之低垂,压抑在宫墙上,同时也压抑在人的心里。江亭立于暮色,孤独凄清,昔时盛况的曲江春景,而今只剩下了一个“静”字,今昔如斯,何其寂寥。接下来亦是写景句,却已经将目光收至林花、水荇。一在岸上,一在水中。岸上的林花红艳,水中青荇翠绿,两种十分鲜明的颜色在春中依旧生机勃勃,而那份盛唐的喧嚣气势却随着战火烽烟而变得岑寂。

颈联的流水对将景物转向人事之变。当年的李隆基自夹城入芙蓉园,一路龙虎军扈从左右,旌麾飞扬;芙蓉园内,别殿之中,焚香以待,何其鼎盛。而今玄宗虽由西蜀回转,却已是妃死身老,驻跸深宫。京师新复,庶事草草。最终一联并非直述慨叹,而是以“何时诏会”为结,则更见杜诗高妙:君臣相携,再赴金钱会,回到李隆基初登大宝之时,那时的青春昂扬,君臣奋力,盛世再现,同醉春日。这样的期许要更为“沉郁顿挫”,实在是老杜的妙笔。清人吴瞻泰的《杜诗提要》说:“感慨诗最忌衰飒,而以绮藻出之,意全不露,一结翻身作进步法,又于冷处想到热处,不惟不落衰飒一边,且将臣子思复升平景象,溢于言外。”

春静江亭,暮色年芳,这样的芳华为曲江涂抹了一层艳色的悲情,有人说老杜以丽景写深情,下开中晚唐诗风,便是如此。

【麝】
海风碧云，夜渚月明。
如有佳语，大河前横。

无题四首·其一

［唐］李商隐

来是空言去绝踪，月斜楼上五更钟①。
梦为远别啼难唤，书被催成墨未浓。
蜡照半笼金翡翠②，麝熏微度绣芙蓉③。
刘郎已恨蓬山远④，更隔蓬山一万重。

【注释】

① 五更：旧时自黄昏至拂晓一夜间，分为甲、乙、丙、丁、戊五段，谓之"五更"。又称五鼓、五夜。

② 金翡翠：刘学锴、余恕诚《李商隐诗歌集解》："金翡翠，以金线绣成翡翠鸟图样之帷帐……或曰金翡翠指有翡翠鸟图样之罗罩，眠时用以罩在烛台上掩暗烛光。"两说皆可说通，其画境则各有千秋。

③ 绣芙蓉：被褥上所绣的芙蓉。杜甫《李监宅》曰："褥隐绣芙蓉。"

④ 刘郎：此处用汉武帝求仙事，同时也兼指东汉刘晨事。相传刘晨和阮肇入天台山采药，为仙女所邀，留半年，求归，抵家已是东晋，子孙已七世。

【赏析】

此组《无题》本有四首，然其中有五言、七言，或并非为一时、为一事所作，也正因此，才使得众说纷纭，莫衷一是。此篇为首章，张采田《玉谿生年谱会笺》将这首诗系于大中五年（851年），此时令狐绹为吏部尚书，或谓诗中所言乃是埋怨令狐绹不省陈情。令狐绹与李商隐二人的情谊从少年而起，十六岁的李商隐入幕令狐楚，与令狐绹共习，梁园宾客，风华正茂，两相欣赏。奈何令狐楚去世后，商隐娶妻牛党人物王茂元女，因牛李党争，两人渐生嫌隙。令狐绹为相，李商隐陈情言志，令狐绹却迟迟没有现身相见，故诗中首句便是"来是空言去绝踪”。当然也有人认为这是李商隐入王茂元幕后的自身境遇的书写，亦是一家之言。《无题》诗历来难解，更难确解，我们今天再论此诗便不妨不拘泥于本事，而只论其诗歌中的情感脉络。

全诗萦绕着一种所思远隔、会合无期的感慨。诗歌首句道出全诗的情绪，“来是空言去绝踪”，包含着满满的哀怨。“空言”的情绪抛出，给人一种十分突兀的感觉，劈空而来，像是一个人午夜梦回的惊醒。这时斜月楼上，五更钟响。“梦为远别啼难唤，书被催成墨未浓”，梦里依旧是远别，“啼难唤”三个字，悲切又甚。“书被催成”，所催者何人？历来解释甚多，而单就诗歌所描摹而言，似乎这所催者当是那份沉甸甸的感情。梦中的痛彻心扉，梦外的提笔疾书，都展现出了这份情的真挚与别离的意难平。一个“催”字真是用得叫人柔肠百结，与诗人共情至深。

接下来的颈联“蜡照半笼金翡翠，麝熏微度绣芙蓉”，场景相当绮丽。蜡烛的光芒照在金线绣成的帏帐上，而由于蜡烛的燃烧，只残照半笼，麝香的香气氤氲在芙蓉褥上，却只剩些许。一切炫目辞藻的背后都是最美好的时光远去的写照，让人更能感同身受地体验到诗人的“别恨”。所以“刘郎已恨蓬山远，更隔蓬山一万重”的尾句来得那样自然而然，锥心刻骨。无论是寻仙的刘彻还是遇仙的刘晨，他们的蓬山都入之无法。仙凡难通，对方远去，相见愈难，相思愈痛。

李商隐诗歌即便是抛却本事依旧能够令读者共情。他笔下所描摹的感情就如同那席“麝熏微度绣芙蓉”，令人的身心都跟着有了共鸣。

沁园春·代词答

[清]王鹏运

词告主人，釂君一觞[①]，吾言滑稽。叹壮夫有志，雕虫岂屑[②]，小言无用[③]，刍狗同嗤[④]。捣麝尘香[⑤]，赠兰服媚[⑥]，烟月文章格本低[⑦]。平生意，便俳优帝畜[⑧]，臣职奚辞。

无端惊听还疑，道词亦、穷人大类诗。笑声偷花外[⑨]，何关著作，情移笛里[⑩]，聊寄相思。谁遣方心，自成沓舌[⑪]，翻讶金荃不入时[⑫]。今而后，倘相从未已，论少卑之。

【注释】

① 釂（jiào）：喝酒干杯。

② 雕虫："虫"指虫书，为一种字体。汉扬雄《法言·吾子》："或问：'吾子少而好赋？'曰：'然。童子雕虫篆刻。'俄而曰：'壮夫不为也。'"

③ 小言：指短诗、词。王鹏运《〈彊村词〉序》："自维劣下，靡所成就，即此赵趄小言，度不能复有进益。"

④ 刍狗：古代祭祀时用草扎成的狗。《老子》："天地不仁，以万物为刍狗；圣人不仁，以百姓为刍狗。"魏源本义："结刍为狗，用之祭祀，既毕事则弃而践之。"后因用以喻微贱无用的事物或言论。

⑤ 捣麝尘香：语出温庭筠《达摩支曲》："捣麝成尘香不灭，拗莲作寸丝难绝。"

⑥ 赠兰服媚：《左传·宣公三年》："以兰有国香，人服媚之如是。"杜预注："媚，爱也。"杨伯峻 注："'服媚之'者，佩而爱之也。"

⑦ 烟月文章：烟花风月。指作风流韵事之词。

⑧ 俳优帝畜：天子蓄养的一些以乐舞谐戏为业的艺人。《汉书·严助传》："（东方朔、枚皋）上颇俳优蓄之。"

⑨ 声偷：填词有偷声法，整词因添句多押一韵，称为偷声法。花外：《花外集》又称《碧山乐府》，宋末词人王沂孙词集。

⑩ 笛里：指南宋词人周密词集《蘋洲渔笛谱》。

⑪ 沓舌：多舌，多话。

⑫ 金荃：为晚唐文学家温庭筠词集《金荃集》，现在已经佚失。

【鉴赏】

该词作于光绪二十二年（1896年）除夕，其前有小序云："岛佛祭诗，艳传千古。八百年来，未有为词修祀事者。今年辛峰来京度岁，倡酬之乐，雅擅一时。因于除夕，陈词以祭，谱此迎神，而以送神之曲属吾弟焉。""岛佛祭诗"乃是言贾岛故事，据传贾岛每年除夕便以酒肉祭祀一年所作诗文，说"劳吾精神，以是补之"。王鹏运效贾岛之意，同时结合辛弃疾《沁园春·将止酒》的体式，写出这一篇在词学史上颇具影响力的词作，以词祭词，绵延古典诗词的血脉。

王鹏运，字佑遐，一字幼霞，中年自号半塘老人，晚年自号鹜翁、半塘僧鹜，广西桂林人。他与郑文焯、况周颐、朱祖谋并称为"清末四大词家"。在整理词籍和词创作上，影响甚大，叶恭绰曾评价他："幼遐先生于词学独探本原，兼穷蕴奥，转移风会，领袖时流，吾常戏称为桂派先河，非过论也。"(《广箧中词》) 因之他对于词学的见解一定意义上代表着晚清时期的词学走向。

词兴于唐而盛于宋，至清初则又有中兴之势，至清末，词学导向已几经波折。浙西词派、阳羡词派、常州词派一路走来，提出了很多行之有效的词学主张，同时却又随着世事变迁而逐渐僵化。清末的词当如何适应近代社会的发展，也成了本词所要讨论的重点。

《沁园春》分两首，其一是词人问词，提出了两个问题，一个是诗词之间的地位问题，另外一个则是词应当反映什么样的内容题材。其二"代词答"则以"词"自道的形式尝试着回答了这两个问题。

上片起笔"词告主人"，点明了答者的身份以及心态，将所说的话皆作为戏谑之言置于台面，而实际上这是词人对于词是小道、词为卑格的世俗地位的一种嘲讽。接下来"叹壮夫"句用扬雄的典故，说自己不过是雕虫小技，微末功夫，所言也不过是书写微小事物之言，甚至被刍狗嗤笑。进一步，它又对自己承载的内容发出叹息。“捣麝尘香”，辞藻不可谓不华美；“赠兰服媚”，其情不可谓不细腻。而这些已经被习惯性地打上了“烟月文章”的标签，被目为格调低下。“平生意”是词自身的慨叹，不过是为帝王所蓄养的俳优罢了。“臣职奚辞”这四个字是宿命般的叹息。

下片是作者正言，“穷人大类诗”，为词正名。诗“穷而后工”，词则亦然，都是人类情感的抒发。所以接下来他说“笑声偷花外，何关著作，情移笛里，聊寄相思”。格律的亦步亦趋，并不能成为真正的作品，而将感情真正地投入到创作里，哪怕不过是最常见的相思之情，也是打动人的佳作。“谁遣方心，自成沓舌，翻讶金荃不入时。”“方心”所指便是前所谓真实情感的书写，没有这样的方正之心，一切都成为了喋喋不休的聒噪，反而觉得像《金荃集》这样的词中珍品不合时宜。至此，词人已经全然解答了其一中所提出的两个问题，词与诗一样都是承载人类感情的文学载体，无论尊卑；其表达内容要以真实的情感书写，而不拘泥于宏大题材。词人以词之口道：“今而后，倘相从未已，论少卑之。”从今而后，倘若写词，便不要以尊卑论之了。词人最终以尊体的呼声来爱护他毕生珍视的词体，为词振臂一呼。

不过词人此作已距新文化运动不远，古典文学的写作渐入末势，“捣麝成尘香不灭，拗莲作寸丝难绝”，这不经意的一典，冥冥中竟有谶意。

qū

过秦楼·芙蓉

［宋］吴文英

藻国凄迷①，麹尘澄映②，怨入粉烟蓝雾③。香笼麝水，腻涨红波，一镜万妆争妒。湘女归魂，佩环玉冷无声，凝情谁诉。又江空月堕，凌波尘起④，彩鸳愁舞⑤。

还暗忆、钿合兰桡⑥，丝牵琼腕，见的更怜心苦⑦。玲珑翠屋，轻薄冰绡，稳称锦云留住⑧。生怕哀蝉，暗惊秋被红衰，啼珠零露。能西风老尽⑨，羞趁东风嫁与。

【注释】

① 藻国：荷生水中，故云藻国。

② 麹（qū）尘：指酒曲上所生菌。因色淡黄如尘，亦用以指黄绿色。麹，亦写作“曲”。尘，一作“澜”。

③ 粉烟蓝雾：荷花在水雾氤氲中的状态，粉、蓝俱为光线折射产生的色彩。

④ 凌波尘起：比喻美人步履轻盈，如乘碧波而行。曹植《洛神赋》：“凌波微步，罗袜生尘。”吕向注：“步于水波之上，如尘生也。”

⑤ 彩鸳：指女鞋所绣鸳鸯纹样，这里指代女性。

⑥ 钿合：亦作“钿盒”。镶嵌金、银、玉、贝的首饰盒子。言定情之物。兰桡：木兰舟。

⑦ 的：即“菂”，指莲心。

⑧ 稳称：匀称。

⑨ 能：原自注去声，“宁可”之意。

【鉴赏】

吴文英，字君特，号梦窗，晚年又号觉翁，南宋末年著名词人。他的词风柔婉求雅，尤为注重琢字炼文，用语生奇出新，但由于过分的追求，又显得他的词风有些堆砌晦涩之感。南宋词人张炎曾在《词源》中评价道：“吴梦窗词，如七宝楼台，眩人眼目，碎拆下来，不成片段。”

我们所选的这首《过秦楼·芙蓉》可谓梦窗词之当行本色。词题“芙蓉”，笔写荷花，拟色绚烂，艳丽绝伦。当然，这首词咏物之外，也托物喻人，处处写物性，又处处寄予人性品格。

首句“藻国凄迷，麹尘澄映，怨入粉烟蓝雾”使人有一种如入幻境之感。藻国是荷花所在的背景色，凄清的绿色，给人一种冷色调。继而麹尘这种不太常见的桑黄色，又为荷花生长的幻境加上了一层暖色。墨绿凄迷，嫩黄澄映，在这样的色调下，词人勾勒出了“粉烟蓝雾”中的那朵荷花。粉、蓝是在烟雾缭绕下荷花的身影。至此，这幅荷花图在梦窗笔下勾画出来，显得迷离，显得凄森，衬托出了这句词最关键的字——“怨”。“香笼麝水，腻涨红波，一镜万妆争妒”继续写“怨”所由来。词人极尽笔力，描写出一派香腻之色。此处取典《阿房宫赋》：“明星荧荧，开妆镜也；绿云扰扰，梳晓鬟也；渭流涨腻，弃脂水也；烟斜雾横，焚椒兰也。”表面上写荷花满池，争奇斗艳，实则写一“妒”字。“湘女归魂，佩环玉冷无声，凝情谁诉。”接下来，拨开“粉烟蓝雾”，褪去香馨红腻，词的主人公才真正出现。湘女或用唐陈玄佑《离魂记》的故事，或认为只是用了湘妃旧典，也有学者认为是吴文英在苏州遇到的湘籍女子。总之这一形象所承载的是一番情事。其姿态清冷，亦静亦动，静时高冷痴情，佩环无声，凝眸含情；动时则凌波舞起，翩翩若鸿。这本是对荷花的描写，而由于诗人心之所系，便有了女子的愁怨凝结其中。

下片由形态写向心事。以“忆”起头，进入女子情事的诉说中。“钿合”“兰桡”“丝牵琼腕”都是爱情中的小细节，是定情物，是定情地，是情动时；“见的更怜心苦”是一语双关，将怜惜的情感表露出来。抒情同时却又将荷花的形状勾勒了出来，不得不令人钦佩梦窗的遣词能力。“玲珑翠屋，轻薄冰绡，稳称锦云留住”句亦是如此。“玲珑翠屋”写荷叶也写环境，“轻薄冰绡”写荷花也写恋人的妩媚。荷花也好，恋人也罢，那一刻都仿佛留住了天边锦云，如梦似幻。而奈何时光永远不会停歇脚步，“生怕哀蝉，暗惊秋被红衰，啼珠零露”。秋风一到，红衰翠减，珠泪涕零。北宋词人贺铸也有一篇咏荷词《踏莎行》，其中名句："当年不肯嫁春风，无端却被西风误。"词人反用其意道："能西风老尽，羞趁东风嫁与。"将一种悔恨变成了倔强，西风老去是荷花的宿命，同时也是此中情人不趁春风桃李的一种高洁。

全词一直在写荷花，而又将情事、情人包裹在荷花之中，使吴文英的荷独成其态，独具品性。梦窗词的绵密、运意、用笔在这首词中展露无遗。这是需要细细品读的作品，在眩人眼目的背后，有一种灵气暗行的惊喜。

九张机

［宋］佚　名

醉留客者，乐府之旧名；九张机者，才子之新调。凭戛玉之清歌，写掷梭之春怨。章章寄恨，句句言情。恭对华筵，敢陈口号。

一掷梭心一缕丝，连连织就九张机。

从来巧思知多少，苦恨春风久不归。

一张机。织梭光景去如飞。兰房夜永愁无寐[①]。呕呕轧轧，织成春恨，留著待郎归。

两张机。月明人静漏声稀。千丝万缕相萦系[②]。织成一段，回纹锦字[③]。将去寄呈伊。

三张机。中心有朵耍花儿[④]。娇红嫩绿春明媚。君须早折，一枝浓艳，莫待过芳菲。

四张机。鸳鸯织就欲双飞。可怜未老头先白，春波碧草，晓寒深处，相对浴红衣[⑤]。

【注释】

① 兰房：香闺。古代女性所居之室的雅称。

② 萦系：牵挂。

③ 回文锦字：把回文诗织成锦字，前秦苏蕙曾寄给丈夫织锦回文诗。《晋书·列女传·窦滔妻苏氏》："窦滔妻苏氏，始平人也，名蕙，字若兰。善属文。滔，苻坚时为秦州刺史，被徙流沙，苏氏思之，织锦为回文旋图诗对赠滔。婉转循环以读之，词甚凄惋。"

④ 耍花儿：指织锦上的花儿。耍，有趣的，戏谑的。

⑤ "相对"句：杜牧《齐安郡后池绝句》："尽日无人看微雨，鸳鸯相对浴红衣。"

五张机。芳心密与巧心期。合欢树上枝连理。双头花下，两同心处，一对化生儿[⑥]。

六张机。雕花铺锦半离披[⑦]。兰房别有留春计。炉添小篆[⑧]，日长一线[⑨]，相对绣工迟。

七张机。春蚕吐尽一生丝。莫教容易裁罗绮。无端剪破，仙鸾彩凤，分作两般衣。

八张机。纤纤玉手住无时。蜀江濯尽春波媚。香遗囊麝，花房绣被。归去意迟迟。

九张机。一心长在百花枝。百花共作红堆被。都将春色，藏头里面，不怕睡多时。

轻丝。象床玉手出新奇。千花万草光凝碧。裁缝衣著，春天歌舞，飞蝶语黄鹂。

春衣。素丝染就已堪悲。尘昏汗污无颜色。应同秋扇[⑩]，从兹永弃。无复奉君时。

⑥ 化生儿：蝴蝶。古人认为某些昆虫是由他类昆虫变化而生成的，这种情况叫化生。亦指化生之昆虫。《白雪遗音·南词·和风吹动》："又见粉蝶双双来对舞，蜜蜂两两采花忙。我想化生尚且成双对，我的才郎岂不恋红妆。"

⑦ 离披：亦作"离翍"。参差错杂貌。形容铺锦上的花纹。

⑧ 小篆：应为篆香。宋洪刍《香谱·香篆》曰："镂木以为之，以范香尘为篆文。"

⑨ 日长一线：指冬至以后白昼渐长。

⑩ 秋扇：汉班婕妤《怨歌行》："新裂齐纨素，皎洁如霜雪。裁为合欢扇，团团似明月。出入君怀袖，动摇微风发。常恐秋节至，凉风夺炎热。弃捐箧笥中，恩情中道绝。"后因以"秋扇"比喻妇女年老色衰而见弃。

【鉴赏】

《九张机》是一组民间小调，曾被收入《乐府雅词》的“转踏”类。“转踏”一类本是诗词相间组合起来的叙事歌曲，而所选《九张机》这组小词则专以抒情。全首虽名“九张机”，而实际上是以十一首词组成，除一至九张机外尚有《轻丝》《春衣》二首。

《九张机》应是文人模仿民歌形式，加以对文字的锤炼而形成的一种语言工巧、风格质朴的词。中国古代社会以男耕女织为传统，女性与织锦息息相关，词人以织机为引写闺阁之情，言情寄恨，章章不同。

首章领起全词，将呕呕轧轧的机声放入了“永愁无寐”的夜里。所织的是春天无法相见的遗憾，所寄的是远方郎君春衣。机声夹杂着思念，开始了诉说。

次章已是月升人静时，千丝万缕的是丝线，也是女子很难言说清楚的情感。思绪攀着丝慢慢生长出回文锦。这里用了苏蕙赠夫回文锦的典故。相传前秦时期，秦州刺史窦滔忤上，被流放到流沙县。夫妻天各一方，其妻苏蕙在一块锦缎上绣上八百四十个字，纵横二十几个字的方图，可以任意地读，共能读出三千七百五十二首诗，其诗凄婉，徘徊婉转，后世又称之为《璇玑图》。女子才情高妙，相思至深。这份心思，远赠伊人，用情深永。

第三章织出明媚可爱的花朵，一如织机前的女子，青春活泼，后面直用“有花堪折只须折，莫待无花空折枝”的意蕴，自惜自怜又致意殷勤，将“珍惜”两个字给予心上人。

第四章因金庸先生的《射雕英雄传》而为国人熟悉，瑛姑和周伯通的造化弄人与“四张机”所蕴相通。鸳鸯白头本是最好的象征，而织锦人却生恐“未老头先白”，那些“相对浴红衣”的往事何其令人思念。

所以五张机，她要织合欢、并蒂、双蝶……这些象征着两心同处的事物，是织锦人的心心念念。

第六章，锦已经织就大半，春衣将成，“兰房别有留春计”，春是与伊人的浪漫，是心中的相思春情。这样的情绪都藏在春衣中，随着香篆燃起而变得绵长。“日长一线”，冬至已过，春并不远了，这样思量着，连绣工都缓慢了下来。这一章仿佛高昂的乐曲忽然舒缓了下来，有些温暖。

可七张机，女子思绪又忐忑了起来。春蚕吐尽一生丝，女子又何尝不是用尽所有的情思，爱使人变得小心谨慎，又生怕对方不懂这份谨慎，“莫教容易裁罗绮。无端剪破，仙鸾彩凤，分作两般衣”。

八张机，继续织下去吧，蜀锦历来以名贵著称，所织成的事物也极为奢靡。盛麝香的香囊，浮跃的花瓣绣被，都令人意归迟迟。

到了第九章，裁锦为被，百花盛开于红锦，将春色藏在里面。诗句明白如话地吐露着这浪漫小女子的情谊，令人动容。

最后两章《轻丝》言织锦之高妙，不但织就了整个春天，也将一片赤诚付与。而《春衣》却又将情绪拉到最低点，一场感情最终的结局令人唏嘘，春衣被弃，真心被糟蹋。感情已经如素丝般被浸染，却也如团扇一般时过境迁。

陈廷焯在《白雨斋词话》论此词时称：“高处不减《风》《骚》，次亦《子夜》怨歌之匹，千年绝调也。”又云：“词至是，已臻绝顶，虽美成（周邦彦）、白石（姜夔）亦不能为。”诗歌中的怨与爱纠缠而生，一片真心，最终捐弃，也许就是人类总要面对的一种悲剧结局吧，一如囊内那似隐若无的麝香，华贵却终将散尽。

悼内六首·其四

［明］于　谦

尘寰冥路两茫茫[①]，何处青山认故乡。
破镜已分鸾凤影[②]，遗衣空带麝兰香[③]。
梦回孤馆肠千结，愁对残灯泪万行。
抱痛苦嫌胸次窄[④]，也应无处著凄凉。

【注释】

① 尘寰：亦作“尘阛”。此处意为人间。

② 破镜：《太平御览》卷七一七引汉东方朔《神异经》：“昔有夫妇将别，破镜，人执半以为信。”后以此喻夫妇分离。

③ 遗衣：指离世者的衣服。麝兰：麝香与兰香。

④ 胸次：胸间。亦指胸怀。

【鉴赏】

于谦最为人熟知的作品是他的《石灰吟》：“千锤万凿出深山，烈火焚烧若等闲。粉骨碎身浑不怕，要留清白在人间。”他的一生一如他的《石灰吟》所说，生性忠烈，耿介清正，功在社稷，彪炳史册。作为臣子，于谦鞠躬尽瘁，忠心义烈，在朝廷有倾覆之危时，不计个人得失，力挽狂澜。可以说公而忘私是于谦身上鲜明的特质，他常常留宿直庐，不还私第，去世时更是家无余资。《明史》评论其：“忧国忘家，身系安危，志存宗社，厥功伟矣。”对于国家，于谦尽忠竭志；对于妻子董氏，他满怀深情。董氏去世后，他有十一篇悼内诗存世，篇篇诉说着鹣鲽情深，句句包含着铁骨柔情。

董氏是一个娴静、贤淑的女子，对诗书颇感兴趣。于谦在《祭亡妻淑人董氏文》中说她：“每有所得，辄为文辞。”可见董氏是一位知书达理的知己伴侣。可惜的是，为国事奔忙的于谦并未有太多时间陪伴妻子左右，两个人聚少离多，即便是董氏病逝，于谦也因使命在身，未能归来。他在悼文中悲恸言道：“子之疾也，吾不得为之昣视。子之逝也，吾不能与之。……待吾瞑目，而后与子同穴而藏。”

所选诗是《悼内诗》中的第四首。这首诗感情真挚，令人动容。首句便直言生死，那份茫然的心情诉诸笔端。“何处青山认故乡”，家之所在，便是人之所在，一个“认”将因为妻子去世而带来的心境全然表达了出来。“破镜已分鸾凤影，遗衣空带麝兰香”，破镜难圆已是凄凉，鸾凤更为阴阳阻隔。最为人鼻酸的是人已逝，香尤存。气味在人类的记忆层次中往往处于末端，却往往最令人难忘。“梦回”句令人看到了一个形单影只的丈夫，这时候的于谦不再是那个扛起大明、顶天立地的伟人，而是一个被孤独地留在世间的丈夫。孤馆、残灯，将这份孤独渲染得更加浓烈，当此之时，那个能容纳天下，胸存万卒的少保心胸不见了，可能是第一次发现原来自己的心胸远没有自己想象的那样开阔，也可能发现丧妻之痛是如此的锥心刺骨，所以他说“抱痛苦嫌胸次窄，也应无处著凄凉”。

伟丈夫亦是痴情人，不惟此篇，十几首的悼亡诗都镌刻着他对于董氏的深情。于谦也用一生践行了他对于董氏的夫妻情谊，他四十九岁丧妻，此后未再娶一妻一妾，孤身一人，直至慷慨赴死。

这首诗歌语言真挚，自然而然，发诸胸次，录于笔端。这首诗是于谦对与自己同甘共苦二十年的妻子的祭奠，没有那样精美的架构、周密的构思，只是将感情书写给那个能读懂这些文字的人。故衣上那点点香气终归会散尽，但情的执着却会永世长存。

馆娃宫怀古[①]

［唐］皮日休

艳骨已成兰麝土，宫墙依旧压层崖。
弩台雨坏逢金镞[②]，香径泥销露玉钗[③]。
砚沼只留溪鸟浴[④]，屟廊空信野花埋[⑤]。
姑苏麋鹿真闲事[⑥]，须为当时一怆怀[⑦]。

【注释】

① 馆娃宫：古代吴宫名。江苏省苏州市西南灵岩山上灵岩寺为其旧址。春秋吴王夫差为宠幸西施所造。《吴越春秋》载："阖闾城西，有山号砚石，上有馆娃宫。"

② 弩台：弩箭发射台。是馆娃宫遗址之一。金镞：金属制的箭头。

③ 香径：即苏州胜迹采香径。采香径为香山旁的小溪，春秋时吴王种香于香山，使美人泛舟于溪以采香。

④ 砚沼：又称上方池，在灵岩山顶。一说即玩花池。

⑤ 屟廊：即响屟廊，一作"鸣屟廊"。春秋时吴宫廊名。吴王夫差命人将廊下的土地凿成瓮形大坑，上面用厚木板覆盖铺平，让西施和宫女穿上木鞋在上面行走，铮铮有声，故名。今苏州灵岩寺圆照塔前有一个小斜廊，为其遗址。屟，木板拖鞋。

⑥ 姑苏麋鹿：一作"麋鹿姑苏"，《史记·淮南衡山列传》载："臣闻子胥谏吴王，吴王不用，乃曰臣今见麋鹿游姑苏之台也。"此为亡国之象。

⑦ 怆怀：悲伤。

【鉴赏】

皮日休，晚唐著名诗人，字逸少，后改袭美，早年居鹿门山，自号鹿门子，又号间气布衣、醉吟先生等。他的诗歌继承了中唐白居易新乐府的现实主义传统，在晚唐将倾的大厦中勇于抨击时事，揭露黑暗。咸通十年（869 年），他被苏州刺史苏璞辟为州军事判官，在吴中逗留多年。

馆娃宫在今苏州灵岩山，至今仍是游览苏州必到景点之一。据《吴越春秋》载："阖闾城西，有山号砚石，上有馆娃宫。"砚石山便是如今灵岩山的别称。春秋时期勾践卧薪尝胆于吴国，为夫差进贡西施。馆娃宫便是夫差为西施兴建的离宫别苑。这里存蓄了太多的故事，有西施同夫差的情感，有西施自身的哀乐，也有家国倾覆的恐慌。历代诗人在这里创作出了大量的篇章，反复书写着兴替盛衰，儿女情长。站在大唐末端的皮日休也不例外，他用敏锐的目光看向那已经被历史封尘了的馆娃宫，如同看到了日薄西山的大唐。诗曰怀古，实际上所说的却是眼前与未来。

诗歌首联为全诗勾勒了咏叹怀古的基底。艳骨已腐朽成土，但如兰似麝的香气犹存，朽烂且华丽着；高高矗立的断壁残垣，依旧压向层崖。历史的压迫感扑面而来。

“弩台雨坏逢金镞，香径泥销露玉钗。”弩台、香径是两个不同的遗迹，一个是军备，代表着当时强大兴盛的吴国；一个则是温柔乡，代表着沉迷享乐的王朝。这一如没落的晚唐，诗人选取了这两个意象，可以说是用意深远。依稀裸露在外的金镞和玉钗隔着历史显得真实而又梦幻，无论是将军还是美人最终都被掩盖在历史的尘埃之中。繁华奢靡不过是一场过眼云烟。

“砚沼只留溪鸟浴，屧廊空信野花埋。”相传砚沼为古时做砚采石所遗留下来的遗迹，这虽不关吴事，却象征着文化的衰落。屟廊是历史中有迹可循的吴宫遗迹，西施笃笃的鞋音似乎还在回荡，袅娜的身影已经被野草香花取代。荒芜侵蚀了庭院，朝代的兴替、世事的无常都汇聚在了诗人笔下的“只”“空”二字上。

“姑苏麋鹿真闲事，须为当时一怆怀。”表面上写野有麋鹿，更显馆娃宫遗迹之荒凉，而实际上则是用伍子胥规劝夫差的典故。唐懿宗统治前期沿袭宣宗之政，励精图治，后期骄奢淫逸，游宴无度，任人不能，与夫差颇有相似之处。诗人因眼前景而发胸中苦闷，忧国刺世，颇有元白遗风。

兰麝香余，红尘滚滚，一切都被历史掩盖，一切也都会被历史记录，往复循环着。

蝶恋花·密州上元[1]

［宋］苏 轼

灯火钱塘三五夜，明月如霜，照见人如画。帐底吹笙香吐麝[2]，更无一点尘随马。

寂寞山城人老也[3]。击鼓吹箫，乍入农桑社[4]。火冷灯稀霜露下，昏昏雪意云垂野。

【注释】

① 密州：今山东省潍坊市密州，苏轼于熙宁七年（1074年）至熙宁九年在此为太守。

② 帐：此处指富贵人家元宵节时在堂前悬挂的帏帐。麝：麝香之气。此处为香气从帐中透出。

③ 山城：此处指密州。

④ 社：农村节日祭祀活动。《周礼》：“凡国祈年于田租，吹《豳雅》，击土鼓，以乐田畯（农神）。”

【鉴赏】

苏轼于宋神宗熙宁七年（1074年）九月，由杭州通判调知密州（今山东诸城），十一月三日到任。次年正月十五，写下这首词。

作品副题是“密州上元”，却从钱塘（杭州）的上元夜写起。苏轼在熙宁四年十一月到杭州上任，在杭州整整三年，对于杭州的感情是非常深的。后来他不被容于新旧两党，自请出京时选择的落脚点就是杭州。因之，他甫至密州，心中还是挂念那个“灯火钱塘”的三五夜。“明月如霜”，铺满杭州。灯月交辉中，游人如织，男子歌啸而行，盛装而出。女子婀娜多姿，争相游赏。《东京梦华录》“元宵”说：“五陵年少，满路行歌；万户千门，笙簧未彻。”《武林旧事》说：“元夕节物，妇人皆戴珠翠、闹蛾、玉梅、雪柳……而衣多尚白，盖月下所宜也。”就是词中所谓的“人如画”了。“帐底吹笙香吐麝”的“帐”，是指富贵人家元宵节时在堂前悬挂的帏帐。“香吐麝”，意谓富贵人家的帐底吹出一阵阵的麝香气。“更无一点尘随马”，反用苏味道《正月十五日夜》诗“暗尘随马去，明月逐人来”句，使月下的景致如月光般更为晶莹剔透，与我们之前见到的繁华喧嚣、世俗气十足的上元灯节很不一样。

上阕整个描写杭州元宵景致，写得有声有色，是词人心目中的上元之夜的样子。到下阕，“寂寞山城人老也”，打破了词人的回忆，“山城”“人老”都隔绝了元宵佳节的热情，使人只能沉寂在一种寂寥的情绪里。此时苏轼刚到密州两个多月，即逢上元。他这一次由杭州调知密州，环境和条件出现了很大的变化，遂使心情完全不同。他在第二年所写的《超然台记》中说道：“始至之日，岁比不登，盗贼满野，狱讼充斥，而斋厨索然，日食杞菊，人固疑余之不乐也。”这才是他感到“寂寞”的真正原因。于是这位刚到新任、年仅四十的“使君”忧愁满腹，不禁有“人老也”之叹。接下来，一片箫鼓之声打破了这份孤寂，是村民正在举行社祭，祈求丰年。这远非江南的诗情画意，而是烟火人家的祈求。农民祈年的场面和击鼓之声，在作者此时的心目中，实比元宵夜的灯火笙歌更为亲切。直到夜深“火冷灯稀霜露下”，他才离去。这时候，郊外彤云四垂，阴霾欲雪。“昏昏雪意云垂野”一句，仿佛与山城寂寞有着一样的寒冷，实际上，这“瑞雪兆丰年”之象已经为诗人在意，他与祈年丰收的百姓一同，期待着一个安乐之年，让人不由感慨一句，这才是苏东坡。

后人曾评价这首词是有境界之作，与其他书写元夕佳节的诗作有着很大的不同，无论是苏轼心中那个与凡俗不类的灯会，还是对国计民生的忧患之情，都不囿于成规，自抒胸臆，别具章法。

【粉】
俯拾即是，不取诸邻。
俱道适往，着手成春。

采桑子

［宋］晏幾道

西楼月下当时见[①]，粉泪偷匀[②]。歌罢还颦，恨隔炉烟看未真[③]。
别来楼外垂杨缕[④]，几换青春。倦客红尘[⑤]，长记楼中粉泪人。

【注释】

① 西楼：乃当时听歌见人之地，非特指，宋人词中多以“西楼”“西厢”“西窗”为名。
② 泪粉：旧称女子之泪。
③ 炉烟：熏炉或香炉中的烟。
④ 别来：离别以来。
⑤ 倦客：客游他乡，对旅居生活感到厌倦之人。

【鉴赏】

晏幾道，北宋著名词人，字叔原，号小山。其词风与其父晏殊相似，而似又高出其父，究其原委，清人夏敬观在《吷庵词评》曾说：“叔原以贵人暮子，落拓一生，华屋山丘，身亲经历，哀丝豪竹，寓其微痛纤悲，宜其造诣又过于父。”他工于言情，他的小令语言清丽，感情深挚，尤负盛名。他多以爱情词为主，在感情表达上往往语词直率少典，而感情委婉含蓄，是婉约派的重要作家。

所选词就是一首小令，词情婉丽，书写的是一份怀念之情。“西楼月下当时见，泪粉偷匀。”西楼是古代文人十分喜欢的意象，尤其在宋词中出现频率很高。何为西楼？这实际上并不是一个固定的胜迹，从一定意义上来说，每一个词人笔下的西楼都有着他自身的一段往事或者回忆。在中国古代传统文化中，西厢、西楼大多为少女、妾室、歌姬所居住，这也使得“西楼”成为了段段闺情的所在，同时也就演绎出了许多缠绵悱恻的爱情故事，化身为相思幽怨的凄美意象。小山词中颇多言西楼之作，但或许并非一地、一人，也就是这个道理。对于诗词，有时候是没有必要去考其本事的，去品味其中记载的那种复杂的人类情感，会有更多的收获。词的首句勾勒出一个画面，月下女子，偷拭粉泪，重整铅华，这是怎样的一种辛酸呢？接下来他说："歌罢还颦。恨隔炉烟看未真。"一曲唱罢，眉头又微微地皱起，她痛苦的处境无人能够理解。词人是无法走入她的内心去帮她纾解的，各人不过有各人的一份痛苦罢了。所以词人会说"恨隔炉烟看未真"，看不清的又岂止是女子的微颦的眉间呢？更是那份无法触及的哀怨。

上阕写初见，下阕写别后。初见时的词人对这份愁怨难抑有好奇，有怜悯，而别后的风雨沧桑则令他更为感同身受。小山出身于钟鸣鼎食之家，自幼常长富贵乡中，所见也多是歌舞升平，而随着父亲逝去，大厦忽倾，家徒四壁，见惯世态冷暖，故而会有"倦客红尘"之谓。再回忆起"粉泪偷匀、歌罢还颦"的西楼歌女，感慨涌起，回忆的是人，或者更是那种逐渐了解了的世情吧。

粉泪，总会让人觉得充满了女子特有的馨香，而在词人的笔下却沧桑且辛酸，令人无法不慨叹。

二郎神

［宋］柳 永

炎光谢[①]，过暮雨、芳尘轻洒。乍露冷风清庭户[②]，爽天如水[③]，玉钩遥挂。应是星娥嗟久阻[④]，叙旧约、飙轮欲驾[⑤]。极目处、微云暗度，耿耿银河高泻。

闲雅[⑥]，须知此景，古今无价。运巧思、穿针楼上女[⑦]，抬粉面、云鬟相亚[⑧]。钿合金钗私语处[⑨]，算谁在、回廊影下。愿天上人间，占得欢娱，年年今夜。

【注释】

① 炎光：暑气。
② 乍露：刚刚结霜或者接近结霜的时候。
③ 爽天：晴空。
④ 星娥：织女。
⑤ 飙轮：指御风而行的神车。
⑥ 闲雅：此处为景物之雅致。
⑦ 穿针楼：相传南朝齐武帝建层城观，七夕夜宫女登之穿针，称为“穿针楼”。
⑧ 相亚：指发髻相互层叠，呈现出错落之感。
⑨ 钿合金钗：钿盒和金钗。相传为唐玄宗与杨贵妃定情之信物。唐白居易《长恨歌》：“唯将旧物表深情，钿合金钗寄将去。”后世以此指情人间信物。

【鉴赏】

这是一首七夕词。七夕是中国十分古老的节日，《诗经·小雅·大东》中说：“维天有汉，监亦有光。跂彼织女，终日七襄。虽则七襄，不成报章。睆彼牵牛，不以服箱。”而到了汉代，我们便能看到牛郎织女故事的雏形。比如东汉应劭《风俗通义》中便有：“织女七夕渡河，使鹊为桥。相传七夕鹊首无故皆髡，因为梁以渡织女故也。”此后梁吴均《续齐谐记》、宗懔《荆楚岁时记》、干宝《搜神记》等书籍不断对这个故事进行扩充，逐渐地，七夕相会，牛郎织女的爱情故事便成为了固定的典故流传深远。另外伴随而生的穿针乞巧、唐明皇与杨贵妃的浪漫情事也不断为这个节日增添不同的趣味。

柳永的这首词虽然被南宋词家张炎称为“类是率俗”，但直到南宋末年依旧被广为传唱，或可以代表宋代大众对于“七夕”佳节的传统印象。

词上阕写天上情景，勾勒出一片澄澈的星空，意境剔透晶莹，浪漫而纯粹。“炎光谢”此三字便将暑热褪去，为这个夜晚带来了初秋的凉意。接下来更有“过暮雨、芳尘轻洒”，似在解释暑热消散，而又让人庆幸傍晚的这场雨来得及时，将一切烦躁闷热都带走了。清风吹过庭院，带着些初秋夜露的味道，夜空像水一样清凉透明，令人心情舒畅。正当初七，所以一月如钩，不过它可不是今夜的主角，只是遥遥地将银色的浪漫铺洒在天空。“应是星娥嗟久阻，叙旧约、飚轮欲驾”，千呼万唤始出来的双星带着难以自抑的热情，彼此奔赴。这写的是天上景，而实际上也是人间情。天上牛郎织女共度，而地上又有多少情人期盼着相会呢？词人远眺天边，那微云朵朵，银河高泻，真是一派如梦似幻的景致。

下阕写地上情。词人用“闲雅”二字概括了这日的七夕。闲者，闲适；雅者，美好。这样的闲适美好，词人才会说，“古今无价”。七夕又名“女儿节”，女子在这一天祈福于织女，《东京梦华录》记载：“至初六、七日晚，贵家多结彩楼于庭，谓之‘乞巧楼’。铺陈磨喝乐、花瓜、酒炙、笔砚、针线，或儿童裁诗、女郎呈巧，焚香列拜，谓之‘乞巧’。妇女望月穿针。”柳永在词中记录了这些可爱的女孩子们，“抬粉面、云鬟相亚”，澄澈的星空下，女孩子们扬起美丽的面庞，高高的云髻向后低垂，虔诚而美妙。同时也写下了她们的小心思，在浪漫的七夕夜里，儿女情长，你侬我侬。“钿合金钗”是唐明皇和杨玉环的定情之物，词人以此概括了一切关于爱情开始的那些小美好，也让人与之一起心动神摇。词人以“愿天上人间，占得欢娱，年年今夜”作结，可谓圆满，作为“应时纳祜之声”最为合适不过。

缭 绫[1]

［唐］白居易

缭绫缭绫何所似，不似罗绡与纨绮[2]。
应似天台山上月明前，四十五尺瀑布泉。
中有文章又奇绝[3]，地铺白烟花簇雪。
织者何人衣者谁，越溪寒女汉宫姬[4]。
去年中使宣口敕[5]，天上取样人间织。
织为云外秋雁行，染作江南春水色。
广裁衫袖长制裙，金斗熨波刀剪纹[6]。
异彩奇文相隐映[7]，转侧看花花不定。
昭阳舞人恩正深[8]，春衣一对直千金。
汗沾粉污不再著，曳土蹋泥无惜心。
缭绫织成费功绩，莫比寻常缯与帛。
丝细缲多女手疼[9]，扎扎千声不盈尺。
昭阳殿里歌舞人，若见织时应也惜。

【注释】

① 缭绫：一种精致的丝织品。它的制作工艺特殊，十分费工，其质地细致，文彩华丽，产于越地，唐代时曾作为贡品。

② 罗：轻软的丝织品。绡：生丝也。纨：素也，谓白致缯，今之细生绢也。绮：细绫，有花纹的丝织品。

③ 文章：错杂的色彩，这里指花纹图案。

④ 汉宫姬：借指唐代宫中的妃嫔。

⑤ 中使：宫中派出的使者，故多指宦官。张铣注《文选》："天子私使曰中使。"口敕：帝王口头的诏令。

⑥ 金斗：铜质的熨斗。

⑦ 隐映：隐隐地显现出。

⑧ 昭阳舞人：汉成帝时的赵飞燕，善于歌舞，曾居昭阳殿。这里泛指后宫妃嫔。

⑨ 缲：同"缫"，把蚕茧浸在滚水里抽丝。

【赏析】

这首诗是一首乐府诗歌，具有叙事性和讽喻性。白居易倡导的“新乐府运动”，一定程度上是以文学为直接参与社会治理的工具，以“诗报告”的形式来报道社会，并针对其现象进行讽喻、批判、揭露、针砭。对于这种文学形式，历来褒贬不一，当然纯以艺术性来看的话，这部分诗歌确实会为了更通顺地表达观点而弱化诗意，但反映社会现实本来就是文学的功用之一，白居易的“为君、为臣、为民、为物、为事而作，不为文而作”的诗学观念推动着诗歌走向更远阔的领域。

《缭绫》为《新乐府》五十篇之中的第三十一篇。其主题在题注中即点明：“念女工之劳也。”直指中唐时期供奉的弊端。诗歌开篇先写缭绫之美：“应似天台山上月明前，四十五尺瀑布泉。中有文章又奇绝，地铺白烟花簇雪。”这里不得不感慨白居易的笔力，用简单易懂的文字，勾勒出缭绫之色，即便千年而后的读者依旧能够感受。明月、瀑布、白烟、花簇雪让人看到的不是单纯的白，而赋予了缭绫以动态美，丝滑、轻柔、闪烁不定，惊艳绝伦。

接下来诗人横空一问：“织者何人衣者谁，越溪寒女汉宫姬。”这是两类完全不同的人，对比鲜明，讽刺开始了。在白居易的新乐府中常见到“宣口敕”的中使，他们充当的是皇家的宣读机器，同时也是压榨的执行者。“天上取样人间织”的“天上”用得很有趣，一方面“天上”指的是皇宫中所发布的样式，而另一方面也强调了皇家对于缭绫工艺要求之严苛。

接下来诗人具体描写了皇家的要求：“织为云外秋雁行，染作江南春水色。广裁衫袖长制裙，金斗熨波刀剪纹。”从织纹到染色，再到裁剪制作成广袖长裙，最后熨烫完成，每一步都那么美好精致。这成衣“异彩奇文相隐映，转侧看花花不定”，制作工艺何其高妙，其价值也相当昂贵。诗人用“恩正深”的语言来形容所值，其用语真的是相当老辣了。

接下来诗歌飞转直下，进入了强烈的对比部分：“汗沾粉污不再著，曳土蹋泥无惜心。”如果不是前面那样细腻美好的铺垫，将缭绫的美勾画得直抵人心，“汗沾粉污”“曳土蹋泥”也不会令人如此触目惊心。

最后的几句直接揭露出织女们的辛苦，留白少了些，却直击痛处：“丝细缲多女手疼，扎扎千声不盈尺。”让人从心疼物品到真正应该直视的“女工之劳”，呼应题目主旨。“若见织时应也惜”一句反衬出女工的辛劳程度到了见者当惜，又显得“温柔敦厚”，对当权者的讽喻点到为止。

集灵台二首·其二[①]

［唐］张　祜

虢国夫人承主恩[②]，平明骑马入宫门[③]。
却嫌脂粉污颜色，淡扫蛾眉朝至尊[④]。

【注释】

① 集灵台：即长生殿，在华清宫中，本是祭祀求仙之所。灵，一作“虚”。
② 虢国夫人：唐杨贵妃姊。行三，嫁裴氏。天宝七载（748年）封为虢国夫人，得宠遇。天宝十五载安禄山陷长安，随玄宗、贵妃西行，途中为陈仓令薛景仙所杀。
③ 平明：犹黎明。天刚亮之时。
④ 至尊：至高无上的地位，为皇帝的代称。

【赏析】

诗歌作者张祜，字承吉，唐代清河（今河北清河县）人，家世显赫，被人称作张公子，有“海内名士”之誉。祜诗之佳者首推宫词，委婉多讽，曾有“一声何满子，双泪落君前”广为世人传唱。

集灵台在骊山之上，本是祭祀天神之所，它又有一个更广为人知的名字：长生殿。由于白居易的“七月七日长生殿，夜半无人私语时”，这里又成为了帝妃爱情的发生所，而这个秘密似乎并不独为白居易敷演而出，在《集灵台》其一中，张祜也曾写道：“昨夜上皇新授箓，太真含笑入帘来。”白居易尚且勾勒了一幅帝妃情爱的图景，而张祜的两篇集灵台就显得辛辣讽刺了。其一言杨贵妃尚有情可原，其二言虢国夫人更为荒淫无道。

“虢国夫人承主恩，平明骑马入宫门。”天刚蒙蒙亮，作为君主的李隆基并没有早朝召见百官，而独唤贵戚入宫，何其荒唐？而作为妃嫔的三姊，却打马而入，又何其骄纵？诗人只用了两个词便写出了整个朝廷的荒诞。后两句更是写出虢国夫人对自己美貌的“自信”。《杨太真外传》记载：“（天宝）七载，加（杨）钊御史大夫，权京兆尹，赐名国忠。封大姨为韩国夫人，三姨为虢国夫人，八姨为秦国夫人。同日拜命，皆月给钱十万，为脂粉之资。然虢国不施妆粉，自炫美艳，常素面朝天。”虢国夫人是美艳的，即便不加粉饰，依旧国色天香。而诗中“却嫌脂粉污颜色”则将她的恃美而骄写得非常生动；更加之“淡扫蛾眉朝至尊”，不但能令人能够感受到虢国夫人的美貌，同时也让人看到了其身后帝王的纵容无度、罔顾人伦。

此诗褒中带贬，扬中带抑，意蕴讽刺却诗意绝佳，乃至大多数诗论论及此诗都会评之曰，“此诗讥刺太甚，然却极佳”（王尧衢《古唐诗合解》），“此讥刺太甚，因诗佳绝，殊不为觉”（徐增《而庵说唐诗》）。所以在这首诗或有记载为杜甫所作时，清人毛先舒在其《诗辩坻》中说：“然调既不类杜绝句，且拾遗诗发语忠爱，即使讽时，必不作此佻语，应属祜作无疑。”

山居即事①

［唐］王　维

寂寞掩柴扉②，苍茫对落晖。
鹤巢松树遍③，人访荜门稀④。
绿竹含新粉⑤，红莲落故衣⑥。
渡头烟火起⑦，处处采菱归。

【注释】

① 山居：山林之中隐居。
② 寂寞：寂静无声，孤单恬淡。
③ 鹤巢：鹤筑巢于此。巢，为动词。
④ 荜（bì）门：荆竹编成的门，又称柴门。常指房屋简陋。
⑤ 新粉：指竹子刚生长出来的时候，竹节周围会带有的白色的茸粉。
⑥ 故衣：指莲花凋零褪去的花瓣。
⑦ 烟火：一作“灯火”，指炊烟。

【赏析】

王维的山水田园诗歌是其诗歌类型中最为人称道的一个类别。这类诗歌高古澹泊，意境幽然，读之可使人启道心、淀尘虑，意趣盎然。这首诗我们当作如是观，方能读出其中滋味。

“寂寞掩柴扉，苍茫对落晖。”开篇便将全诗所写的情绪基底亮了出来：寂寞。诗为山居，人为隐士，寂寞是自然常态。这种感情有孤单，也有恬淡。静下来本来就是久历官场后诗人的抉择，可以说他是主动选择了寂寞，主动走进了宁静的生活。《唐律消夏录》说：“此诗首句既有‘掩柴扉’三字，而下面七句皆是门外情景，如何说得去？不知古人用法最严，用意最活，如‘掩柴扉’下紧接以‘苍茫对落晖’句，便知‘掩柴扉’三字是虚句，不是实句也。”其实不必如此，只看作诗人出门，回首掩门，面对落晖，苍茫的天地间，一屋、一人、一落日，这幅画面便足够寂寞了。

颔联用“遍”与“稀”字的对比，将自然之生机与人境之寂静勾画了出来。

松、鹤是中国古典意象中出世之物，高洁清雅，具有翩然的仙气。松鹤满目，荜门人稀，这不正是隐居的最好的样子吗?

接下来的颈联，诗人用了“粉”“红”这样极为明亮的颜色，一切都热闹了起来。“绿竹含新粉，红莲落故衣。”何其细腻入微，绿竹、红莲，新粉、故衣，工整的对仗背后是诗人以画为诗的慧眼。

尾联中的人间烟火，采菱归人，那人声喧嚣的热闹却又隔膜了起来。王维笔下的人间永远与他隔着些许距离，他可以望向那份属于人世间的快乐，但那份快乐却无法抚平他的寂寞。你会觉得这份人间烟火与先前松鹤、竹莲并无区别，而诗人的心是独立于这些之外的。

“绿竹含新粉”，仿佛使人闻到了那嫩竹的香气，蓬勃地生长着，寂寞而自在。

南乡子

［宋］苏　轼

晚景落琼杯①，照眼云山翠作堆②。认得岷峨春雪浪③，初来，万顷蒲萄涨渌醅④。

春雨暗阳台⑤，乱洒歌楼湿粉腮。一阵东风来卷地，吹回，落照江天一半开⑥。

【注释】

① 琼杯：玉制的酒杯。

② 照眼：犹耀眼。山体反射的日光炫目耀眼。云山：高耸入云之山。

③ 岷峨：特指峨眉山。以其在岷山之南，故称。苏轼常以岷峨指代其家乡，如其《满庭芳》词："归去来兮，吾归何处，万里家在岷峨 。"

④ 蒲萄：即葡萄。渌醅：美酒。二者均喻江水澄澈碧绿。

⑤ 阳台：地名，传说在四川巫山。此指歌女所处之所。

⑥ 落照：落日之光。

【鉴赏】

苏轼曾这样概括自己的一生："问汝平生功业，黄州惠州儋州。"此三地俱是东坡人生的低谷处，以"平生功业"言之，自嘲中又蕴含着无尽的悲凉。黄州是苏轼经历人生第一场巨大波澜的落脚点，在这里他有"拣尽寒枝不肯栖"的孤独，有了躬耕东坡之号，也有了"一蓑烟雨任平生"的旷达。

这首词作于元丰四年（1081 年），傅幹注本题为"黄州临皋亭作"。临皋亭是苏轼黄州的暂时居所，这里的居住环境其实并不乐观，苏轼曾在《寒食雨》中写道："小屋如渔舟，濛濛水云里。空庖煮寒菜，破灶烧湿苇。"苏轼一直处于情绪的低谷，却又因其阔达的个性而逐渐自适。写作这首词的时候，词人就处于这样的一种环境。

词之上阕从酒杯中倒映出的晚景开端，“晚景落琼杯，照眼云山翠作堆”。仿佛晚景忽然跌落在杯底，层层叠叠的山峦也一并缩小到了这个小小的琼杯当中，堆翠一般，带着些春的绚烂。杯内不但有山，亦有滚滚滔滔的长江，“认得岷峨春雪浪，初来，万顷蒲萄涨渌醅”。眉山苏子，看着滚滚长江，不免就想到了自己的家乡，峨眉春雪随着冰雪消融从峰巅走来，仿佛家乡的问候。李白《襄阳歌》说：“遥看汉水鸭头绿，恰似葡萄初酦醅。”这万顷春水的碧绿漾满了杯内，对于处于低谷的苏轼，是非常温暖的慰藉。他曾在《临皋闲题》中写道：“临皋亭下八十数步，便是大江，其半是峨眉雪水，吾饮食沐浴皆取焉，何必归乡哉！”这份旷达与自适，温暖着所有读过这首词的读者，这是苏轼词独到的力量。

下阕忽然笔锋一转，“春雨暗阳台，乱洒歌楼湿粉腮”。一阵春雨袭来，打破杯底温柔，风云变幻，给人一种动荡不安的无力感。东风大作，剖开半天，“半江瑟瑟半江红”的景象却被东坡写得更加气势恢宏：“落照江天一半开。”就如同苏轼刚刚经历过的乌台诗案，风起云涌，将那个意气昂扬的苏轼打落，可夕阳与乌云依旧可以共生，依旧无法击垮那个“一蓑烟雨任平生”的东坡，他依然顽强且生机勃勃。

这首词从杯底春景写起，上阕令人耳目一新，十分惊艳，下阕的风云突变到落照江天是词人心境的外化。只是在雨洒香腮的那一瞬间，又让人在脂粉气中嗅到了词人内心一丝难以察觉的敏感脆弱，耐人寻味。

忆江南

［宋］欧阳修

江南蝶，斜日一双双。身似何郎曾傅粉[①]，心如韩寿爱偷香[②]。天赋与轻狂[③]。

微雨后，薄翅腻烟光。才伴游蜂来小院，又随飞絮过东墙。长是为花忙[④]。

【注释】

① 何郎：指三国魏何晏，字平叔。《世说新语·容止》："何平叔美姿仪，面至白。魏明帝疑其傅粉，正夏月，与热汤饼。既啖，大汗出，以朱衣自拭，色转皎然。"

② 韩寿：见前《二煞》"偷香"注释。

③ 轻狂：放浪轻浮。

④ 长是：总是；老是。

【鉴赏】

这是一首很有趣的小令，看似是一篇咏物之作，却又不拘泥于物态，别有寓意。欧阳修的小令多以男女之情为主，但这首却和一般的咏蝶词的主旨不同，此词具有鲜明的讽刺意味。

江南给人的感觉是花团锦簇，春意盎然的。傍晚的阳光下，火红的余晖映衬着翩翩飞舞的蝴蝶，显得格外地恣意张扬。词人连续用了两个典故来形容白蝶的外形。其一是傅粉何郎的故事。何晏是东汉大将军何进之孙，曹操娶其母而收养了何晏，宠之如亲子。因之何晏自幼便比较张狂浮华，其服饰拟于太子，《三国志》记载他："晏尚主，又好色，故黄初时无所事任。"同时他又过于自恋，司马光在《资治通鉴》上记载："何晏性自喜，粉白不去手，行步顾影。"用此典故形容白蝶，那种骄矜自恋之感扑面而来。另一个是韩郎偷香的典故。《世说新语·惑弱》载："韩寿美姿容，贾充辟以为掾。充每聚会，贾女于青琐中看，见寿，悦之，恒怀存想，发于吟咏。……充秘之，以女妻寿。”偷香之拟一如蝴蝶吮蜜，十分精准。词人以人拟物，结句“天赋与轻狂”，一语定下了蝴蝶的内质，把自己的好恶鲜明地摆了出来。

下阕写雨后之蝶，“薄翅腻烟光”，用语精妙，体贴入微。蝴蝶的翅膀上的粉因沾雨而腻了起来，在雨后夕阳下显得朦胧如烟。这种情景既让人觉得如梦似幻，又因一个“腻”字觉得多少有些污浊了。这样的蝶油滑世故，一时伴着“游蜂”飞舞，一时随着“飞絮”逾墙，穿梭花丛，毫无定数。词人一句“长是为花忙”显得非常讽刺和辛辣。在北宋早期的词作中，具有这样讽刺意味的词是非常少见的。

【茗】

玉壶买春，赏雨茅屋。
坐中佳士，左右修竹。

答族侄僧中孚赠玉泉仙人掌茶[①]

［唐］李　白

余闻荆州玉泉寺近清溪诸山[②]，山洞往往有乳窟[③]。窟中多玉泉交流，其中有白蝙蝠，大如鸦。按仙经，蝙蝠一名仙鼠，千岁之后，体白如雪，栖则倒悬，盖饮乳水而长生也[④]。其水边处处有茗草罗生，枝叶如碧玉，惟玉泉真公常采而饮之。年八十余岁，颜色如桃李。而此茗清香滑熟，异于他者，所以能还童振枯，扶人寿也。余游金陵，见宗僧中孚，示余茶数十片，拳然重叠，其状如手，号为仙人掌茶。盖新出乎玉泉之山，旷古未觌[⑤]，因持之见遗，兼赠诗，要余答之，遂有此作。后之高僧大隐，知仙人掌茶发乎中孚禅子及青莲居士李白也。

常闻玉泉山，山洞多乳窟。
仙鼠如白鸦，倒悬清溪月。

【注释】

① 僧中孚：荆州玉泉山玉泉寺中孚禅师，是李白的宗侄。仙人掌茶：茶叶名。唐时产自荆州当阳县玉泉山。

② 玉泉寺：在今湖北当阳县玉泉山东麓。《方舆胜览·荆门军》（卷二九）："玉泉寺，在当阳县西南二十里玉泉山。陈光大中，浮屠知觊自天台飞锡来居此山。寺雄于一方，殿前有金龟池。"

③ 乳窟：石钟乳丛生的洞穴。

④ 乳水：石钟乳洞中所流的泉水。

⑤ 觌（dí）：见。

茗生此中石，玉泉流不歇。
根柯洒芳津⑥，采服润肌骨。
丛老卷绿叶，枝枝相接连。
曝成仙人掌，似拍洪崖肩⑦。
举世未见之，其名定谁传。
宗英乃禅伯⑧，投赠有佳篇。
清镜烛无盐⑨，顾惭西子妍。
朝坐有余兴，长吟播诸天。

⑥ 芳津：泉水的泽润。

⑦ 洪崖：亦作“洪厓”“洪涯”。传说中黄帝臣子伶伦的仙号。晋郭璞《游仙诗·其三》：“左挹浮丘袖，右拍洪崖肩。”

⑧ 宗英：一宗之中的英杰。禅伯：对有道僧人的尊称。二者均指中孚禅师。

⑨ 无盐：亦称“无盐女”。即战国时齐宣王后钟离春。因离春是无盐人，故名。为人有德而貌丑。

【鉴赏】

李白的诗歌当中言酒者众多，而涉及茶的，仅此一首。唐时，陆羽书《茶经》把儒、道、佛三教融入饮茶中，阐释了茶的精神，培养了饮茶艺术，使茶从一般的饮品中脱颖而出，逐渐形成了茶文化。李白正是生活在这样一个茶文化逐渐萌发的时代，他的茶诗几乎可以说是名茶入诗的最早篇章。他笔下的“仙人掌茶”也成为了唐代的名茶之一。

诗歌的小序介绍了茶叶的生长环境和功效，在这段文字中作者还加入了一个美好的传说故事，文字上也更多仙风道骨，颇有诗仙的浪漫。诗开头写道：“常闻玉泉山，山洞多乳窟。仙鼠如白鸦，倒悬清溪月。”这是对序的诗意化摹写。比较而言“倒悬清溪月”，更给人一种画面感，山洞、清溪、白鼠倒悬如月，给茗的生长勾画了一个非常浪漫的环境。序言写实，诗句写境，颇有章法。“根柯洒芳津，采服润肌骨。丛老卷绿叶，枝枝相接连。”这是茶树的样貌，说“根柯洒芳津”，而不说生于“芳津”何其惬意自然，蓬勃茂盛。

接下来写制成后的样子“曝成仙人掌，似拍洪崖肩。”这是运用“晒青”工艺制成茶的步骤，陆羽的《茶经》曾说：“晴，采之（茶）、蒸之、捣之、焙之、穿之、封之、茶之干矣。”亦即将鲜茶经过蒸焙等过程定制成形，而“仙人掌茶”是通过“晒”这一工艺来定制成手掌之形，似是一种制茶工艺的创新。诗人用了一个“拍洪崖肩”的典故。郭璞的《游仙诗·其三》中说：“左挹浮丘袖，右拍洪崖肩。”李白深谙游仙诗之三昧，故而以洪崖点染，渲染了一种游仙的氛围，将茶叶的仙人之姿勾画了出来。“举世未见之，其名定谁传”是一个过渡句，其下便是对中孚的赞美，并就受邀为诗之事表达了自己的谦虚之意。“朝坐有余兴，长吟播诸天”写大德高僧诵经念佛之余兴，长吟咏诵于三界诸天，不但表达了诗人的谦谨，同时烘托出“仙人掌茶”得成于斯人之手，是何等珍奇宝贵。

“仙人掌茶”失传已久，或有后人重现此技艺，也不知是否与太白所品之茗同味，如今我们也只能借助太白之笔来遥想“根柯洒芳津，采服润肌骨”的那一抹茗香了。

山　行

［唐］项　斯

青枥林深亦有人[①]，一渠流水数家分。
山当日午回峰影，草带泥痕过鹿群。
蒸茗气从茅舍出，缫丝声隔竹篱闻[②]。
行逢卖药归来客，不惜相随入岛云[③]。

【注释】

① 青枥：枥树，木质坚硬。
② 缫丝：煮茧抽丝。
③ 岛云：白云飘浮山间，有如水中岛屿。

【鉴赏】

项斯，字子迁，号纯一，浙江仙居人，晚唐著名诗人。年轻时曾隐居于朝阳峰三十余年，读书吟诗，以诗名著称于世。国子祭酒杨敬之曾赠以诗云："几度见君诗总好，及观标格过于诗。平生不解藏人善，到处逢人说项斯。"（《赠项斯》）逢人说项的成语即来源于此，可见其诗名。目前他的诗存世百余首，诗风被认为"幽闭深秀""清妙奇绝"，所选这首《山行》是他这种风格的代表之作。

诗歌首写境幽，起笔十分精妙。青色的枥林深邃幽密，"亦有人"三个字为密林点染了生机。接下来"一渠流水数家分"，便让人仿佛随着流水豁然看到密林深处的小村，颇有《桃花源记》之妙。

颔联继续将视角拉远："山当日午回峰影。"这里的峰影随着太阳的移动而产生了一个"回"的动作，日在山外，影入村落，是山之高，是林之深，亦是境之幽。"草带泥痕过鹿群"则更将鹿与人同于一处，"呦呦鹿鸣"是《诗经》渲染的和谐愉悦，诗人在此处亦有此意，前四句将闲适而偏僻的小村落勾勒而出，将

“隐”烘托出来，为下文做了铺垫。

接下来颈联进入了“人境”：“蒸茗气从茅舍出，缲丝声隔竹篱闻。”何其优雅淡然。蒸茶缫丝，山中清事，人静境闲，悠游自在。而诗人却不直接写人，只从蒸茗气、织机声旁写，使人更觉自适无扰。

如此幽静隐逸的小村，似乎正合了隐居者的心意，谁知，诗人并未入村而隐，却转笔写路逢药客，追随而去，“不惜相随入岛云”。山中集云如岛，所隐更深，故而诗人“不惜”尚有焙茗缫丝之村，更往隐处而去。

这首诗中的蒸茗是茶叶的制作工艺，与前诗所提及的晒青一样，蒸茗也是唐代茶叶制作的一道工艺。这样袅袅的茶气升腾于山村之间，幽则幽矣，却依旧带着些人气。

浣溪沙

［宋］张元幹

棐几明窗乐未央[①]，熏炉茗碗是家常，
客来长揖对胡床[②]。
蟹眼汤深轻泛乳[③]，龙涎灰暖细烘香，
为君行草写秋阳[④]。

【注释】

① 棐（fěi）几：用棐木做的几桌。亦泛指几桌。乐未央："长乐未央"的略语。犹言永远欢乐，欢乐不尽。
② 胡床：一种可以折叠的轻便坐具，又称交床。宋陶谷《清异录·逍遥座》："胡床施转关以交足，穿便绦以容坐，转缩须臾，重不数斤。"
③ 蟹眼：指初沸的水。用螃蟹眼睛形容茶水将沸时泛起的小水泡。宋苏轼《试院煎茶》："蟹眼已过鱼眼生，飕飕欲作松风鸣。"
④ 秋阳：指苏轼《秋阳赋》。

【鉴赏】

张元幹，字仲宗，号芦川居士，南宋著名爱国词人。他生长在官宦世家，年幼时便颇有诗名。靖康后因不满主和，力挺李纲，秦桧主政后，他辞官归隐，以明其志。他隐居福建一带，与李纲等好友"登高望远，放浪山巅水涯"。他的词风上承苏轼，下启辛弃疾，无论是"梦中原，挥老泪，遍南州"的爱国词，还是"不羡腰间金印，却爱吾庐高枕"的隐逸词，都与苏辛在内容、风格上比较相似。

这首词是张元幹描写自己日常生活的一首词。词开篇将棐几、明窗、熏炉、茗碗等家常生活的物象罗列，让人觉得韵味无穷。茶香共熏香，来客共明窗。"长揖"是一种用于稍尊于己者的拱手礼，主人端坐胡床，客人长揖到地，或应是词人的晚辈来拜望时的情景。故而词人最后有"为君行草写秋阳"之举。这里的"秋阳"是指《秋阳赋》。《秋阳赋》是苏轼知颍时写的一篇著名的文赋，其中阐释了比较深刻的道理，让人能够从物的奴役下解脱出来，把握住自己，无论外界如何变幻，自己的内心要处于悠游的境界之中。这种玄思在茶气的氤氲里，显得更具禅意。

茶是宋代文化中十分重要的一个部分。点茶是宋代茶文化的一个特色，这种工艺是从唐代煎茶法中来，词中所述“蟹眼汤深轻泛乳”应是点茶前先将茶碗用沸水烫过，用茶罗筛出茶粉投入茶盏中，用汤瓶注入泛起蟹眼般泡沫的沸水，经过茶筅多次击拂，让茶粉在水中充分溶解并在茶盏中形成白色汤花。点茶法本身是生活的艺术化，在茶香的氤氲里，主客尽欢，《秋阳赋》的那种不役于物，呵护内心自由的心境不正是这样的一种生活的外化吗？

春末夏初闲游江郭二首·其一

［唐］白居易

闲出乘轻屐，徐行蹋软沙。
观鱼傍湓浦[①]，看竹入杨家[②]。
林迸穿篱笋，藤飘落水花。
雨埋钓舟小，风扬酒旗斜。
嫩剥青菱角，浓煎白茗芽。
淹留不知夕[③]，城树欲栖鸦。

① 观鱼：用鲁隐公典故。《左传·隐公五年》："五年春，公将如棠观鱼者。"杨伯峻注："鱼者意即捕鱼者。"湓浦：即湓江。白居易曾于湓江口占名篇《琵琶行》。

② 看竹：典出《世说新语·简傲》："王子猷尝行过吴中，见一士大夫家极有好竹。主已知子猷当往，乃洒扫施设，在听事坐相待。王肩舆径造竹下，讽啸良久。主已失望，犹冀还当通，遂直欲出门。主人大不堪，便令左右闭门，不听出。王更以此赏主人，乃留坐，尽欢而去。"杨家：诗中自注："湓浦多鱼，浦西有杨侍郎宅，多好竹。"

③ 淹留：长时间逗留。

【鉴赏】

唐宪宗元和十年（815年）白居易因武元衡事被贬九江，一时间凄风苦雨袭来，白居易因而谪居卧病。这种心境下的诗人，在邂逅有相似经历的京城琵琶女时，便碰撞出了长篇叙事诗《琵琶行》，诗句中难以搁置的迁谪失路之怀，为千古沦落人所同悲。

不过，这种足以使谪人迁客泪湿青衫的失意之情其实并没有全然笼罩白居易的江州生涯，相反，谪居江州的三年中，他的心态逐渐放松，心境逐渐广阔。他徜徉于庐山的奇秀之中，在香炉峰与遗爱寺之间，"见而爱之，若远行客过故乡，恋恋不能去"，遂结草堂于此，并有终老之念。他在《庐山草堂记》中感慨："出处行止，得以自遂，则必左手引妻子，右手抱琴书，终老于斯，以成就我平生之志。”白居易在自己所编的诗歌中有“闲适”一门，闲适是他的生命底色，即便是在最激烈的政治博弈中失败，他依旧保有这份情怀而不会失却。

《春末夏初闲游江郭》二首俱是在这种“闲”的色彩下所抒写的诗歌，诗人在开篇就把“闲”字点出来，“轻屐”“徐行”“软沙”，一切都在春末夏初的温暖中显得刚刚好。接下来诗人用了两个典故，“观鱼”与“看竹”。“观鱼”典出《左传》，鲁隐公观捕鱼于棠地，为时人所讽。一国之君以观看捕鱼为戏乐，本是不务正业，而这里诗人反用其意，隐言其济世报国之心的衰退与达观开朗的生活热情的渐滋。“看竹”典出《世说新语》，王子猷性爱竹，不通报主人就乘肩舆径直往一士大夫家赏竹。王子猷直率而洒脱的个性，不拘泥于礼法世俗的处世性情，令人钦羡。这样的两个典故并列在诗中，令人读诗至此顿时生出了一种畅爽感。

接下来的两句全然来写景：“林迸穿篱笋，藤飘落水花。雨埋钓舟小，风扬酒旗斜。”可是这些景却显得格外不同——违逆自然法则的审美视角：丛林中“迸”出的笋，被藤绕住落水的花，小舟埋在雨中，酒旗歪歪斜斜在风中，一切都不在规矩方圆之内，却偏生出一种自然自在的野生之趣。这种自然而然也是“闲”之所在，和上面所引的两个典故一样毫不拘泥。

白居易诗中的美味常常令人觉得活色生香，将闲适感生活化。“嫩剥青菱角，浓煎白茗芽”，描摹着舌尖上的鲜味。“嫩剥”“浓煎”将菱角的皮脆肉美和茗茶的浓郁鲜香勾画得淋漓尽致，令人如堕美味之中，也特别符合中式审美的品真品鲜的自然之美。也正因如此闲适之境，让人远离了一切烦扰困顿，才会使诗人“淹留不知夕，城树欲栖鸦”。倦鸟还巢，夕阳催归，闲适而恬淡的生活必然不能成为宦海浮沉的诗人的永恒节奏，但这一刻的美好与宁静又怎能不令人流连忘归呢？

白茗芽是茶之芽，最是鲜美，为唐人所推崇。唐李德裕有诗《忆茗芽》云：

“谷中春日暖，渐忆掇茶英。欲及清明火，能销醉客酲。松花飘鼎泛，兰气入瓯轻。饮罢闲无事，扪萝溪上行。”此诗言饮春末茗芽之趣，可补白诗“浓煎白茗芽”之诗境。氤氲的茶香，闲适的午后，应该是人生最易获得却最难忘却的味道。

清　暑[1]

［宋］陆　游

穿竹清我魂，散发吹我顶。
虚窗听鸣蝉[2]，小槛看汲井。
扫地长物空[3]，漱泉齿颊冷。
厨人具浆粉[4]，童子煮山茗。
微云未必雨，且喜收树影。
残书置不视，乐此清昼永[5]。
既夕即榜舟[6]，门外绿千顷。
世事何足论，平生慕箕颍[7]。

【注释】

① 清暑：消除暑热；避暑。
② 虚窗：开着窗户。
③ 长物：多余的东西。
④ 浆粉：一种由面粉淘洗沉淀而成的淀粉。可以用来制作食品，亦可用来成为浆衣的材料。
⑤ 清昼：白天。
⑥ 既夕：古丧礼士葬前最后一次哭吊的晚上。《仪礼·既夕礼》：“既夕哭，请启期，告于宾。”榜舟：亦作“搒舟”，指行船。
⑦ 箕颍：箕山和颍水。相传尧时，贤者许由曾隐居箕山之下，颍水之阳。后因以“箕颍”指隐居者。

【鉴赏】

陆游生逢北宋灭亡，家族教育使他一生都坚定地主张恢复旧土，积极抗金。开禧二年（1206年），韩侂胄请命北伐，收复泗州、华州故地，陆游也写下了“中原蝗旱胡运衰，王师北伐方传诏。一闻战鼓意气生，犹能为国平燕赵”的诗句，欢欣鼓舞。可惜不久西线吴曦叛变，东线丘崈主和，韩侂胄日益陷于孤立。开禧三年十一月，史弥远更发动政变，诛杀韩侂胄，转年为嘉定元年（1208年），宋被迫与金签订“嘉定和议”，还于旧都的希望再次落空。陆游愤而成疾，终于嘉定二年离世，离世前写下了著名的诗句：“王师北定中原日，家祭无忘告乃翁。”

所选诗歌正是作于嘉定二年夏，诗人退居山阴老家，诗句中尽显闲居光景，在看似闲适的诗句中隐隐地透露着灰心与失望。诗歌首句写“穿竹清我魂，散发吹我顶”。从一阵风写起，风从竹中来。竹自古以来就是节士的象征，被竹洗涤过的风令诗人变得清朗。因为诗中未写的“浊”才会有竹风的“清”，这种“清”是来自于诗人的内心，是与世事的“浊”相对而生的。竹风拂过，如醍醐灌顶，暂且让诗人忘却了烦恼。他披发而坐，虚开小窗，外面蝉鸣阵阵。

接下来诗人看似闲笔地写了很多的日常情景：汲水、扫地、漱泉，准备着浆粉的厨人、煮着山茶的童子各自都在做着自己的事情，一切显得特别地宁静美好。“微云未必雨，且喜收树影。残书置不视，乐此清昼永。”微云无雨，敛住暑热，诗人的内心体会着一切小美好。只有残书会被置而不视，正是因为“人生识字忧患始”才使得诗人放弃书的阅读，保有着快乐的心态。可以看出诗人是如此地渴望这种安逸。“既夕”是一个容易忽略的词，直接翻译会被认为是此夕一过之意，但如果考古代礼仪则会发现这是一种古代丧礼。陆游作此诗时已经八十五岁，或许于斯有考虑生死之意：“既夕即榜舟，门外绿千顷。”仿佛灵魂获得了解脱，在被亲友凭吊后，便无忧无虑地放舟于外，超脱自然。接下来的“世事何足论，平生慕箕颍”是这首诗的主旨。此时诗人早已隐居多年，而依旧有箕颍之慕，可见是身闲而心未闲。

全首诗在闲适的字句中透露出的是诗人无奈而沉痛的心境，细品此诗，一如被煮沸的山茗，初觉闲适轻松，而苦味依旧在舌尖，驱散不去。

一萼红·纳凉梅庐[①]

［清］陈维崧

屐初停，见乱杉深巷，门境已空幽。一派风廊[②]，几层钓槛，微茫人在沧洲[③]。轩子外、苍皮怒裂，更红鱼、碧鸭漾铜沟。屋小如㡓[④]，斋虚似舫，万籁飕飗[⑤]。到便捶琴啜茗，向水边企脚[⑥]，林下科头[⑦]。卿论殊佳，吾衰已甚，世间一笑浮沤[⑧]。且尽日、谈空说鬼[⑨]，豆花棚上月如钩。再喷数声风笛，吹动新秋。

【注释】

① 梅庐：南耕斋名。南耕，即曹亮武，字渭公，号南耕，江苏宜兴人。是词人中表兄弟，明末清初阳羡派著名词人。

② 风廊：通风的穿廊。

③ 沧洲：非特指，为滨水的地方，又暗含隐居之意。

④ 㡓（kūn）：又作“裈”。满裆裤。《释名·释衣服》：“㡓，贯也。贯两脚上系要中也。”

⑤ 万籁：各种声响。飕飗（sōuliú）：风凛冽貌。

⑥ 企脚：翘起脚。

⑦ 科头：不戴冠帽，裸露头髻。

⑧ 浮沤：水面上的泡沫。易生易灭，变化无常，常以比喻变幻的世事和短暂的生命。

⑨ 说鬼：指阳羡词人的一次“鬼生词”唱和活动。

【鉴赏】

陈维崧，字其年，号迦陵，是清代非常重要的词人。其作词风格以豪放为主，兼及清真雅正、旖旎婉转的风格。陈维崧长于明末，老于清初，曾经历陵谷之变。作为阳羡词派词宗，他为清词的发展注入了雄浑粗豪的气势。在陈维崧周围围绕着一批与之风格相近的作家，在这些人中就有本词所提及的南耕——曹亮武。

曹亮武也生于阳羡，其家族亦与陈氏一样，是当地的名门大族，侯方域曾说："当是时，曹氏门第甲于阳羡少保公家更赫奕，两姓辉映，人以比江左王谢。"(《曹秀才墓志铭》）少保公家正是指其年之族。曹亮武的母亲是陈维崧的姑母，二人有中表之亲。由于两人从小相伴，所以文风、诗风、词风都比较相近，纵然因各自的人生际遇而有些参差，但创作大体都是以词作为主，风格偏雅健雄豪一路。曹亮武也是阳羡词派的得力干将，他的词最终结集为《南耕词》与《岁寒词》。

与陈维崧后来举博学鸿词科不同，曹亮武一生并未为官，罨画溪南的梅庐便是他的归隐之地。他曾有《花发沁园春·梅庐》词曰："绕屋栽梅，傍梅作屋，我将老我于此。途穷莫哭，意倦须还，万事总输酣睡。年华若驶。休更着、纤毫尘累。请谢客、终日常闲，蓬门终岁常闭。　　一卷南华老子。从朝而昏，把玩何已。风牵荇藻，月映藤萝，小似辋川情味。携床隐几。听好鸟、弄晴声脆。待疏影、香沁吾庐，尽教花下沉醉。"后来，梅庐也成为了阳羡词人的集会之所，在这里陈维崧、董元恺等阳羡名家常过而唱和，诗酒花茶，泉石林竹，终日不倦。

再来看其年的这首词，开篇："屐初停，见乱杉深巷，门境已空幽。"词如入山览胜，必曲折方显有趣。所以词人没有开门见山写梅庐之景，而是随着脚步的停顿，写未经人工雕琢的杉树和幽深空寂之景象。转景过来便看到"一派风廊，几层钓槛，微茫人在沧洲"。风廊、钓槛使人想见主人的隐逸之情，"沧洲"是支伯的典故，三国时期阮籍的《为郑冲劝晋王笺》有句："然后临沧洲而谢支伯，登箕山以揖许由。"而后人也有"濯足沧洲"之说，似乎用沧浪水之典。无论是哪一个典故，在其年笔下都勾勒出了一派隐逸的闲适。但这种隐逸之情又似乎更为粗疏野旷，与王维笔下的澄澈清净不一样，"轩子外、苍皮怒裂，更红鱼、碧鸭漾铜沟"。苍皮更多古朴，红、碧再加上铜色，在色彩上也凸显了这样的古韵。显然这是词人有意为之，也是他的词风所使。"屋小如幝，斋虚似舫，万籁飕飗"

才是隐逸生活的本来面目。词人没有讳言隐居生活的简朴，却透过这些让人真切感受到了“心远地自偏”的悠然。

下阕词人写做客梅庐的自在。“到便捶琴啜茗，向水边企脚，林下科头。”客非客，主非主，梅庐是一个完全放松的所在。“捶琴”用柳恽典故，《南史·柳恽传》记载：“惔弟恽字文畅，少有志行。……尝赋诗未就，以笔捶琴，坐客过，以箸扣之，恽惊其哀韵，乃制为雅音。后传击琴自于此。”柳恽捶琴，过客相和，无拘无束的做派颇具魏晋风雅。“企脚”水边亦是风流韵度，《世说新语》记载：“或以方谢仁祖不乃重者。桓大司马曰：‘诸君莫轻道，仁祖企脚北窗下弹琵琶，故自有天际真人想。’”王、谢自是豪门贵族，其地位非比寻常，谢尚作为谢家子弟，行为洒脱，有坐中颜回之称。而“林下科头”用了王维的《与卢员外象过崔处士兴宗亭外》的意境：“科头箕踞长松下，白眼看他世上人。”此韵多重典故，写尽风流，意趣飘逸。

接下来转入词人的剖白：“卿论殊佳，吾衰已甚，世间一笑浮沤。”似乎人心理的老去是对世事的不复积极，故而词人说“卿论殊佳”，我却已“衰”，再看到的世事已经与卿不同。生命易逝，世事无常，词人在作此词时已年近半百，陵谷之变后的明遗民对于未来是没有太多憧憬的。只剩下“谈空说鬼”，看着豆花慢慢地开落，新月再次如钩。谈空是虚妄，而说鬼说的又是什么呢？或者是山河故人，或者是泉台旧友，阳羡词人曾经有规模地进行“记鬼”唱和，所写内容是借鬼哭之厉暗恨清兵屠戮，烽火神州，或可推测词人内心吧。如此愤懑的内心，词人也只剩下“再喷数声风笛，吹动新秋”。捶琴、喷笛，本都是乐器的演奏方法，但在这里却特别能够显现词人内心的悲愤情绪。笛声配着新秋，这样的意境格外苍凉。

“捶琴啜茗”，本来淡淡的茶香在其年笔下显得带着些荒野的气息，甚至不像是江南长出来的精致，而那种粗豪，正是家国之变使锦绣公子生出的根根鲠骨吧。

饮茶歌诮崔石使君[①]

［唐］皎　然

越人遗我剡溪茗[②]，采得金牙爨金鼎[③]。
素瓷雪色缥沫香[④]，何似诸仙琼蕊浆。
一饮涤昏寐，情来朗爽满天地[⑤]。
再饮清我神，忽如飞雨洒轻尘。
三饮便得道，何须苦心破烦恼。
此物清高世莫知，世人饮酒多自欺。
愁看毕卓瓮间夜[⑥]，笑向陶潜篱下时。
崔侯啜之意不已，狂歌一曲惊人耳。
孰知茶道全尔真[⑦]，唯有丹丘得如此[⑧]。

【注释】

① 诮：讥讽。讥笑讽刺。

② 剡（shàn）溪：水名。在浙江嵊县南，曹娥江的上游。是主要的绿茶产地。

③ 金牙：或作“金芽”，指上好的茶叶。爨（cuàn）：点火烹煮。金鼎：烹煮茶叶鼎状的风炉。

④ 素瓷：白色瓷器。指邢窑生产的瓷碗。缥沫：青白色的茶沫。

⑤ 朗爽：爽朗；明朗。

⑥ 毕卓：用毕卓盗酒典。《晋书·卷四十九》：“太兴末，（卓）为吏部郎，常饮酒废职。比舍郎酿熟，卓因醉夜至其瓮间盗饮之，为掌酒者所缚，明旦视之，乃毕吏部也，遽释其缚。卓遂引主人宴于瓮侧，致醉而去。”

⑦ 全尔真：保全你的真心本性。

⑧ 丹丘：言道家神茶。《神异记》载：“余姚人虞洪入山采茗，遇一道士牵三青牛，引洪至瀑布山曰：‘予丹丘子也。闻子善具饮，常思见惠。山中有大茗可以相给，祈子他日有瓯牺之余，乞相遗也。’因立奠祀。后常令家人入山，获大茗焉。”

【赏析】

这是一首很著名的饮茶歌，后世多作茶楼字画之选，故而流传甚为广泛。诗的作者是皎然，唐代非常著名的诗僧。可以说他是中国茶文学的先驱者，也是中国茶事的集大成者，他曾经主持了“顾渚茶赛”“剡溪诗茶会”等大量茶事，对茶道、茶理、茶文化的发展都起到了强大的推动作用。他种茶、制茶、饮茶、爱茶，并与茶圣陆羽亦师亦友，共同精研茶道。甚至有学者认为“茶道”一词即来自于此诗。

这首诗是皎然以茶来规劝好友崔石，减少饮酒，邀其品茶。诗人先言剡溪茶之状：金芽是其叶之嫩色，金鼎是其烹煮器之贵重，素瓷、雪色是其盛器之纯净，琼蕊是茶色之圣洁。如此纯净高洁之外在已经足以吸引人了，更何况其“三饮”之功效：涤昏、清神、得道。重重境界，渐次升高。涤昏使动情者不郁郁于情，清神使浮躁者如水洒尘，得道使自苦者破除烦恼。此三饮，已不是单纯品鉴一种饮料，更是修其茶心、禅心。

诗歌继而转向与茶同为使人情绪波动的酒，以茶代酒之劝，希望所赠者乃至世人可以识得茶的好处，忘却酒的滋味。所举二人，毕卓与陶潜，两人饮酒自有高下，一者贪杯，一者忘忧，却皆是自欺罢了。经过诗人的讽劝，好友茅塞顿开，仿佛被棒喝而悟道，故而啜之不已。最后诗人说道，谁能使你明心见性，唯此剡溪香茗耳。丹丘之一语双关在此显得意蕴悠长。

诗歌结构并不复杂，用语也自然流畅，在叙事一般娓娓道来，如同清茶一样，淡而有味，虽题名曰“诮”，实则颇有些点悟之意。禅与茶就这样慢慢靠近，逐渐形成了我们现在看到的样子。

#【菊】

落花无言，人淡如菊。
书之岁华，其日可读。

九日五首·其一

［唐］杜 甫

重阳独酌杯中酒，抱病起登江上台[①]。
竹叶于人既无分，菊花从此不须开。
殊方日落玄猿哭[②]，旧国霜前白雁来[③]。
弟妹萧条各何往[④]，干戈衰谢两相催。

【注释】

① 起：此处一作“岂”或“独”。
② 殊方：远方。玄猿：黑色的猿猴。常常集群活动，傍晚呼唤未归者，鸣声十分哀戚。
③ 旧国：这里指故乡。白雁：候鸟。体色纯白，似雁而小，秋季时由北往南迁。
④ 萧条：此处指疏散。

【赏析】

大历元年（766 年），杜甫被任命为检校工部员外郎，并被召赴京，杜甫因而改变了终老草堂的初衷，于春夏间买舟东下，他自云安来入夔州，不幸卧病其间，好在有夔州都督柏茂林青眼相加，便暂居于此。寓居夔州期间是杜甫诗歌创作的一个爆发期，短短二年便有诗作四百三十余首，占杜甫存世作品的三分之一。

这首诗作于杜甫至夔州的第二年重阳节，重阳节历来是登高望远，怀念故土亲人的节日。这一次的重阳，诗人不惟漂泊万里，更抱病异乡，心境尤为悲凉。

诗歌开篇即言：“重阳独酌杯中酒，抱病起登江上台。”须知古人重阳常念两事，一为团圆，二为长寿，诗人起笔即将诗歌哀曼之境隐伏于此。

于是颔联承接上句云：“竹叶于人既无分，菊花从此不须开。”竹叶是酒名，因抱病而无分于酒，故诗人颇有些任性使气地说出“菊花从此不须开”。这是诗人的性情语，同时也有一份悲愤的感情在里面。

诗人下面两句笔锋一转，把目光落在了渺远的方向："殊方日落玄猿哭，旧国霜前白雁来。"远方茫茫的落日夹杂着猿啼，何其凄切；旧土飞来的秋雁，何其哀凉。漂泊异地，浓烈的思乡之情被渲染得淋漓尽致。

胸中意气，眼前光景，直至诗人吐出："弟妹萧条各何在，干戈衰谢两相催！"这二句将诗歌放在了现实的风云里，战乱纷繁，亲人离散，从安史之乱至今已经十余年，一切都仿佛用钝刀子割肉的痛苦，漫长、窒息、永无止境。再也回不去的盛世，再也回不去的青春，亲人的安危让诗人心急如焚，干戈与老去让诗人颓然无助。登高之歌便不仅仅是饮酒赏菊，是伤时、是忧国，难怪后人会说："声情高亮，后人九日诗无及之者。"(《唐宋诗醇》)

被老杜使了性子说"不须开"的菊花，看似是诗人的小情绪，而放置于整首诗歌中，它就变成了胸中一团无法熄灭的熊熊火焰，是无法回去的宁静安乐的那个从前，是无法再见的团圆幸福。战乱烧过，万象皆灭，那朵重阳的菊格外刺痛人心。

鹧鸪天

［宋］黄庭坚

坐中有眉山隐客史应之和前韵[①]，即席答之。

黄菊枝头生晓寒，人生莫放酒杯乾。风前横笛斜吹雨，醉里簪花倒着冠[②]。
身健在，且加餐[③]。舞裙歌板尽清欢。黄花白发相牵挽[④]，付与时人冷眼看。

【注释】

① 史应之：据黄庭坚《山谷诗内集》卷十三《戏答史应之三首》任渊注：史应之，名铸，眉山人，落魄无检，喜作鄙语，人以屠僧目之。客泸、戎间，因得识山谷（黄庭坚）。
② 倒着冠：将衣、帽等倒过来穿戴。南朝宋刘义庆《世说新语·任诞》："山季伦（山简）为荆州，时出酣畅，人为之歌曰：'山公时一醉，径造高阳池。日莫倒载归，酩酊无所知。复能乘骏马，倒着白接䍦。'"
③ 且加餐：《古诗十九首·其一》："弃捐勿复道，努力加餐饭。"
④ 黄花：同黄华，指未成年人。

【赏析】

黄庭坚，字鲁直，世人常以黄山谷称之，是北宋著名文学家、书法家，江西诗派开山之祖。他的诗宗法杜甫，尝谓为诗要"无意于文，夫无意而意已至"。在他的"点铁成金、夺胎换骨"的创作理论影响下，至徽宗初年，已逐渐形成了影响千年的中国古典诗歌的大流派——江西诗派。

在作词方面黄庭坚亦负盛誉，所作山谷词亦对后世词的创作产生了深远的影响。王世贞在《艺苑卮言》中评价道："鲁直书胜词，词胜诗，诗胜文。"其词出苏门，少年时词偏妖娆之态，后为秀法和尚劝诫，风格大变，尤其到了晚年，颇有些引诗入词之势，难怪后人也有"不是当行家语，是著腔子诗"的评价。但总体而言，黄庭坚的词豪放有之，婉约有之，题材丰富，语言流畅，在宋代词坛占据着很高的地位，同代人陈师道曾评价其曰：“今代词手，惟秦七、黄九耳，唐诸人不逮也。”

这首词作于黄庭坚人生中的低谷期。绍圣二年（1095年），他修《神宗实录》，其中有“用铁龙爪治河，有同儿戏”之语，他如实回答，毫不避讳，却因此被污不实而贬官涪州别驾，后又被污枉法迁谪戎州。本词即写于他远谪戎州五年后，胸中不平、形骸放浪尽在词中。

史应之是作者在戎州的新友，他曾写过《史应之赞》云：“眉山史应之，爱酒而滑稽。对鄙不肖，醉眼一笑。司马德操，万事但好。东方戏嘲，惊动汉朝。穷则德操，达则方朔。天地一壶，不胶者卓。应之老矣，似愚不愚。江安食不足，江阳酒有余。”从赞词中可以看出史应之本人便是一个旷达乐观、放浪形骸之人。如此隐士与落拓词人相逢，一拍即合，词也写得酣畅淋漓。

词的上片以“黄菊枝头生晓寒”起，写时间，亦是以此起兴。菊在中国古代意象中以高洁品行著称，晓寒中的菊本身也树立了词人的内核——放浪形骸也好，醉态无羁也罢，其高洁的品格是不变的。以这样的内核为基础，词人描写了杯酒之间的癫狂之态。“人生莫放酒杯干”与李白的“将进酒，杯莫停”一般，秋本是愁心渐生的季节，唯有以酒作为媒介，聊以忘忧，暂以消愁。这时笛声渐起，伴着雨声，词人簪花倒冠，临风吹笛，何其风流。

词下片将这场热闹继续下去：“身健在，且加餐。舞裙歌板尽清欢。”王维《酌酒与裴迪》中说：“酌酒与君君自宽，人情翻覆似波澜。白首相知犹按剑，朱门先达笑弹冠。草色全经细雨湿，花枝欲动春风寒。世事浮云何足问，不如高卧且加餐。”这正是词人所要表达的理念，其心中无法排遣的激愤之情只能在“且加餐”“尽清欢”中得到些许的慰藉，当人生在世不称意之时，不如找回本真，好好吃饭、努力活着吧。最后，白发人挽着黄花，仿佛与菊一样站立在寒流已至的秋，让人看到词人那昂然御霜之志。

菊从来都是文人心中那一朵不被玷污的高傲之花，“宁可枝头抱香死”是菊的孤傲之处，在凛冬将至之际，那抹淡淡的菊香是士人精神之所在。

登鹳雀楼

［唐］畅　诸

城楼多峻极①，列酌恣登攀②。
迥林飞鸟上③，高榭代人间④。
天势围平野，河流入断山⑤。
今年菊花事，并是送君还。

【注释】

① 峻极：极高。

② 列酌："酌"疑为"岫"字之音误。谢朓《郡内高斋闲望答吕法曹》中的"窗中列远岫"当为所本，列岫以恣登攀，似亦可通。

③ 迥林：林系"临"字之音误。迥临，即高居某物之上。

④ 代人：即"世人"，避李世民讳。

⑤ 断山：陡峭壁立的高山。

【赏析】

鹳雀楼为天下名楼，它位于山西省运城市永济市蒲州镇。鹳雀楼始建于北周时期，在金元光元年（1222年）遭大火焚毁，在数百年的光阴里，写鹳雀楼之作络绎不绝，最为后人称道的便是王之涣的《登鹳雀楼》。

沈括《梦溪笔谈》曾经说："河中府鹳雀楼，三层，前瞻中条，下瞰大河，唐人留诗者甚多，唯李益、王之涣、畅诸三首能状其景。"不过较之于王之涣《登鹳雀楼》的传唱不绝，畅诸的《登鹳雀楼》则命运多舛，司马光《续诗话》、沈括《梦溪笔谈》在收录时仅收两联，所以这首诗在流传过程中，常以中间两联的面貌存于世，《全唐诗》亦以其为绝句。直至欧洲几家博物馆收藏的敦煌残卷被编号整理并传回中国，后世学者经过研究比对，才最终确定了此诗作为一首律诗的原貌。

作者畅诸，《唐诗汇评》记载："生卒年不详，汝州（今河南临汝）人。开元初登进士第，九年（721年）中拔萃科。官至许昌尉。《全唐诗》存诗一首，然其名篇《登鹳雀楼》则误入畅当诗。”畅诸其人可以说不甚闻名，但他的这首《登鹳雀楼》却能与王之涣各尽极致，且较王诗更具有粗犷阳刚之气质。

鹳雀楼有何等魅力能够吸引唐人妙笔呢？李翰《河中鹳鹊楼集序》云：“后周大冢宰宇文护军镇河外之地，筑为层楼。遐标碧空，影倒洪流，二百余载，独立乎中州。”它分为三层，前可望中条山，下可俯瞰黄河滔滔流过。李翰曾说登临此楼可“俯视舜城，傍窥秦塞。紫气度关而西入，黄河触华而东汇，龙据虎视，下临八州”。鹳雀楼依傍黄河，正是唐代诗人往来长安河东之间的经行之地，得江山之助，其诗风也变得雄浑浩荡，别成一格。

尤其是畅诸这首，起笔便见峥嵘之气：“城楼多峻极，列酌恣登攀。”写其楼之高峻，可恣意登攀。因楼高而使人以俯视之姿，总览山河，故而畅诸的视角与王之涣截然相反。王之涣以“欲穷千里目，更上一层楼”为结，余韵无穷，而畅诸则以“迥林飞鸟上，高榭代人间”写登楼之人更上一层楼后的观感。人如在飞鸟之上，高榭恍然不在人间。这种登临之感直入人心，“天势围平野，河流入断山”更是造语警拔，气势雄浑，将鹳雀楼的要冲之景书写得淋漓尽致。相较于王之涣的“白日依山尽，黄河入海流”，则一者粗犷，一者圆融，畅诗更具有劲健之美。最后诗人以“今年菊花事，并是送君还”收束全诗，重阳登高，本是望远、饮酒、赏菊，而对于诗人而言，这一年的重阳却又多了一重依依惜别之情。

鹳雀楼与重阳菊花事相碰撞，登高赏菊便有了一丝清凛雄壮之气，有着浓郁的盛唐气象。

始闻秋风

［唐］刘禹锡

昔看黄菊与君别[①]，今听玄蝉我却回[②]。
五夜飕飗枕前觉[③]，一年颜状镜中来[④]。
马思边草拳毛动[⑤]，雕眄青云睡眼开[⑥]。
天地肃清堪四望[⑦]，为君扶病上高台[⑧]。

【注释】

① 君：指代诗人。
② 玄蝉：秋蝉，寒蝉。
③ 五夜：指戊夜，即第五更。
④ 颜状：指脸容，脸色。
⑤ 拳毛：卷毛，这里指唐代名马，拳毛騧，因其身生卷毛而得名。
⑥ 眄：斜视，一作“盼”。
⑦ 肃清：形容秋天明朗高爽。
⑧ 扶病：支撑病体，带病而动。

【赏析】

开成元年（836 年）秋，刘禹锡迁太子宾客，分司东都洛阳，他颠沛流离的一生至此稍趋平静，而暮年将至，此时的秋风对于诗人而言别具滋味。

这首诗很有趣的地方是创造了“君”与“我”的形象。这里的“君”是诗人本人，而“我”却是指如期而至的秋风。故而诗歌一开头便是：“昔看黄菊与君别，今听玄蝉我却回。”黄菊、玄蝉都是秋季典型的代表，一年一度，秋风又至。黄菊与寒蝉俱是高洁之物，寒蝉之高洁却多少带着些晚秋的凄凉萧瑟。宋人王楙将此句与《诗经》中“昔我往矣，杨柳依依；今我来思，雨雪霏霏”类比，确是正解。正是这样的一种时序的回环往复使得生命的流逝历历在目。

所以诗人接下来写：“五夜飕飗枕前觉，一年颜状镜中来。”五更的秋风悄悄而至，唤醒了诗人。就在不经意的夜里，秋风又至，时光的行走就发生在这样的不经意间，当忽然觉醒之时，镜中颜色已改，青春不复。第二句扣住了诗歌题目的主旨“始”字，杜诗云春雨之“润物细无声”，秋风亦如是。时光走过，将一年的情状都写在了脸上。

所幸诗人没有将颓势继续下去，“马思边草拳毛动，雕眄青云睡眼开”，想念着边塞芳草的战马拳毛微动，睥睨青云的雕睡眼初开。太宗有六骏，其一曰拳毛䯄，此马随太宗征战多年，平定刘黑闼时，身中九箭，因其功勋，后被刻于昭陵。李世民曾为之亲题赞语：“月精按辔，天驷横行。孤矢载戢，氛埃廓清。”诗人用此典故，正是为了表达自己的一颗萌动的拳拳报国之心。而“雕眄青云”之态更表现了诗人不堕的志气，即便是几经蹉跌，依旧能够昂然苍穹。有此一句，诗歌风骨尽生。

“天地肃清堪四望，为君扶病上高台”，最后诗人的收尾便愈显心志之雄。秋风虽至，天地肃清，却依旧要登高而望。所望的是自己还没有蹉跎的天下之志，是大丈夫为天下求太平的理想和信念。刘禹锡似乎是一个特别喜欢秋的诗人，他的名句“自古逢秋悲寂寥，我言秋日胜春朝”为古往今来多少颓唐之人燃起希望。他的秋永远都是澄澈干净，多姿多彩。这与他本人的性格有着很大的关系，他的性格中总有着乐观向上，积极进取的那一部分。所以秋风始闻，他依旧会“为君扶病上高台”。正所谓“老骥伏枥，志在千里”，也是此时刘禹锡的写照了。

秋往往意味着肃杀，秋之后便是无尽的严寒，对于古人而言是死亡，是沉寂。此时淡淡的菊香仿佛一种从死亡中生出的挣扎，一如这个乐观的热爱着秋的刘禹锡一般，是难得的暖色。

巴岭答杜二见忆[①]

［唐］严　武

卧向巴山落月时，两乡千里梦相思。
可但步兵偏爱酒[②]，也知光禄最能诗[③]。
江头赤叶枫愁客，篱外黄花菊对谁。
跂马望君非一度，冷猿秋雁不胜悲。

【注释】

① 巴岭：巴山。杜二：指杜甫。
② 可但：岂但，不止。步兵：三国魏阮籍曾为官步兵校尉，故称。
③ 光禄：指南朝宋金紫光禄大夫颜延年，文章冠绝一时，与谢灵运齐名。

【赏析】

严武，字季鹰，是中唐时期良将，同时也是一位诗人。他在安史之乱后随玄宗入蜀，两次出镇蜀地，颇有建树。除却军事上的赫赫威名，严武更为世人熟知的是与杜甫之交。杜甫与严武为世旧，比严武长十四岁，亦与其父严挺之交好。严武出镇川蜀，为杜甫提供了很多的支持与依靠。洪迈《容斋续笔》写道：“甫集中诗，凡为武作者几三十篇，送其还朝者，曰‘江村独归处，寂寞养残生’。喜其再镇蜀，曰‘得归茅屋赴成都，真为文翁再剖符’。此犹是武在时语。至《哭其归榇》及《八哀诗》‘记室得何逊，韬铃延子荆’，盖以自况，‘空余老宾客，身上愧簪缨’，又以自伤”，可见杜甫对严武的眷眷之情。而严武之于杜甫，亦多朋友交谊，乃至杜甫在他面前过于放纵，差点儿引来杀身之祸。《新唐书·杜甫传》记载说：“甫见之，或时不巾，而性褊躁傲诞，尝醉登武床，瞪视曰：‘严挺之乃有此儿！’武亦暴猛，外若不为忤，中衔之。一日欲杀甫及梓州刺史章彝，集吏于门。武将出，冠钩于帘三，左右白其母，奔救得止，独杀彝。”

当然有宋以来亦有很多学者对此质疑，认为所述荒谬，从二人相交事迹而论，其友情也许有些许波折，但至严武四十岁去世前，严、杜二人的朋友之谊是未曾中断的。本首诗中我们尤能看出严武对于杜甫这位忘年之交的情深义重。

这首诗常常被附属于杜诗的《九日奉寄严大夫》之后，钱谦益注曰："宝应元年（762 年）四月，召严武入朝，徐知道反，武阻兵，九月尚未出巴。"宝应元年，肃宗卒，严武被召入朝监修玄宗、肃宗父子陵墓。正在此时，蜀中大乱，剑南兵马使徐知道谋反，严武被阻，无法出剑阁，故而滞留巴陵。杜甫此时身在梓州，重阳日他先以诗寄之："九日应愁思，经时冒险艰。不眠持汉节，何路出巴山。小驿香醪嫩，重岩细菊斑。遥知簇鞍马，回首白云间。"全篇虽未有一字曰"忆"，却句句都在写严武。前四句想象严武被阻的情景，后四句写重阳时节严武的回头顾盼。杜甫所牵挂与严武所相忆之情不言而喻。

严武此诗便是回应相忆之心，首句曰："卧向巴山落月时，两乡千里梦相思。"开篇便点明相思之情，巴山落月，正是回应了杜诗的"何路出巴山"，虽尚未出巴，却包含思念。接下来他说："可但步兵偏爱酒，也知光禄最能诗。"此句引出所赠友人的特点。与后世我们看到的杜甫不同，由于杜甫以《三大礼赋》闻名于时，故而他的朋友对他多以赋称，很少如严武一般，直言"光禄最能诗"。严武可谓眼光独到，知音颇深。"江头赤叶枫愁客，篱外黄花菊对谁"句用以回应杜甫的重阳九日，事实上严武收到杜甫的诗已经在重阳之后，但他依旧以菊相和，将重阳的朋友之思延续下来。最后自然引出"跂马望君非一度，冷猿秋雁不胜悲"——果然吾友所猜不差，我于此处并非一次地回首相望，可惜只有猿鸣雁飞，凄入心肝。

金圣叹曾经在批杜诗时感叹："有此等诗，才是子美石交，复不作闾丘晓，二公俱有天幸。圣叹云：读先生此诗，始悟工部昔日相依，直是二人才力、学力自应分投至深，岂为草草交游而已哉！"

水调歌头·隐括杜牧之齐山诗[①]

［宋］朱　熹

江水浸云影，鸿雁欲南飞。携壶结客，何处空翠渺烟霏[②]。尘世难逢一笑，况有紫萸黄菊[③]，堪插满头归。风景今朝是，身世昔人非。

酬佳节，须酩酊，莫相违。人生如寄，何事辛苦怨斜晖。无尽今来古往，多少春花秋月，那更有危机。与问牛山客[④]，何必独沾衣。

【注释】

① 隐括：即檃栝，指对原有作品的内容、语言加以剪裁、修改而成新篇。齐山诗：唐杜牧《九日齐山登高》诗："江涵秋影雁初飞，与客携壶上翠微。尘世难逢开口笑，菊花须插满头归。但将酩酊酬佳节，不用登临恨落晖。古往今来只如此，牛山何必独沾衣！"

② 空翠：青色的潮湿的雾气。

③ 紫萸：即茱萸，一种有浓烈香味的植物。

④ 牛山：牛山为齐之王陵所在，齐景公游于牛山，北望国都临淄流泪说："若何滂滂去此而死乎！"喻为人生短暂而悲叹。

【赏析】

这首词是宋代学者朱熹的代表作之一。朱熹，字元晦，他以理学名于世，在词方面的功夫有限，存世之词仅十八首，但影响却不小。王弈清《历代词话》引《读书续录》："晦庵先生词，几于家弦户诵矣。其隐括杜牧之《九日齐山登高》诗《水调歌头》一阕，气骨豪迈，则俯视苏辛；音韵谐和，则仆命秦柳，洗尽千古头巾俗态。"虽则如此，朱熹的大气力多用在了诗文方面，因为宋代以词为小道，虽有苏辛振臂，但传统儒士亦少为之。缪钺先生提出的观点则更为有趣，他认为"严正的理学家是不肯见歌妓的。即便是在不得已的情况下偶尔相见，也必须是‘目中有妓，心中无妓’。所以理学家是很少听唱词的，更不要说作词了。”如此看来，朱熹的这首词作就更为难能可贵了。

词称“隐括”，实际上是一种固定的文学写作方式，指古代文人将一种文体向另外一种文体进行转换，比如散文转成韵文，诗转成词。一方面要忠实原作，尽量使用原作的字词句；另外一方面则要括出自己的新意来，使其成为自己的词。这是一种逞才露能的做法，朱熹为此词，与其饱学大儒的身份十分相称。

这首词作于淳熙九年（1182 年），此时的朱熹因弹劾贪官未果而自请交印。当重阳之日，携友登山，因之以杜牧《九日齐山登高》为寄托，又别开生面，有着彼时杜牧境遇的投影。杜牧写此诗时，正处于在牛李党争中被排挤出朝之际，诗中尽见颓唐之气。

同样是江云雁飞，与客携壶，在杜牧诗中是“尘世难逢开口笑，菊花须插满头归”，多少有些强颜欢笑；而在朱熹词中却已是“况有紫萸黄菊，堪插满头归”。可以说从一个“况”字起，词便与诗相分两路，朝着旷达开阔的一方而去。“风景今朝是，身世昔人非”是词人的发挥，将恒定不变的风景与身世的变化、昔人的更替相对比，颇有些陶渊明“觉今是而昨非”之感。言外之意，肯定了当下的人与景，有一种积极的精神在其中。

下阕继续在杜牧诗句的“但将酩酊酬佳节，不用登临恨落晖”之上作文章。酬答佳节美景，尽管酩酊一醉，不要有违。这一句尚未跳出原诗窠臼，而下一句“人生如寄，何事辛苦怨斜晖”，则比杜牧之诗更开阔。“人生如寄”，典出曹丕《善哉行》“人生如寄，多忧何为”，魏晋风流尽显。词中增添了活在当下的清醒，甚至驳斥了原诗中的“古往今来只如此”，他说古往今来的春花秋月，处处都是生机，哪里有那么多的危机呢？所以诗词虽然同以“牛山”作结，却走向了不同的终点。牛山是埋葬齐王之所，所以齐景公才会望而落泪，对死亡的担忧是人之本性。杜牧诗多显无奈，而朱熹词则更为旷达。

菊花插满头是古人重阳习俗，从杜牧的“菊花须插满头归”到朱熹的“况有紫萸黄菊，堪插满头归”，再到今人《中华民谣》歌词所唱的“大雁飞过菊花插满头”，诗意在不断拓展中传达着不同时代人的思考。

菊　花

［唐］元　稹

秋丛绕舍似陶家[1]，遍绕篱边日渐斜。

不是花中偏爱菊，此花开尽更无花。

【注释】

① 陶家：指东晋诗人陶渊明。陶渊明有“采菊东篱下”之句，故称。

【赏析】

元稹，字微之，著名的元白诗派的代表人物。元和年间，他与白居易共同发起“新乐府运动”，对整个中唐诗歌改革有着非常重要的作用。他的诗歌善于以浅近精工的语言、新颖流畅的音韵，抒写日常生活情致，并赋予其独特的意蕴。这首描写菊花的诗歌便是其中的代表。

这首诗为诗人青年时期的作品，是咏菊诗中较为独特的一首。前此我们所赏析的咏菊诗歌大多以菊之节令、菊之品质为咏诵对象，而此诗却别具风味。

因是绝句，首句便为读者描摹出一片菊景：“秋丛绕舍似陶家。”这里以“秋丛”代“菊丛”颇有些翠嶂迎门的感觉，未直言菊花，却以“陶家”之花相待，看似平白，却颇有滋味。绕舍遍是陶家之花，也可看出舍内所居之人的兴趣品性与隐者陶渊明相类。故而开篇仅七个字，不说爱菊，不说品质，却能让人感受得到菊香环绕的庐舍内，诗人人淡如菊的心境。第二句将常见景象纳入到特定的时间中——傍晚时分。秋日、夕阳是古典诗歌中最为衰微的时刻，此时天地收敛，万物萧疏，比之凛冬更令人绝望。故而诗人接下来写下了为后世广为流传的两句：“不是花中偏爱菊，此花开尽更无花。”这是诗人想要挽留住最后的美好的一种声音，更用另外的视角道出了菊之可贵。

元稹聪警绝人，年少有才名，而其一生仕途并不顺遂，《旧唐书》说“稹性锋锐”，这样性情的人往往更为敏感，所以面对凛冬将至、百花凋零的秋，他会用最为炙热的情感又极为平淡的语言表达着自己对于菊的爱。

绕庐的陶菊有着陶渊明淡然的气息，也有着萧瑟里最后一道温暖与爱意。是这抹最后的花香，令我们感到世界如此美好。

【味】

生气远出，不着死灰。
妙造自然，伊谁与裁。

品令·茶词

［宋］黄庭坚

凤舞团团饼[①]。恨分破、教孤令[②]。金渠体净[③]，只轮慢碾，玉尘光莹。汤响松风，早减了、二分酒病。

味浓香永。醉乡路、成佳境。恰如灯下，故人万里，归来对影。口不能言，心下快活自省[④]。

【注释】

① 凤舞团团饼：宋初贡茶，多为茶饼，制好后以蜡封之，盖上龙凤图案以示皇家所用。宋徽宗《大观茶论》：“本朝之兴，岁修建溪之贡，龙凤团饼，名冠天下。”

② 孤令：孤单，孤独。

③ 金渠：碾茶之槽。

④ 自省：自然明白。

【赏析】

宋代词人写品茶词颇多，品茶至宋时已成文人雅士之习，并随着诗词成为了一种古代文人特有的生活方式。黄庭坚不惟爱茶，并于茶事颇有研究，也非常乐意以茶入诗词，他关于咏茶的诗词不下五十首，此首《品令·茶词》更为宋咏茶词中的佳作。

此词上阕写茶之作，下阕写茶之品，将宋人的茶事雅趣写得生动且鲜活。开篇以“凤舞团团饼”为起，我辈读此，若不知典故，便易轻忽，须知此茶名贵异常。北宋太平兴国三年（978 年），宋太宗赵光义命人于建瓯市东峰镇，以进贡茶叶于皇家。龙凤团茶制作十分讲究，“社前十日即采茶，日数千工聚而造之，即入贡”，再由茶叶制成茶饼，封之以蜡，最后压上龙凤图案以示皇室威严。宋徽宗在《大观茶论》中说：“采择之精，制造之工，品第之胜，烹点之妙，莫不胜造其极。”其价值昂贵，至高时一两茶一两金。其价值昂贵亦不易得，往往帝王分赐群臣时能获得少许，如是地位，正当此词。

词人以“团团”起，以“分破”为恨，所言之事表面上是龙凤茶团得之不易，却为此茶涂抹上了“孤”的色彩，这种“孤”有着不入凡尘的孤高。宋人饮茶是以茶末入水，而非茶叶，于是才有了下面的“金渠体净，只轮慢碾”的碾茶工艺。碾茶之槽是干净不染，使得茶香更为纯粹，碾茶之轮慢碾细搓，加工精细，最终茶末“玉尘光莹”，这四字形象生动，刻画得细致入微。黄庭坚早年嗜酒，因其身体抱病而辍酒之一道，改饮茶为乐，所以他会说：“汤响松风，早减了、二分酒病。”

茶色如玉尘，茶声如松风，视觉与听觉得到了极大的满足后，更有“味浓香永”令人难忘，如是佳品，令人陶醉。上阕的“孤”茶到这里有了陪伴，在词人的梦乡里，恍若故人来归，不复孤单。那种成为对方唯一知己的知音之感令人快活得无法言说。“口不能言，心下快活自省”这一句颇有俚趣，是诗所不能为。清人贺裳曾评此句为“伧父之甚”，言其鄙俗；而沈曾植却说“黄是当行，加之刻画”，可见词的本色。

整首词，以“恰如灯下，故人万里，归来对影。口不能言，心下快活自省”最为后人称道。茶香本怡人，而此处却以茶为故人，引茶为知己，使孤茶不孤。使“味浓香永”的龙凤团茶隔着千年，依然有其独特的味道。

柳州城西北隅种柑树

［唐］柳宗元

手种黄柑二百株[①]，春来新叶遍城隅。
方同楚客怜皇树[②]，不学荆州利木奴[③]。
几岁开花闻喷雪[④]，何人摘实见垂珠。
若教坐待成林日，滋味还堪养老夫。

【注释】

① 黄柑：芸香科柑橘亚科柑橘属的一种，分布于四川、湖南、湖北和汉中等地。在我国种植历史悠久，至少有1700年的历史。

② 皇树：屈原《九章·橘颂》："后皇嘉树，橘徕服兮。"后因以"皇树"为橘树的代称。

③ 木奴：典故详见后文鉴赏。

④ 喷雪：形容白花怒绽。

【赏析】

诗歌作者柳宗元，字子厚，是中唐时期著名的政治家、文学家、哲学家、散文家和思想家。他因永贞改革失败被贬永州，官终柳州刺史，又称"柳柳州""柳愚溪"。永贞改革带来的不单是政治经济的变化，同时也影响了中唐之后的文学走向。在这样的大变革中，柳宗元身处风口浪尖，感受是最为直接的。他的思想与文学风格也在政治蹉跌中不断发展，这首诗即写于诗人谪居柳州之时，所述的是诗人的政治理想和抱负。

诗歌以诗人手植黄柑起兴，既是当下事，又蕴含丰富。"手种黄柑二百株，春来新叶遍城隅"，所描绘的画面欣欣向荣。柑橘，自屈子一赋便有了"受命不迁"的品格。二百株正象征着诗人"苏世独立"的人格特征，而这种人格如春叶一般在柳州一隅茁壮长出，蓬勃旺盛。对于远谪柳州的诗人而言，柑橘是"深固难徙，更壹志兮"的政治理念，同时也是一种对未来岁月的希望。

因之诗人在颔联以"楚客"点题，表明自己的志向高洁，不与荆州利木奴同济。李衡典出自《三国志·孙休传》裴松之的注。李衡之妻习氏出于襄阳大族，每有见识常在其夫之上，在很多政事上帮助丈夫化险为夷。李衡去世前曾对自己的儿子说："汝母恶我治家，故穷如是。然吾州里有千头木奴，不责汝衣食，岁上一匹绢，亦可足用耳。"其子不明"木奴"为何物，询问母亲，方知是千株柑橘。此物使得李家至吴末依旧衣食富足，家道兴隆。这也就是柑橘被称为木奴的来历。而诗人却说"不学荆州利木奴"，此"不学"颇有深意。裴松之索引《襄阳记》中记载李衡虽有远见，但其妻之言更为绝伦，她说："且人患无德义，不患不富，若贵而能贫，方好耳，用此何为！"诗人正用此意，使得诗人的柑橘形象从"利"中脱出，走向了屈原对于柑橘"秉德无私，参天地兮"的最终定评。

柑橘成林，为时日久，花开果实，都不是手植之日便能看到的。因之诗人以想象之目，远见其景："几岁开花闻喷雪，何人摘实见垂珠。"句中包含的所有的不确定性都来自于谪居的未卜。花开如喷雪，果实如垂珠，自是一番繁荣的景象，可"几岁"与"何人"却有些不能亲见的味道，这也是诗人复杂而矛盾的内心。

诗人以"若教坐待成林日，滋味还堪养老夫"作结，读起来至真至淡，回味却至伤至哀，一种无法言说的胸中块垒塞在读者和诗人的胸口，平淡却惆怅。清人姚鼐说："结句自伤迁谪之久，恐见甘之成林也。而托词反平缓，故佳。"诗人的一腔志气在柳州被逐渐地消磨，所要实现的家国并非是如此一隅的样子，唯有"后皇嘉树"，时刻提醒着诗人不要在琐屑中迷失了自己，这方是"滋味"之味。

苏东坡曾说柳宗元的诗歌"寄至味于淡泊"，这个"味"非反复咂摸而不可得，在平淡的表达中，翻涌的情绪如藏匿在深海中的巨鲸，只有仔细咀嚼才能于宁静中忽然被震撼。

久无客至戏作

［宋］陆　游

瘦影支离雪鬓繁，频年老病卧孤村。
雍容那有客联骑[①]，剥啄尚无僧扣门[②]。
浊酒香浮新社瓮[③]，晚瓜味敌故侯园[④]。
茅檐蓬户风烟晚[⑤]，小酌欣然对子孙。

【注释】

① 雍容：舒缓，从容。引申为缓慢。联骑：连骑，并乘。

② 剥啄：象声词。这里指敲门。

③ 新社：即春社。古代的一种祭祀土地神以祈丰收的活动，时间在立春后、清明前。

④ 故侯：指西汉召平。《史记·萧相国世家》："召平者，故秦东陵侯。秦破，为布衣，贫，种瓜于长安城东，瓜美，故世俗谓之'东陵瓜'，从召平以为名也。"东陵瓜后又称故侯瓜。常用为失意隐居之典。

⑤ 蓬户：用蓬草编成的门户。指穷人居住的陋室。

【赏析】

本诗作于开禧二年（1206 年）十一月二十八日，此时陆游已至晚年，蛰居故土山阴。于北山《陆游年谱》载：陆游于淳熙十六年（1189 年），为谏议大夫何澹所劾，诏罢官，返故里。至此，他人生中的最后二十余年大部分时间就都留在了山阴。他亦官亦隐，诗酒人生，往来于渔樵耕读之中，纵情于山水田园之间。无事不入城市，安于乡居山野。闲居山阴，陆游的诗歌往往书写其人生日常，记录着细屑的岁月。村林、茅舍、农田、渔樵、花石、琴酒，无一不入其诗，或饮茶，或品酒，或会朋访友，或读书作诗，这一段逐渐老去的时光里，陆游不断将这种日常却充满着风雅的生活以诗歌的形式留在古典文化的滔滔长河里。以至于后世言及宋人生态，往往都会从陆游的这些闲适诗歌中找到鲜活的痕迹。

此处所选诗歌写的是一个普通的夜晚，久无来客的诗人，在百无聊赖的心境的所见。诗歌首联："瘦影支离雪鬓繁，频年老病卧孤村。"这句的起点是诗人多年来壮志难酬的报国情怀。陆游一生忧国为民，至老仍壮志满怀，虽归隐田园，依旧矢志不渝。因而瘦影支离、病卧孤村皆是他如是心境的写照。事实上，陆游是一个朋友很多的人，他仕宦多地，交游广泛，晚年居家，亦多有怀友之作。朋友之于他是同声相应的伙伴，同时也是家国情怀的共同奋斗者。因之，无客来访的冷清也映出了诗人壮志难酬的孤寂。

"雍容那有客联骑，剥啄尚无僧扣门。"雍容联骑之客或为远方之友，剥啄叩门之僧当为深居之友，远朋近友都已淡去，诗人的生活也逐渐平淡。对于老年人而言，这预示着整个世界已逐渐与他无关，那种淡淡的失落不言而喻。

"浊酒香浮新社瓮，晚瓜味敌故侯园。"以新社对故侯，新社是生机勃勃的节日，攀缘着逐渐老去的日子。而故侯所指是秦之东陵侯，国破卖瓜，人生浮沉如此，这个典故是诗人小小的自嘲。这两句诗是特有的陆游滋味，细细品味，朱熹说："放翁老笔尤健。"可从此二句中窥探端倪。

从无友来访的失落到"小酌欣然对子孙"的意趣盎然，完成了诗人从"社会"身份向"家族"身份的回归。作为诗国中一个不太多得的高寿诗人，陆游山阴时期的诗歌在中国古典诗歌中有着非常特殊的意义。

浊酒香浮，老境将至。这抹带着岁月痕迹的味道，使人读之，回味悠长。

羌村·其三

［唐］杜　甫

群鸡正乱叫，客至鸡斗争。
驱鸡上树木，始闻叩柴荆。
父老四五人，问我久远行。
手中各有携，倾榼浊复清。①
莫辞酒味薄，黍地无人耕。
兵革既未息，儿童尽东征。
请为父老歌，艰难愧深情。
歌罢仰天叹，四座泪纵横。

【注释】

① 榼（kē）：古时盛酒器。可提挈。

【赏析】

这首诗写于杜甫人生中最颠沛流离的时期。刚刚经历安史之乱，杜甫被迫将家安顿在了鄜州的羌村，然后几经奔波至凤翔，投奔当时在此驻跸的唐肃宗，被任命为左拾遗。不久，杜甫因上言房琯之事而被放还回家探亲。《羌村》便是此次杜甫探家的所见所感。

《羌村》一共有三首，三首探家诗，唱出了全家人重新团聚的悲喜交加，景实情真，十分动人。其一是写甫见面时，妻子家人惊喜交集的情状；其二是写乱世漂泊中与家人的团聚；我们所选的其三则是描写在与父老乡亲的交谈中所呈现出的乱世景象。三首诗一起构成了一幅“离乱图”，令人不胜唏嘘。

诗歌十分质朴，几乎明白如话。诗人起笔并未写人，而是从院内乱斗的鸡写起，非常具有生活气息。千百年来，在中国的每一个小村庄中似乎都会出现这样的场景。与诗歌的浪漫似乎背道而驰，杜甫的笔触格外地写实。他打开门，外面便是父老乡亲，这是一种扎根于泥土里的邻里关系。当这个家里的男主人归来时，便会有众多的同村而居的父老同来慰问。这些人带着酒，问候着久而未归的安好，淳厚的民风、质朴的情愫在诗人这样明白的诗句中体现得淋漓尽致。

继而他们便为诗人斟上酒，从酒的清浊中说开去。酒味的寡淡来自于粮食的减产，“兵革既未息，儿童尽东征”导致良田荒废，生产停滞，无人耕种。战乱的岁月里人人都过着艰难的日子，无一幸免。这两句是点题，也是将这个如同家常闲话般的诗歌升华到了一个非常高的地位。它不但如实地反映了历史，同时也在对历史进行着沉重的反思。这是杜甫的诗史作品在中国古典文学地位中占有超高地位的一个重要原因。

再看诗人对于这个看不到尽头的乱世的无奈：“请为父老歌，艰难愧深情。”他所能做到的便是以诗相酬，如实地记录下小民的世界。这与史书中金戈铁马的大英雄不一样，“一将成名万骨枯”在现实世界里是无数个家庭的艰难岁月。《古唐诗合解》评此诗曰：“身虽到家，而心实忧国也实境实情，一语足抵人数语。”正是说出了杜甫诗歌所达到的精神境界。

乱世中薄酒的味道，必然不是“朱门酒肉臭”的香醇，而乱世中底层民众的的温情却在这淡淡的酒香中穿梭千年，弥足珍贵。

晚秋拾遗朱放访山居

［唐］秦　系

不逐时人后[1]，终年独闭关。
家中贫自乐，石上卧常闲。
坠栗添新味，寒花带老颜[2]。
侍臣当献纳[3]，那得到空山。

【注释】

① 时人：同时代的人。

② 寒花：寒冷时节开放的花，多指菊花。

③ 侍臣：侍奉帝王的廷臣。献纳：指献忠言供采纳。汉班固《两都赋·序》："故言语侍从之臣，若司马相如……之属，朝夕论思，日月献纳。"

【赏析】

秦系，字公绪，自号东海钓客，是唐代的处士和诗人。他的诗歌不太为大众所熟识，但在唐代，他的地位却可与"五言长城"之刘长卿一争高下。韦应物曾盛赞他的五言："莫道谢公方在郡，五言今日为君休。"秦系的诗歌辞意深远，讽而不怨，颇具古人之风。权德舆在《秦征君校书与刘随州唱和诗序》中说："（刘长卿）尝自以为五言长城，而公绪用偏伍奇师，攻坚击众，虽老益壮，未尝顿锋。词或约而旨深，类乍近而致远，若珩佩之清越相激，类组绣之元黄相发，奇采逸响，争为前驱。"

秦系一生交游广泛，与刘长卿、韦应物、戴叔伦、皎然诸人都十分交好，唱和甚多。朱放与秦系一样，在中唐隐逸诗人中亦有声名。贞元三年（787年），朱放被征召为右拾遗，放受聘后起身赴京，至京却并未就任，归返越地。贞元四年，秦系亦从江西返会稽，朱放前来造访，故以"拾遗"称之。

诗歌的开端便将诗人自己隐居者的形象勾勒出来："不逐时人后，终年独闭关。”这里用“时人”之“时”是非常有趣的，当诗人把自己和“时”放在对立面上的时候，实际上是对这个时代的否定。秦系生长于盛唐之时，早年亦是进士出身。遭逢安史之乱，社会动荡，他选择避世隐居，写此诗时已年逾六十。对于这个日渐衰颓的时代，他早已无望。曾有北都留守薛兼训奏其为右卫率府仓曹军，他亦坚辞不受。

以开篇点出自己隐逸的志趣，继而便进一步写隐逸之趣：“家中贫自乐，石上卧常闲。坠栗添新味，寒花带老颜。”隐逸的基调不在贫，而在乐、在闲。“坠栗”的细节很有趣。晚秋正是栗子成熟的时节，果壳倒张自然脱落，坠落地上。这个“坠”字写实生动，颇有野趣。栗本身是隐逸者之属，高似孙《剡录·草木禽鱼诂下》记载：“陶隐居曰：栗，会稽最丰。诸暨形大，皮厚不美。剡及始宁皮薄而甜。”“寒花”在此当指“菊花”，寒花虽发，却呈现老态。菊亦是处士所爱，千载而来已是隐逸者的象征了。

颈联两句诗将隐士的隐逸之情写得淋漓尽致，因之最后诗人才会生发出：“侍臣当献纳，那得到空山？”言侍臣献纳，是因朱放为拾遗的缘故，亦含劝讽之意。侍臣既无闲于山，空山之中便只该有隐逸之士。朱放归来，此时其实已无官身，诗人此句，甚是高明。

“坠栗添新味”，此中滋味乃是隐逸者之趣，是一种无拘无束、人格独立的自由味道。

忆帝京

［宋］柳　永

薄衾小枕凉天气，乍觉别离滋味。展转数寒更，起了还重睡。毕竟不成眠，一夜长如岁。

也拟把、却回征辔。又争奈、已成行计①。万种思量，多方开解，只恁寂寞厌厌地②。系我一生心，负你千行泪。

【注释】

① 行计：行程的计划。

② 厌厌地：无精打采地。

【赏析】

柳永的词一直以来都是以俚俗浅近著称，细味这首词，其用语也是十分日常且口语化的。词人却用如此浅近的文字，写下了细腻别致的情感，漂荡于岁月的长河里，至今仍摇曳动人。

词起于微末的身体感受："薄衾小枕凉天气。"给人一种无人依傍的寒冷。紧接着，词人毫不犹豫地抛出了寒冷的深层原因："乍觉别离滋味。"一个"乍"字令别离的滋味来得很突然，突如其来的情绪侵袭而来，使人再难安歇。"展转数寒更，起了还重睡。毕竟不成眠，一夜长如岁。"仿佛让我们看到了主人公内心的煎熬。越是这样毫无典故、无须翻译的文字，越能让人直接地看到那份深情的无所依归。对时间的感受是非常主观的东西，漫长往往是因为情之苦、思之切。

情之所起，不可遏制。当情难自抑的时候，感性冲破理性的束缚："也拟待、却回征辔。”这一刻的回头是因为那份情的难舍难弃，而下一刻却是“又争奈、已成行计”。感性与理性不断纠葛挣扎，爱情的幻想破灭，所有的思量、开解与无法释怀的寂寞心碎，最终选择的是放手。留下最后一句最为打动人的话：“系我一生心，负你千行泪。”如此无奈，如此虐心。这样的情感无论是柳永还是我们，似乎都曾有过这么一遭。爱别离，求不得，一生心之所系，却只能以一个“负”字为这段感情画上句号，何等凄绝！

南宋藏书家陈振孙在《直斋书录解题》评价柳永：“其词格固不高，而音律谐婉，语意妥帖，承平气象，形容曲尽，尤工于羁旅行役。”羁旅行役中的无奈正是柳永所不断历经的苦楚，这份滋味仿佛秋夜里冰冷的味道，呼吸一口，便觉得撕心裂肺。

疏帘淡月・寓桂枝香秋思

［宋］张　辑

梧桐雨细。渐滴作秋声，被风惊碎。润逼衣篝[①]，线袅蕙炉沉水[②]。悠悠岁月天涯醉。一分秋、一分憔悴。紫箫吟断，素笺恨切，夜寒鸿起。

又何苦、凄凉客里[③]。负草堂春绿[④]，竹溪空翠[⑤]。落叶西风，吹老几番尘世。从前谙尽江湖味。听商歌[⑥]、归兴千里[⑦]。露侵宿酒，疏帘淡月，照人无寐。

【注释】

① 衣篝：薰衣服的竹笼。

② 蕙炉：香炉。沉水：即沉水香。晋嵇含《南方草木状・蜜香沉香》："此八物同出于一树也……木心与节坚黑，沉水者为沉香，与水面平者为鸡骨香。"

③ 客里：离乡在外期间。

④ 草堂：茅草盖的堂屋。非谓所居简陋，实标风操之高雅。

⑤ 竹溪：竹林与溪水，多形容清幽之地。

⑥ 商歌：悲凉之曲。商声凄切，故称。

⑦ 归兴：归思，回乡之兴。

【赏析】

张辑，字宗瑞，号东泽，又号庐山道人、东泽诗仙、东仙等。他有《东泽绮语债》二卷。他的词有一个与众不同的特点，即喜欢以篇末语另立新名。本词便是如此，此调为《桂枝香》之调，而词人以词中"疏帘淡月"名之，更易突出词中所蕴含的低回婉转之味。《词律》云："万氏注云：张宗瑞'梧桐细雨'一首，取名《疏帘淡月》，乃因词中语以名之，非调有异也。按《东泽绮语债》词，好以词中语立新名，与本调一无区别。惟此调旧谱分南北词，如用入声韵，则名《桂枝香》，用去上声韵，始可名《疏帘淡月》。"张辑与姜夔为同乡，其词风亦多法于姜夔，格调幽远，清疏淡雅，所选词是其词风的代表之作。

全词写羁旅漂泊之情，尽写江湖游士的落寞与凄凉。上阕起于秋情，先言秋声，秋雨细腻，却连绵不绝，一如人心所起之情，缠缠绕绕，绵绵而生，渐行渐多，滴滴点点，汇作秋情，令人格外生出凄冷的情绪。梧桐雨历来为文人咏诵，温庭筠之“梧桐树，三更雨，不道离情正苦”；苏轼之“梧桐叶上三更雨”；李清照之“梧桐更兼细雨，到黄昏点点滴滴”……都将无可言说的离愁别绪敲碎在梧桐叶上。一切都是湿漉漉的，满室袅袅的沉水香起，正所谓“地卑山近，衣润费炉烟”(周邦彦《满庭芳》)。“悠悠”两个字，既是沉水袅娜，又是思绪的升腾。又是一年秋风至，年华蹉跎，人在天涯，憔悴独醉。“紫箫吟断，素笺恨切，夜寒鸿起。”箫声断，意味着欢愉时光已散，素笺恨，所写皆是遗憾。在秋夜中，风冷惊鸿，所有的情绪似乎都敏感而无助。

下阕用“又何苦，凄凉客里”一转而下，秋情已是不堪，人在他乡的漂泊之情令人更感到凄冷苦楚。词人在词句中提及“草堂”“竹溪”之典，前者是杜甫于浣花溪所筑草堂，后者是李白与孔巢父等人泰安隐居之地。两者都不是生典，用在这里却别开生面。孤寂凄冷的秋，与草堂春绿、竹溪空翠形成了两种不同的色彩。一个是老去的颓唐的，一个是鲜活的闲适的。所以词人才会由衷生出感慨：“落叶西风，吹老几番尘世。从前谙尽江湖味。”“西风”“吹老”“江湖味”是何其无奈的诉说。词人的这份惆怅，凝结成了归意，“听商歌、归兴千里。”商歌，凄凉悲切之声，从阴阳五行之说，商为秋之配。秋声催动人心，产生回归的愿望。可故乡在千里之外，这无法排遣的愁绪最终也只能埋葬在这个秋夜里。词人云：“露侵宿酒，疏帘淡月，照人无寐。”此句为全词最为经典之句，是词人的得意一笔。一切的惆怅、孤寂、愁绪都化作了帘外淡淡的月色，照着那无法安睡的旅人。结尾余韵悠长，令人唏嘘。

【荷】

清涧之曲，碧松之阴。
一客荷樵，一客听琴。

夏日南亭怀辛大

［唐］孟浩然

山光忽西落，池月渐东上。
散发乘夕凉，开轩卧闲敞[1]。
荷风送香气，竹露滴清响。
欲取鸣琴弹，恨无知音赏。
感此怀故人，中宵劳梦想[2]。

【注释】

① 闲敞：阔大空旷。
② 中宵：中夜，半夜。

【赏析】

孟浩然，名浩，以字行于世，号鹿门处士，襄州襄阳（今湖北襄樊）人。早年隐居家乡，与闲云野鹤为伍，以诗歌自娱。他一生为官时间不多，主要闭门读书于鹿门。他的诗清淡幽远，长于写景，为唐诗开拓了山水田园之境。

这首诗一如孟浩然诗歌的总体风格，闲适自得而又诗趣盎然。诗歌开篇写时光推动下的闲适心情。“忽”与“渐”形成了两种时光流逝速度上的反差。夕阳西落之快是暑日里人们最期待的事情，而明月东升之慢则带来了一日之中最为惬意的时刻。诗歌开篇便为这首诗定下了宜人舒适的基调。

“散发乘夕凉，开轩卧闲敞。”古人散发之举往往在沐浴之后，就寝之时，是人最放松的时刻。轩是有窗的长廊或小屋。诗人打开轩窗，凉风拂过，好不惬意。

“荷风送香气，竹露滴清响。”此句是本首诗流传最广的两句，也为历来评家所津津乐道。清人沈德潜在《唐诗别裁》中说："'荷风''竹露'，佳景亦佳句也。"宋宗元《网师园唐诗笺》中则说得更为透彻，其云："'荷风'、'竹露'亦凡写夏景者所当有，妙在'送'字、'滴'字耳。"

诗至此时，似乎一切都已经是渐入佳境，而竹露之声让诗人想起了鸣琴雅事，由此取琴而奏，才生出了淡淡的遗憾："恨无知音赏。"佳景、佳境、佳情，独独知音缺席。

良宵无友，清谈少欢，这种惆怅既生于无心，又萦绕不去，淡然中显得深情，才会让诗人"感此怀故人，中宵劳梦想"。中宵夜深，诗人在这样的夜里，只有遣梦以见。

孟浩然所怀之人辛大，其名不详，高步瀛在《唐宋诗举要》中说："浩然有《西山寻辛谔诗》，疑即辛大。"其诗曰："漾舟寻水便，因访故人居。落日清川里，谁言独羡鱼。石潭窥洞彻，沙岸历纡徐。竹屿见垂钓，茅斋闻读书。款言忘景夕，清兴属凉初。回也一瓢饮，贤哉常晏如。"诗人以颜回高度称赞，可见其人当与诗人同类。

"荷风"是夏的独有气息，往往是在炎热中吹来的一丝凉意，在闲适中获得的一种慰藉，这是自然予人的一种浪漫，也是在静好的岁月间所能感受到的一丝清甜。读孟浩然的这类诗歌，便是如此感觉。

桥亭卯饮[①]

［唐］白居易

卯时偶饮斋时卧[②]，林下高桥桥上亭。
松影过窗眠始觉，竹风吹面醉初醒。
就荷叶上包鱼鲊[③]，当石渠中浸酒瓶。
生计悠悠身兀兀[④]，甘从妻唤作刘伶。

【注释】

① 卯饮：早晨饮酒。
② 斋时：佛教语。吃斋食的时间。
③ 鱼鲊（zhǎ）：腌鱼，糟鱼。北魏贾思协《齐民要术·作鱼鲊》："作鱼鲊法：锉鱼毕，便盐腌。"
④ 生计：这里意指生活。悠悠：闲适貌。兀兀：昏沉貌。

【赏析】

长庆四年（824年）五月，白居易任太子左庶子分司东都，秋天至洛阳，在洛阳履道里购宅。此时便生出了归隐洛下之意的白居易于四年后方得如愿。晚年的白居易卜居洛下，与刘禹锡等人唱和往来，诗酒徘徊，生活得惬意洒脱。

白居易隐居洛下后，几乎无酒不成诗，他自己更是有《醉吟先生传》以述其志："醉吟先生者，忘其姓字、乡里、官爵，忽忽不知吾为谁也。宦游三十载，将老，退居洛下。所居有池五六亩，竹数千竿，乔木数十株，台榭舟桥，具体而微，先生安焉。"正是此情状之写照。

"卯饮"由陶渊明发端，至白居易发扬，逐渐形成了一种唐宋时期的文人风雅。卯饮，顾名思义，是当卯时之际的饮酒活动。卯时，大约对应的是现代五点至七点这一时间段。在唐宋人中，凡晨间空腹饮酒亦都以"卯饮"而论。卯饮易醉，也成为了唐宋文人的一种独特的饮酒乐趣，因为空腹饮酒，酒精往往更易被吸收，酒醉来得更为快速、绵长。卯饮之后的"卯困"和困后醒来的"余酲"常为唐宋文人所乐道，白居易诗《与诸客空腹饮》便说："隔宿书招客，平明饮暖寒。麹神寅日合，酒圣卯时欢。促膝才飞白，酡颜已渥丹。碧筹攒米碗，红袖拂骰盘。醉后歌尤异，狂来舞不难。抛杯语同坐，莫作老人看。"白居易存诗中关于卯饮的诗歌多达十四首，尤集中于晚年。他的这种饮酒风尚亦因而流传于唐宋之间。宋代张耒的《冬日放言二十一首》说："酒圣卯时欢，此语闻乐天。"可见一斑。

诗歌从酒醒后的余醒写起，"卯时偶饮斋时卧，林下高桥桥上亭。松影过窗眠始觉，竹风吹面醉初醒。"诗人醉卧桥亭，松影移动，竹风徐徐吹动，这一刻醒来的感觉是那样的如梦似幻，诗人开篇便把卯饮后的心境借着外部环境写了出来，也让人感受到了那种闲适的生活与无为自然的隐者心态。

"就荷叶上包鱼鲊，当石渠中浸酒瓶"这两句诗非常有生活趣味，也是整首诗中为后人讨论最多之处，特以"新异"二字称之。不过亦有如纪昀评之曰："五、六句调太野，格亦太卑。"是新是异，又于正统之外偏于野卑，这似乎就是当时白居易的写照。

"生计悠悠身兀兀，甘从妻唤作刘伶。"刘伶其人，为竹林七贤之一，肆意放荡，常以宇宙为狭，不以家产有无为意。性嗜酒，作《酒德颂》。刘伶小字伯伦，后世常以伯伦为酒之代，诗人以之自比，表面上是紧扣卯饮之意，而其实亦有将《酒德颂》里所承载的那种随心所欲、纵意所如的生活态度，以及诗人对现实的失望与不复苟同的心暗藏其间。

如果我们细味白居易晚年时期唐代政局的混乱与衰退，就能够领略到诗人的这份无奈。一直以醉来避世的晚年白居易，是灰心的、颓然的，同时又是自在的、洒脱的。一方面晚年的他在洛阳依旧做着有利于民的政事，一方面他又在与那个动荡的朝廷中枢决裂。他有隐者之心，亦有世俗之趣，他也许不复高士的绝尘，却创造了吏隐这种又雅又俗的新型隐居方式。

《蔡宽夫诗话》说:“吴中作鲊,多用龙溪池中莲叶包为之,后数日取食,此瓶中气味特妙。乐天诗:‘就荷叶上包鱼鲊,当石渠中浸酒尊。’盖昔人已有此法也。”鲊是我国古代独创的一种腌制发酵食品,一般会把鱼肉经过盐、酒、香料等配料进行腌制,再放入密闭容器中,进行保藏。而以荷叶代替密闭容器的鱼鲊吃法,可谓新奇独特,据说味道也是奇佳。直如《蔡宽夫诗话》所言,此物行于吴中,则不知“就荷叶上包鱼鲊”是白居易于苏杭之际的发明还是犹恋江南好的回忆。

诗经·郑风·山有扶苏

[先秦] 佚　名

山有扶苏①，隰有荷华②。
不见子都③，乃见狂且④。
山有桥松⑤，隰有游龙⑥。
不见子充⑦，乃见狡童⑧。

【注释】

① 扶苏：小木。《毛传》："扶苏，扶胥，小木也。"马瑞辰《通释》："《释木》：'辅，小木。'小木即木之名。钱大昕曰：'扶、辅声义皆相近，长言为扶苏，急言为辅。'其说是也。"

② 隰（xí）：低湿的地方。这里指泽地。荷华：即荷花。

③ 子都：美男子。《毛传》："子都，世之美好者也。"

④ 狂且：行动轻狂的人。《毛传》："狂，狂人也。且，辞也。"《郑笺》："人之好美色，不往睹子都，乃反往睹狂丑之人。"

⑤ 桥松：高大的松树。桥，通"乔"。朱熹《集传》："上竦无枝曰桥，亦作乔。"

⑥ 游龙：荭草的别名。宋朱弁《曲洧旧闻》卷四："红蓼即《诗》所谓游龙也，俗呼水红。"

⑦ 子充：郑国的美男子。指代美好的男性。《毛传》："子充，良人也。"马瑞辰《通释》："《孟子》：'充实之谓美。'《唐韵》：'充，美也。'子充，犹言子都，故为良人。"

⑧ 狡童：诡诈的小童。

【赏析】

春秋之际，郑国的范围大约包括现在的河南郑州、荥阳、登封、新郑一带，所收录的诗歌断限大约从郑庄公至郑文公之间一百年左右的时间。《郑风》所收诗歌有二十一首，《山有扶苏》在其第十。《郑风》之中的收录诗歌以男女情爱为题材的居多，从孔子"郑声淫"到朱熹"郑风淫"，大概反映出了郑地当时奔放的民风与男女之间自由的恋爱观念。

《山有扶苏》便是这样一首很有风情的民歌，它所吟唱的是男女之间那种甜蜜的情爱关系。首句“山有扶苏，隰有荷华”是起兴，同时也是比喻。将男子比喻为在山巅生长的小木，将女子比作泽地里悠然开放的荷花。意境实美，其比喻又极为恰切。这样的一种“隐语”，表达了当时的一种婚恋关系，诗歌以女子的口吻说出来，带着倾慕之情。接下来“不见子都，乃见狂且”就仿佛是女孩子娇嗔的戏谑，打趣着自己的这位伴侣，那种欲迎还拒的羞怯感表现得淋漓尽致。接下来四句回环往复，所唱的“桥松”“游龙”“子充”“狡童”与上文类同，这是一种复义之美，形成了一种相互补充的美感。总体来看，整首诗反映的是一个热恋中的女子对于自己心爱男子的调笑，这种调笑大胆泼辣、淳朴真挚、妙趣纵横、亲切感人。

但在我们常见的《诗经》著述中，对于这首诗却有着更多阐释。当然这与《诗经》在后世“诗教”的地位有着很大的关系，这些刻意求深的言论我们也不妨来了解一下。《毛诗序》云：“刺忽也，所美非美然。”这个当作何解？《郑笺》认为：“言忽所美之人，实非美人……扶胥之木生于山，喻忽置不正之人于上位也。荷华生于隰，喻忽置有美德者于下位。此言其用臣颠倒，失其所也。人之好美色，不往睹子都，乃反往睹狂丑之人，以兴忽好善不任用贤者，反任用小人。”这里的“忽”所指是郑昭公。将诗歌的内容与君臣关系联系起来加以阐释，这也是中国古人解《诗经》的一种重要方式。

无论是我们今人所读到的那种爱情的美好，还是古人将其从政治角度来讲解剖析，《诗经》永远散发着它不同寻常的魅力，就如同泽地里的那朵莲花，寓意着那个热情大胆的女子也好，寓意着于下位的美德者也罢，都隐喻于淡淡的菡萏香气中，绽放着诗的不可言说之美，历久弥香。

念奴娇

[宋]黄庭坚

八月十七日，同诸甥步自永安城楼，过张宽夫园待月。偶有名酒，因以金荷酌众客[①]。客有孙彦立，善吹笛。援笔作乐府长短句，文不加点。

断虹霁雨，净秋空，山染修眉新绿[②]。
桂影扶疏[③]，谁便道，今夕清辉不足。
万里青天，姮娥何处，驾此一轮玉。寒光零乱，为谁偏照醽醁[④]。
年少从我追游[⑤]，晚凉幽径，绕张园森木。共倒金荷家万里，难得尊前相属[⑥]。
老子平生，江南江北，最爱临风笛[⑦]。
孙郎微笑，坐来声喷霜竹。

【注释】

① 金荷：即“金荷叶”。金制莲叶形的杯皿。
② 修眉：长眉，以喻远山。
③ 扶疏：枝叶繁茂分披之态。
④ 醽醁（línglù）：美酒名。南朝盛弘之《荆州记》：“渌水出豫章康乐县，其间乌程乡有酒官，取水为酒，酒极甘美。与湘东酃湖酒，年常献之，世称酃渌酒。”
⑤ 追游：追随游览。
⑥ 相属：互相劝酒。
⑦ 笛：一作“曲”。

【赏析】

宋胡仔称这首词“或以为可继东坡赤壁之歌”（《苕溪渔稳丛话》），可见黄庭坚的笔力之豪健。此词作于宋哲宗元符二年（1099年）八月十七日，正是黄庭坚谪于戎州之际。八月十七日，正是中秋后两日，词人与后辈游览了白帝永安楼后，过友人张宽夫园林赏月，有酒有笛，欣然挥笔，乃有此篇。此篇酣畅淋漓，旷达自适，豪情与乐观让这首宴饮词变得格外情怀激荡。

词的上阕以写澄净的秋夜氛围为主。起笔道："断虹霁雨，净秋空，山染修眉新绿。"雨后初晴的天空，有残虹掠过，湛蓝澄澈，远山被涂抹成青黛色，如美人新眉，尽显妩媚。人人都将中秋圆月视为最团圞之景，而词人偏偏剑走偏锋，吟咏着八月十七渐渐残缺的月。"桂影扶疏，谁便道，今夕清辉不足？万里青天，姮娥何处，驾此一轮玉。寒光零乱，为谁偏照醽醁？"月轮上桂影婆娑，繁茂纷披，怎么能说清辉不足呢？在这万里天空中，只见明月驰骋，却不知嫦娥在何处驾月。散落的月光浮动于杯酒之中，仿佛月光额外的照拂。这份偏宠又是为何呢？词人的目光一直是变化的，先是月的本体，再到天空中的月，最后是月洒落在人间的清辉。每一次变焦便增一重发问，三次发问便将八月十七的月色，写得别有风味。

词的下阕，词人由天上境到地上人，年少的士子，秋凉的小径，张园森森的林木，给人一种非常惬意轻松的感觉。这份少见的欢愉，即便是离家万里，无杯酒难酬。"共倒金荷家万里，难得尊前相属。老子平生，江南江北，最爱临风笛。"这两句更像是写觥筹交错之际的场面，让人甚至闻到了那阵阵酒香，看到那个自称"老子"的词人。此处"老子"所用是东晋庾亮的典故，颇有魏晋风流之韵。南朝宋刘义庆的《世说新语·容止》载："俄而率左右十许人步来，诸贤欲起避之，公徐云：'诸君少住，老子于此处，兴复不浅。'因便据胡床，与诸人咏谑，竟坐甚得任乐。"另外，关于"临风笛"处，一曾作"曲"，陆游在《老学庵笔记》中提及，云："予在蜀，见其稿。今俗本改"笛"为"曲"以协韵，非也。然亦疑笛字太不入韵。及居蜀久，习其语音，乃知泸、戎间谓'笛'为'独'，故鲁直得借用，亦因以戏之耳。"最后词人以孙郎之笛音收束全词，仿佛余音绕梁，言尽而意未绝。

金荷呈酒，是酒的香醇和觥筹交错的热闹，而金荷的弥足珍贵与佳酿交相辉映，是人生最难得的那场快乐。

秋霁

［宋］史达祖

江水苍苍，望倦柳愁荷，共感秋色。废阁先凉，古帘空暮，雁程最嫌风力[①]。故园信息。爱渠入眼南山碧[②]。念上国[③]。谁是、脍鲈江汉未归客[④]。

还又岁晚，瘦骨临风，夜闻秋声，吹动岑寂[⑤]。露蛩悲[⑥]、清灯冷屋，翻书愁上鬓毛白。年少俊游浑断得[⑦]。但可怜处，无奈苒苒魂惊，采香南浦[⑧]，剪梅烟驿[⑨]。

【注释】

① 雁程：雁飞的行程。

② 南山：西湖有南北二山，这里所指为南屏山。

③ 上国：春秋时称中原各诸侯国为上国。此处指故土。

④“谁是”句：用晋张翰莼鲈之思的典故。《晋书·张翰传》记载：“翰因见秋风起，乃思吴中菰菜、莼羹、鲈鱼脍，曰：‘人生贵适志，何能羁宦数千里，以邀名爵乎？’遂命驾而归。”

⑤ 岑寂：高而静。此处指夜之寂静。

⑥ 露蛩：秋露下的蟋蟀。

⑦ 俊游：快意的游赏。

⑧ 南浦：本指南面的水边。南朝梁江淹有《别赋》云：“春草碧色，春水渌波，送君南浦，伤如之何。”后常用称送别之地。

⑨ 剪梅烟驿：用陆凯寄梅的典故。南朝盛弘之《荆州记》：“陆凯与范晔相善，自江南寄梅花一枝，诣长安与晔，并赠花诗曰：‘折花逢驿使，寄与陇头人。江南无所有，聊赠一枝春。’”

【赏析】

史达祖其人生卒年不详，字邦卿，号梅溪，有《梅溪词》。他词名于宋，却身世稽考困难。他早年为韩侂胄幕僚，追随其抗金北伐。宁宗一朝，韩侂胄被杨皇后和史弥远设计劫持至玉津园杀死，首级直送金国，开禧北伐失败。史达祖本人也被刺面贬谪于江汉一带。本首词便写于他被贬谪后的岁月里，其中包含着词人的思乡之愁、别离之苦，以及内心深切的家国之痛、身世之感。

词起于秋景，一排三句："江水苍苍，望倦柳愁荷，共感秋色。"江水苍茫，倦柳愁荷，一派萧疏景象。这里对于柳与荷的形容颇为精到，不言枯、不言残，而以"倦""愁"二字，可见词人已将己心托付于物。柳之倦、荷之愁，是词人贬谪流离之倦，是词人壮志难伸之愁。"废阁先凉，古帘空暮"，从目所见的秋色，到身所感的居所，一切都显得过分颓唐。接下来，词人将注意力转向"雁程"，再由"雁程"转向故园乡思，一气呵成。大雁的归程受到风力的阻断，而词人的归程更是遥遥无期。那被词人心心念念的南山碧绿，是西湖独特的风光，也是身处贬所的词人格外留恋的临安家居生活。于是才起了脍鲈之叹："谁是、鲙鲈江汉未归客。"此句既用了张翰的"莼鲈之思"，同时也化用了杜甫的"江汉思归客"之诗句。词人自思如何能如张翰般避祸远退，却终究是求而不得。

至下阕，词人的身世之感伴随着孤寂与凄苦回环而出。"还又岁晚，瘦骨临风，夜闻秋声，吹动岑寂。"秋风、瘦骨、岑寂，无一不诉说着哀凉之感，当此之时，当此之情，令人感同身受。"露蛩悲、清灯冷屋，翻书愁上鬓毛白 。"词人将季节之悲转入生命之悲中，是对于自身的哀叹。蟋蟀之声是秋的象征，鬓上白发是人老去的征兆。陈匪石《宋词举》评论这三句时说：" 寥寥十四字，可抵一篇《秋声赋》读。"青灯冷屋之中的词人，只能靠翻书抚平心头的愁苦，而岁月不待，年华老去，再回首少年时期的鲜衣怒马，便令人顿生凄怆："年少俊游浑断得。"词人的慨叹，继而引出送别的主题。"但可怜处，无奈苒苒魂惊，采香南浦，剪梅烟驿。"求归不得，友人再行，一切显得如此孱弱无力，词人已经不再能把控自己的人生，只能勉强苟活于残喘之间。江淹《别赋》说："春草碧色，春水渌波，送君南浦，伤如之何！"陆凯赠与范晔的诗说："折梅逢驿使，寄与陇头人。江南无所有，聊赠一枝春。”都充满了依依惜别的无可奈何。词人将离愁别绪藏在了典故中，含蓄而朦胧，欲言又止间似乎只剩下了天地之间一声无奈的长叹。

词中的荷是晚秋之荷，亦是生命里不复艳丽的愁荷，在共感秋色时散发着人生沧桑、世事无奈的苦涩。

过伊仆射旧宅[①]

［唐］李商隐

朱邸方酬力战功[②]，华筵俄叹逝波穷[③]。
回廊檐断燕飞去，小阁尘凝人语空。
幽泪欲干残菊露，余香犹入败荷风。
何能更涉泷江去[④]，独立寒流吊楚宫。

【注释】

① 伊仆射：伊慎，字寡悔。唐朝中期名将，蜀汉左将军伊籍之后。此处所指旧宅应在长安光福里。

② 朱邸：汉诸侯王第宅，以朱红漆门，故称。后泛指贵官府第。

③ 逝波：比喻流逝的光阴。

④ 泷江：指南方江水，伊慎的功业在岭南、湖襄，故言之。

【赏析】

对于这首诗歌写于何年何地，不同的学者有着不同的看法。目前大致较为学界认可的，当是作于大中五年（851 年）的长安。前此有研究者认为此诗当为李商隐“自桂林奉使江陵”，实则不然，诗题中的伊仆射即伊慎为兖州人氏，病卒于长安光福里家中。其旧宅大抵或在兖州、或在京师，与李商隐自桂林至江陵无路线上的交集，所以当时李商隐应在京师。而伊慎旧宅在令狐楚宅邸开化坊南，或认为当时李商隐谒令狐楚后经伊慎旧宅，过而拜谒，当属可能。

这首诗以悼念遗迹，发兴亡之叹。伊慎其人于后世并不著名，于李商隐则为前辈名人，擒斩哥舒晃，平李希烈之乱，轰轰烈烈，倍受宠遇，而晚年却行贿宦官，被告贬官，又晚节不保。其生起伏跌宕，其人善恶两兼，摧锋陷敌，忠勇有嘉，功勋卓著，却终因其瑕疵，谥号壮缪。

李商隐过其宅，想见其人，诗句首联：“朱邸方酬力战功，华筵俄叹逝波穷。”起笔便写出繁华易逝，兴衰不永的慨叹。朱邸是封爵进阶，华筵是酬功盛事，仿佛这一切的繁华着锦还在眼前，老宅中还回荡着喧嚣的声音，而今日踏入其宅的诗人所见却只有萧然之境。颔联、颈联，为写实境：“回廊檐断燕飞去，小阁尘凝人语空。幽泪欲干残菊露，余香犹入败荷风。”檐断的回廊，满是灰尘的小阁，残菊上的秋露如同老人浑浊的泪水，败荷上还残留着往日的余香。因为那一抹荷香，使得这一切实境变得余韵悠长。最终，诗人从实境又望向了未来的远方：“何能更涉泷江去，独立寒流吊楚宫。”如何能够远涉而去，凭吊伊慎曾经建功立业之所？最后一句承载着诗人无限的感慨。

著名的李商隐研究专家张采田先生认为，这首诗是李商隐借伊慎以感慨李德裕，彼时李德裕在朝，叱咤风云，功绩显赫最终却又潦倒。李商隐在为《会昌一品集》作序时，誉之为“万古良相”，可见对他的赞誉之情。其所写《李卫公》：“绛纱弟子音尘绝，鸾镜佳人旧会稀。今日致身歌舞地，木棉花暖鹧鸪飞。”所展现出的心境与此诗亦通，可见张采田先生之言有迹可循。

咏怀之作，吊古伤今，在李商隐的诗歌中这类诗并不少见，这类诗作就仿佛那一缕败荷犹存的芳香，在世间弥散，替世人说着无法吐露的话。

轮台子·采菱

［清］陈维崧

别浦莲歌乍歇[①]，又棹入、菱潭深窅[②]。西风乱水弥弥[③]，斜日远帆了了。小娃兰桨齐开，斗云英[④]、一色裙波袅。才低珠腕，又弱蔓柔茎将人绕。

何愁角刺藤兜，把千顷、水烟暗舀。羡清芬、较菰米荷房[⑤]，一般幽悄。语折芰邻船，再来须早。怕明日寒塘，剩白蘋红蓼[⑥]。橹南幽、惊飞渚鸟。笑盈盈、并摘花归，可许妆台照。

【注释】

① 别浦：河流入江海之处称浦，或称别浦。

② 深窅（yǎo）：幽深。

③ 弥弥：水满貌。

④ 云英：指桨溅起的水珠。

⑤ 菰米：其茎为茭白，其果为六谷之一。

⑥ 白蘋：亦作“白萍”。为水中浮草。红蓼：蓼的一种。多生水边，花呈淡红色。

【赏析】

陈维崧的词曾有“儿女情深，风云气在”的赞誉。一方面，陈词多豪，而另外一方面，却又有着儿女之情。艳豪并举，实际上是陈维崧词作不断求变的过程中的产物。他的少作被评家称为“风致璀艳”。此处所选之词，似应作于陈维崧少之时，其工笔细描，写就一方小儿女情态，与那些精悍横霸、直接苏辛的作品相比，别有情致，是一篇能够凸显陈维崧白描手段的词作。

词开篇仿佛是一扇朦胧的画屏，搁置于读者面前。“别浦莲歌乍歇，又棹入、菱潭深窅。”只闻其歌，不见其人，歌声停歇明明可以看到莲歌所自，却又棹入菱花深处。这种若即若离的观感颇得北宋词家章法，婉约动人。而接下来，词人却将视线投向远处：“西风乱水弥弥，斜日远帆了了。”风吹动涨满的秋池，夕阳西下，湛蓝色的天空使得远帆更为清晰。这远景的投射，为整首诗涂抹上了澄澈的底色。这时主人公才正式出场：“小娃兰桨齐开，斗云英、一色裙波袅。”少女们划着桨，盈盈的水珠溅起，裙角翻动，如水波一色。一个“斗”字将小女娃们在水中划桨的憨态可掬如状眼前。接下来词人用细腻的笔触写下了这群女娃们采菱的样子：“才低珠腕，又弱蔓柔茎将人绕。”这是非常生活化的写照。少女们把手腕低垂，被柔茎缠绕着，那种仿佛吹弹可破的触感便传递给了读词的人。

词人的下阕集中笔力去描绘生活画面：“何愁角刺藤兜，把千顷、水烟暗舀。”少女们如此熟练地将菱角放好，并不担忧什么菱角刺破藤兜，行动又极快，舀尽千顷波涛。词人用“千顷”“水烟”这样的辞藻，让整个劳动过程带着水汽蒙蒙，充满着美感。菱角之美亦在其味，词人写其味，用了菰米、荷房，具是江南水中之鲜，这样的味道和那些采菱的少女又何其相似，清芬幽悄。从采菱中到采菱归，依旧可以听到少女们彼此的笑语晏晏。她们对邻船说着：“再来要早些呀！”唯恐明日菱角采光，只剩下水草满塘。这群快乐的少女们，谈笑着，说闹着，折花而归，娇美而又可爱。

整个场面充满着欢声笑语，洋溢着生活的气息，词人的如椽巨笔勾勒下如此生动细腻的画面，让人隔着百年依旧可以感受到那群少女们的快乐。那甜甜的菱角香，如莲房般传递着清香雅韵。明明是最为普通的生活画面，却被词人打扮得意趣纵横。